MALDIÇÃO EM FAMÍLIA

GREENPEACE

A marca FSC é a garantia de que a madeira utilizada na fabricação do papel interno deste livro provém de florestas de origem controlada e que foram gerenciadas de maneira ambientalmente correta, socialmente justa e economicamente viável.

O Greenpeace — entidade ambientalista sem fins lucrativos —, em sua campanha pela proteção das florestas no mundo todo, recomenda às editoras e autores que utilizem papel certificado pelo FSC.

DASHIELL HAMMETT

MALDIÇÃO EM FAMÍLIA

Tradução:
RUBENS FIGUEIREDO

Companhia Das Letras

Copyright © 1928, 1929 by Alfred Knopf, Inc.
Copyright renovado © 1957 by Dashiell Hammett

Este livro foi publicado mediante acordo com Alfred A. Knopf,
uma divisão da Random House, Inc.

Publicado anteriormente no Brasil como A
estranha maldição *(Civilização brasileira, 1970;* Abril Cultural, *1984) e*
Maldição em família *(Brasiliense, 1987)*

Título original:
The Dain curse

Projeto gráfico da capa:
João Baptista da Costa Aguiar

Foto da capa:
Edu Marin Kessedjian (colorizada)

Preparação:
Maria Cecília Caropreso

Revisão:
Isabel Jorge Cury
Cláudia Cantarin

Dados Internacionais de Catalogação na Publicação (CIP)
(Câmara Brasileira do Livro, SP, Brasil)

Hammett, Dashiell, 1894-1961.
    Maldição em família / Dashiell Hammett ; tradução
Rubens Figueiredo. — São Paulo : Companhia das Letras,
2007.

    Título original: The Dain curse.
    ISBN 978-85-359-1083-4

    1. Ficção policial e de mistério (Literatura norte-ame-
ricana) I. Título.

07-5962   CDD-813.0872

Índice para catálogo sistemático:
1. Ficção policial e de mistério : Literatura norte-americana
813.0872

2007

Todos os direitos desta edição reservados à
EDITORA SCHWARCZ LTDA.
Rua Bandeira Paulista, 702, cj. 32
04532-002 — São Paulo — SP
Telefone: (11) 3707-3500
Fax: (11) 3707-3501
www.companhiadasletras.com.br

Para Albert S. Samuels

PARTE I

OS DAIN

1

OITO DIAMANTES

Era mesmo um diamante, brilhando no meio da grama a uns três metros e meio da parede azul de tijolos. Era pequeno, não mais do que um quarto de quilate de peso, e fora do engaste. Pus no bolso e comecei a procurar pelo gramado, me abaixando o mais que podia, sem ficar de quatro.

Eu tinha vasculhado uns dois metros quadrados de relva quando a porta da frente da casa dos Leggett se abriu.

Uma mulher saiu, foi até o primeiro degrau da larga escadinha de pedra e olhou para baixo, na minha direção, com uma curiosidade bem-humorada.

Era uma mulher mais ou menos da minha idade, uns quarenta anos, de cabelo louro meio escuro, com um rosto simpático e carnudo e bochechas rosadas com covinhas. Usava um vestido simples, estampado com flores de alfazema.

Parei de fuçar a grama e me levantei na direção dela, perguntando:

— O senhor Leggett está em casa?

— Está. — Sua voz era serena como o rosto. — O senhor quer vê-lo?

Respondi que sim.

Ela sorriu para mim e para o gramado.

— O senhor é mais um detetive, não é?

Admiti que era.

A mulher me conduziu para uma sala verde, laranja e chocolate no segundo andar, instalou-me numa poltrona com brocados e foi chamar o marido em seu laboratório. Enquanto esperava, observei a sala em volta e concluí que o tapete laranja e sem graça debaixo dos meus pés era autenticamente oriental e genuinamente antigo, que a mobília de nogueira não havia sido feita por máquinas e que as pinturas japonesas na parede não tinham sido selecionadas por um puritano.

Edgar Leggett entrou, dizendo:

— Desculpe ter feito o senhor esperar, mas só consegui me liberar agora. Descobriu alguma coisa?

Sua voz estava inesperadamente ríspida, áspera, embora a atitude fosse bastante amistosa. Era um homem de pele morena, ereto, de quarenta e poucos anos, esguio e musculoso e de altura mediana. Seria bonito, se o rosto moreno não fosse tão fundamente marcado por vincos incisivos, duros, ao longo da testa e no caminho que vai das narinas até os cantos da boca. Cabelos morenos, um tanto longos, cacheados acima e dos lados da testa larga e estriada. Olhos castanho-avermelhados brilhavam de modo anormal por trás dos óculos de aros de chifre. Seu nariz era comprido, fino e com a ponte alta. Os lábios eram finos, pronunciados, vivazes, acima de um queixo pequeno e ossudo. As roupas pretas e brancas eram bem-feitas e bem cuidadas.

— Ainda não — respondi sua pergunta. — Não sou um detetive da polícia, sou da Agência Continental, que trabalha para a companhia de seguros, e além do mais estou só começando.

— Companhia de seguros? — pareceu surpreso, erguendo as sobrancelhas morenas acima do aro escuro dos óculos.

— Sim. O senhor não...?

— Claro — respondeu sorrindo e interrompeu minhas palavras com um breve floreio da mão. Era comprida, estreita, com as pontas dos dedos muito grandes, feias como são, na maioria, as mãos bem treinadas. — Claro. Eles estavam no seguro. Eu não tinha pensado nisso. Não eram meus diamantes, o senhor sabe; eram de Halstead.

— Halstead e Beauchamp? Não obtive detalhes da companhia de seguros. Os diamantes estavam sob a custódia do senhor?

10

— Não. Eu os usava em experiências. Halstead conhecia as minhas pesquisas com vidro: colorir, matizar ou tingir o vidro, após a sua manufatura, e ficou interessado na possibilidade de adaptar o processo para os diamantes, em especial no aprimoramento de pedras de coloração ruim, a fim de remover os borrões amarelos e marrons e reforçar os tons azuis. Pediu-me para tentar e, cinco semanas atrás, me deu aqueles diamantes para eu começar o trabalho. Havia oito, nenhum especialmente valioso. O maior pesava só um pouquinho mais de meio quilate, alguns dos outros só um quarto e, com exceção de dois deles, todos tinham uma coloração ruim. Foram esses que o ladrão levou.

— Quer dizer que o senhor não teve êxito? — perguntei.

— Sinceramente — respondeu —, não fiz o menor progresso. É um trabalho mais delicado e com um material mais renitente.

— Onde o senhor os guardava?

— Eu costumava deixá-los soltos, expostos, sempre no laboratório, é claro, mas já fazia vários dias que estavam trancados no gaveteiro, desde a minha última experiência fracassada.

— Quem sabia de suas experiências?

— Qualquer um, todo mundo... Não havia motivo para segredo.

— Foram roubados do gaveteiro?

— Sim. Hoje de manhã encontramos a porta da frente arrombada, a gaveta do gaveteiro forçada, e os diamantes tinham sumido. A polícia encontrou vestígios na porta da cozinha. Dizem que o ladrão entrou por ali e saiu pela porta da frente. Não ouvimos nada na noite passada. E nada mais foi levado.

— A porta da frente estava escancarada quando desci para o térreo esta manhã — disse a sra. Leggett, na porta. — Subi e acordei Edgar, demos uma busca na casa e descobrimos que os diamantes tinham sumido. A polícia acha que o homem que eu vi deve ser o ladrão.

Perguntei a respeito do homem que ela vira.

— Foi na noite passada, por volta da meia-noite, quando abri as janelas do quarto, antes de ir para a cama. Vi um homem parado na esquina. Não posso dizer, mesmo agora, que tivesse um aspecto muito suspeito. Estava lá parado como se esperasse alguém. Olhava para este lado da rua, mas não de um modo que me levasse a pensar que estava olhando para a nossa casa. Era um homem com mais de quarenta anos, eu diria, bem baixo e largo, mais ou menos como o senhor, mas tinha um bigode castanho e eriçado e era pálido. Usava um chapéu de pano mole e um sobretudo... escuro... Acho que eram marrons. A polícia acha que é o mesmo homem que Gabrielle viu.

— Quem?

— Minha filha, Gabrielle — respondeu. — Certa noite, voltando para casa tarde... sábado à noite, acho que era isso... ela viu um homem e teve a impressão de que ele saía da nossa casa; mas Gabrielle não teve certeza e não pensou mais no assunto, até acontecer o roubo.

— Eu gostaria de falar com ela. Ela está em casa?

A sra. Leggett foi chamá-la.

Perguntei a Leggett:

— Os diamantes estavam soltos?

— Não estavam engastados, é claro, e ficavam dentro de envelopes pequenos, de papel pardo, da firma Halstead e Beauchamp, cada um num envelope separado, com o número e o peso da pedra escritos a lápis. Os envelopes também sumiram.

A sra. Leggett voltou com a filha, uma garota de uns vinte anos ou menos, num vestido de seda branca sem mangas. De altura mediana, parecia mais esguia do que era de fato. Tinha o cabelo tão cacheado quanto o do pai, com o mesmo comprimento porém de um tom castanho muito mais claro. Tinha o queixo pontudo e a pele extremamente branca e lisa e, de seus traços, apenas os olhos castanho-esverdeados eram grandes: a testa, a boca e os dentes eram notavelmente pequenos. Levantei-me para ser apresentado a ela e perguntei sobre o homem que tinha visto.

12

— Não estou segura de que ele vinha da nossa casa — explicou —, ou mesmo do gramado. — Estava mal-humorada, como se não gostasse que lhe fizessem perguntas. — Achei que devia ser isso, mas só vi o homem caminhando pela rua.

— Como era a aparência dele?

— Não sei. Moreno. Eu estava dentro do carro, ele vinha caminhando pela rua. Não observei com atenção. Era mais ou menos do seu tamanho. Poderia ser o senhor, até onde lembro.

— Não era. Foi numa noite de sábado?

— Sim... quer dizer, domingo de madrugada.

— A que horas?

— Ah, três da manhã ou mais — respondeu, impaciente.

— Estava sozinha?

— Claro que não.

Perguntei quem estava com ela e, por fim, obtive um nome: Eric Collinson a trouxera de carro para casa. Perguntei onde eu podia encontrar Eric Collinson. Ela franziu o rosto, hesitou e disse que ele trabalhava na firma Spear, Camp e Duffy, corretor da bolsa de valores. Disse também que estava com uma dor de cabeça tremenda e agora pedia a minha licença, pois sabia que eu não podia ter mais nenhuma pergunta a lhe fazer. Em seguida, sem esperar a resposta que eu pudesse dar, virou as costas e saiu da sala. Suas orelhas, reparei quando se virou, não tinham lóbulos e eram estranhamente pontudas na parte de cima.

— E os empregados? — perguntei à sra. Leggett.

— Só temos uma: Minnie Hershey, uma negra. Não dorme aqui e tenho certeza de que ela nada tem a ver com isso. Está conosco há quase dois anos e posso garantir a sua honestidade.

Falei que gostaria de conversar com Minnie e a sra. Leggett chamou-a. A empregada era uma garota baixa, mulata, magra e forte, de cabelo preto liso e com as feições morenas de uma hindu. Era muito educada e insistiu em dizer que nada tinha a ver com o roubo dos diamantes e que

13

nada sabia sobre o roubo antes de chegar à casa naquela manhã. Deu-me seu endereço, no bairro dos negros de San Francisco.

Leggett e sua esposa levaram-me ao laboratório, uma sala ampla que ocupava quase todo o terceiro andar. Diagramas estavam pendurados entre as janelas na parede branca e caiada. O piso de madeira não era forrado. Uma máquina de raios X — ou algo semelhante —, quatro ou cinco máquinas menores, uma forja, uma pia larga, uma grande mesa de zinco, outras menores, feitas de porcelana, bancadas, estantes para objetos de vidro, tanques de metal em forma de sifão — coisas desse tipo enchiam a maior parte da sala.

O gaveteiro de onde os diamantes foram roubados era um trambolho de aço pintado de verde, com seis gavetas, num sistema em que todas trancavam juntas. A segunda gaveta a contar de cima — onde ficavam os diamantes — estava aberta. A borda estava amassada no local em que um pé-de-cabra ou um formão fora introduzido, entre a borda e a moldura. As outras gavetas permaneciam fechadas. Leggett disse que o arrombamento da gaveta dos diamantes havia danificado a tranca das demais gavetas e por isso ele teria de chamar um chaveiro para abri-las.

Fomos para o térreo por uma sala onde a mulata circulava empurrando um aspirador de pó, e passamos pela cozinha. A porta dos fundos e seu alizar estavam tão marcados quanto o gaveteiro, pela mesma ferramenta, ao que parecia.

Quando terminei de examinar a porta, tirei o diamante do bolso, mostrei aos Leggett e perguntei:

— Este é um deles?

Leggett pegou-o da palma da minha mão com o dedo indicador e o polegar, ergueu-o sob a luz, virou-o para um lado e para o outro e disse:

— Sim. Tem aquele ponto nublado na base. Onde o pegou?

— Lá fora, na frente da casa, na grama.

— Ah, na pressa nosso ladrão deixou cair uma parte do seu espólio.

Respondi que eu duvidava disso.

Leggett contraiu e uniu as sobrancelhas por trás dos óculos, encarou-me com olhos bem estreitos e perguntou em tom cortante:

— O que o senhor acha?

— Acho que foi posto ali de propósito. O seu ladrão sabia coisas demais. Sabia em que gaveta tinha de apanhar as pedras. Não perdeu tempo com nada. Os detetives usam e abusam da frase "tem gente da casa metida na história" porque poupa trabalho se puderem encontrar um culpado no próprio local do crime; neste caso não consigo ver outra explicação.

Ainda com o aspirador de pó, Minnie veio até a porta e começou a gritar que era uma garota honesta, que ninguém tinha o direito de acusá-la de nada, que podiam revistá-la e também a sua casa se quisessem, e que o fato de ela ser uma jovem de cor não era razão para aquilo, e não parava de falar; e nem tudo dava para entender, porque o aspirador de pó ainda zunia ligado em sua mão e ela soluçava enquanto falava. Lágrimas corriam por seu rosto.

A sra. Leggett aproximou-se dela, deu uma palmadinha em seu ombro e disse:

— Calma, calma. Não chore, Minnie. Sei que você não teve nada a ver com isso, e todos também sabem. Calma, calma. — Logo conseguiu fechar a torneira de lágrimas da moça e mandou-a para o andar de cima.

Leggett sentou-se a um canto da mesa da cozinha e perguntou:

— O senhor desconfia de alguém desta casa?

— De alguém que esteve aqui dentro, sim.

— Quem?

— Ninguém ainda.

— Isso — ele sorriu, mostrando dentes brancos quase tão pequenos quanto os da filha — significa todos... todos nós?

15

— Vamos dar uma olhada no gramado — sugeri. — Se acharmos outros diamantes, direi que talvez eu esteja enganado na minha tese de que o culpado é alguém da casa.

A meio caminho do nosso trajeto rumo à porta da frente, encontramos Minnie Hershey, num casaco marrom-claro e com um chapéu violeta, que vinha despedir-se da patroa. Em lágrimas, disse que não podia trabalhar num lugar onde todos achavam que ela havia roubado alguma coisa. Era tão honesta quanto qualquer um, e mais honesta do que muita gente, tinha o direito de ser respeitada e, se não conseguia respeito num lugar, ia procurar em outro, porque conhecia lugares onde as pessoas não iam acusá-la de roubar coisas depois de ter trabalhado para elas durante dois longos anos sem pegar sequer uma fatia de pão.

A sra. Leggett explicou, argumentou, repreendeu, ordenou, mas nada disso adiantou. A jovem mulata manteve-se firme em sua decisão e foi embora.

A sra. Leggett olhou para mim, seu rosto simpático mostrou-se o mais severo que pôde, e disse em tom de censura:

— Está vendo o que o senhor fez?

Pedi desculpas, e o marido e eu saímos para examinar o gramado. Não achamos mais nenhum diamante.

2

NARIZ COMPRIDO

Gastei algumas horas xeretando na vizinhança, em busca de vestígios do homem que a sra. e a srta. Leggett tinham visto. Não tive sorte numa casa, mas topei com novidades na outra. Uma certa sra. Priestly — uma enferma pálida que morava três casas abaixo da residência dos Leggett — me deu a primeira dica sobre ele.

A sra. Priestly muitas vezes ficava sentada junto à janela da frente, à noite, quando não conseguia dormir. Em duas daquelas noites, viu o tal homem. Disse que era alto e jovem, pensava ela, e que andava com a cabeça projetada para a frente. A rua era muito mal iluminada para que ela fosse capaz de descrever a cor e as roupas dele.

Tinha visto o homem pela primeira vez uma semana antes. Ele subiu e desceu a rua pela calçada do outro lado umas cinco ou seis vezes, em intervalos de quinze ou vinte minutos, com a cara virada, como se estivesse vigiando alguma coisa (ou procurando alguma coisa) no lado da rua onde ficava a casa da sra. Priestly — e a casa dos Leggett. Ela achava que eram entre onze horas e meia-noite, quando o viu pela primeira vez, e por volta de uma da manhã, na última. Várias noites depois — um sábado —, ela o viu de novo, mas dessa vez ele não estava andando, estava parado na esquina de baixo, olhando rua acima, por volta da meia-noite. Foi embora meia hora depois, e ela não o viu mais.

A sra. Priestly conhecia os Leggett de vista, mas sabia muito pouco sobre eles, exceto que a filha era tida como um pouquinho biruta. Pareciam pessoas boas, porém reservadas. O sr. Leggett mudou-se para aquela casa em 1921; vivia sozinho, exceto pela empregada, uma certa sra. Begg, que agora, pelo que a sra. Priestly sabia, trabalhava para uma família chamada Freemander, em Berkeley. A sra. Leggett e Gabrielle só vieram morar com Leggett em 1923.

A sra. Priestly disse que não tinha ficado junto à janela na noite anterior e portanto não tinha visto o homem que a sra. Leggett vira na esquina.

Um homem chamado Warren Daley, que morava do outro lado da rua, já perto da esquina onde a sra. Priestly vira o tal homem, tinha surpreendido um sujeito no vestíbulo, quando trancava as portas de casa na noite de domingo — ao que parecia, era o mesmo homem. Daley não estava em casa quando fui até lá, mas depois de me contar tudo isso a sra. Daley telefonou para ele na minha frente.

Daley contou que o homem ficou parado na entrada da casa, escondendo-se de alguém ou vigiando alguém que subia pela rua. Assim que Daley abriu a porta, o homem fugiu, rua abaixo, sem prestar a menor atenção nele, que lhe disse:

— O que você está fazendo aqui?

Daley contou que o homem tinha uns trinta e dois ou trinta e três anos, estava muito bem vestido, com roupas escuras, e tinha um nariz comprido, fino e pontudo.

Foi tudo o que consegui arrancar da vizinhança. Fui ao escritório da firma Spear, Camp e Duff, na rua Montgomery, e perguntei por Eric Collinson.

Era um jovem louro, alto, largo, bronzeado e muito alinhado, um rosto de bom aspecto e com ar de pouca inteligência, de alguém que sabe tudo sobre pólo, tiro ao alvo, aviação, ou coisas do tipo, mas quase nada sobre qualquer outro assunto. Sentamo-nos em poltronas de couro bem estofadas na sala dos clientes, já vazia àquela hora, após o fechamento do mercado, a não ser por um rapaz que mexia com os números no quadro de cotações. Contei a Collinson sobre o roubo e perguntei sobre o homem que ele e a srta. Leggett tinham visto no sábado à noite.

— Usava um chapéu barato, pelo que pude ver. Estava escuro. Era baixo e atarracado. O senhor acha que foi ele que roubou?

— Ele estava vindo da casa dos Leggett? — perguntei.

— Pelo menos do gramado. Parecia nervoso... por isso pensei que talvez estivesse xeretando onde não devia. Cheguei a me oferecer para ir atrás dele e perguntar o que ele queria por ali, mas Gaby não deixou. Talvez fosse um amigo do pai dela. Já perguntou para ele? É chegado a umas pessoas esquisitas.

— Não era meio tarde para uma visita sair da casa dele?

Desviou o rosto do meu olhar, então perguntei:

— Que horas eram?

— Meia-noite, eu suponho.

— Meia-noite?

— Isso mesmo. A hora em que as sepulturas se abrem para os mortos e os fantasmas se levantam.

— A srta. Leggett disse que já passava das três.

— Veja como são as coisas! — exclamou, num tom levemente triunfante, como se tivesse demonstrado algo que estávamos debatendo. — Ela é meio cega e não quer usar óculos com receio de perder a beleza. Vive cometendo enganos desse tipo. Joga cartas muito mal, troca o dois pelo ás. Já passavam uns quinze minutos da meia-noite; ela provavelmente olhou para o relógio e confundiu os ponteiros.

Falei:

— Isso é muito ruim. — E depois: — Obrigado.

Em seguida, fui para a loja Halstead e Beauchamp na rua Geary.

Watt Halstead era um homem claro, manso, careca, gordo, de olhos cansados e colarinho muito apertado. Contei-lhe o que eu estava fazendo e lhe perguntei se conhecia bem o sr. Leggett.

— Eu o conheço como um freguês muito bom e por sua reputação de cientista. Por que pergunta?

— Essa história do roubo na casa dele está cheirando mal, pelo menos um pouquinho.

— Ah, o senhor está enganado. Quer dizer, o senhor está enganado se acha que um homem do quilate dele se meteria numa coisa desse tipo. Um empregado da casa, tudo bem; sim, pode ser: acontece muitas vezes, não é? Mas não o Leggett. Ele é um cientista de certa reputação, fez um trabalho notável com as cores e, a menos que o nosso departamento de crédito esteja mal informado, é um homem de recursos bem mais do que razoáveis. Não quero dizer que seja rico, no sentido moderno da palavra, mas é rico demais para fazer algo desse tipo. E, cá entre nós, fui informado de que seu saldo atual no banco Nacional Seaman's é de dez mil dólares. Bem, os oito diamantes não valiam mais que mil ou mil e duzentos ou mil e trezentos dólares.

— No varejo? Então custaram para o senhor uns seiscentos ou quinhentos?

— Bem — sorriu —, setecentos e cinqüenta seria um número mais aproximado.

— Como aconteceu de o senhor dar a ele os diamantes?

— É nosso cliente, como eu lhe disse, e quando eu soube o que ele tinha feito com o vidro pensei que seria maravilhoso se o mesmo método pudesse ser aplicado aos diamantes. Fitzstephan estava cético, foi sobretudo por meio dele que eu soube a respeito da pesquisa de Leggett com vidro, mas achei que valia a pena tentar, e ainda penso assim, então persuadi Leggett a tentar.

Fitzstephan era um nome familiar. Perguntei:

— Que Fitzstephan é esse?

— Owen, o escritor. O senhor o conhece?

— Sim, mas eu não sabia que estava no litoral. Já bebemos juntos. Sabe qual é o endereço dele?

Halstead localizou-o no caderninho de endereços para mim, um apartamento em Nob Hill.

Do joalheiro, fui ao bairro onde ficava a casa de Minnie Hershey. Era um bairro negro, o que tornava a obtenção de informações razoavelmente precisas duas vezes mais improvável do que sempre já é.

O que consegui resumia-se a isto: a garota viera de

20

Winchester, na Virgínia, para San Francisco quatro ou cinco anos antes, e durante os últimos seis meses morava com um negro chamado Rhino Tingley. Uma pessoa me disse que o primeiro nome de Rhino era Ed, outra que era Bill, mas as duas estavam de acordo em que ele era jovem, grande e negro e podia ser facilmente reconhecido por uma cicatriz no queixo. Eu também apurei que ele vivia à custa de Minnie e da sinuca; que não era um mau sujeito, a não ser quando ficava furioso — nessas horas, podia causar um tremendo terror; e que eu podia dar uma espiada nele no início de quase todas as noites na barbearia Bunny Mack's ou na loja de cigarros Big-Foot Gerber's.

Apurei onde ficavam essas espeluncas e voltei ao centro, para o escritório do detetive da polícia no fórum. Não tinha ninguém no setor das casas de penhores. Atravessei o corredor e perguntei ao tenente Duff se alguém tinha sido destacado para cuidar do caso do Leggett.

Ele disse:

— Fale com O'Gar.

Fui à sala de reuniões em busca de O'Gar e me perguntava o que ele — um sargento-detetive do setor de homicídios — teria a ver com o meu caso. Nem O'Gar nem Pat Reddy, seu parceiro, estavam ali. Fumei um cigarro, tentei imaginar quem tinha sido morto e resolvi telefonar para Leggett.

— Algum detetive da polícia esteve aí depois que eu saí? — perguntei, quando sua voz rouca soou em meu ouvido.

— Não, mas a polícia telefonou há pouco e pediu que minha mulher e minha filha fossem a um local na avenida Golden Gate para ver se podiam identificar um homem lá. Partiram há poucos minutos. Não fui com elas, já que não vi o suposto ladrão.

— Em que lugar da avenida Golden Gate?

Ele não lembrava o número, mas sabia o quarteirão — depois da avenida Van Ness. Agradeci e fui até lá.

No quarteirão indicado, achei um tira de uniforme parado junto à porta de um predinho de apartamentos. Perguntei se O'Gar estava lá em cima.

— Lá no 310 — respondeu.

Peguei o elevadorzinho raquítico. Quando saltei no terceiro andar, dei de cara com a sra. Leggett e a filha, as duas já de saída.

— Agora espero que o senhor se convença de que a Minnie não tem nada a ver com isso — disse a sra. Leggett, me dando logo uma bronca.

— A polícia achou o homem?

— Sim.

Falei para Gabrielle Leggett:

— Eric Collinson diz que era só meia-noite, ou poucos minutos depois disso, quando levou a senhorita para casa no sábado.

— O Eric — disse ela, irritada, enquanto passava por mim para entrar no elevador — não passa de uma besta.

A mãe, seguindo-a até o elevador, repreendeu-a em tom gentil:

— Querida, por favor.

Avancei pelo corredor rumo a uma porta onde Pat Reddy estava parado, conversando com alguns repórteres, dei bom-dia, me espremi e passei no meio deles em direção a um corredor curto e avancei por ali até um quarto mal e porcamente mobiliado onde um morto estava deitado sobre uma cama embutida na parede.

Phels, do departamento de identificação da polícia, desviou os olhos da sua lente de aumento para me cumprimentar com um aceno de cabeça e em seguida continuou a examinar o canto de uma mesa em estilo espanhol.

O'Gar enfiou a cabeça e os ombros na janela aberta e rosnou:

— Quer dizer que a gente vai ter de aturar você outra vez?

O'Gar era um homem rijo, troncudo, de uns cinqüenta anos, que usava chapéus pretos de aba larga, como os dos filmes de xerife. Havia um bocado de juízo dentro da

22

sua cabeça dura e quadrada e era bem confortável trabalhar com ele.

Olhei o cadáver — um homem de uns quarenta anos, com um rosto pálido e pesado, cabelo curto com um toque cinzento, bigode raquítico, escuro, braços e pernas robustos. Tinha um buraco de bala logo acima do umbigo e um outro mais no alto, no lado esquerdo do peito.

— É um homem — disse O'Gar, quando pus o lençol em cima dele outra vez. — Está morto.

— O que mais contaram para você? — perguntei.

— Parece que ele e um outro cara meteram a mão nas pedrinhas e aí o outro resolveu passar o rodo e ficar com tudo sozinho. Os envelopes estão aqui. — O'Gar tirou-os do bolso e correu o polegar pela ponta do maço. — Mas os diamantes não. Eles foram embora pela escada de incêndio com o outro cara, não faz muito tempo. As pessoas viram o sujeito passar às escondidas, mas o cara sumiu quando correu pelo beco. Homem alto de nariz comprido. Esse aí — apontou com os envelopes para a cama — morava aqui fazia uma semana. Com o nome de Louis Upton, etiquetas de Nova York. Não conhecemos. Ninguém nesta espelunca vai dizer se viu o cara com alguém. Ninguém vai dizer que conhece o Nariz Comprido.

Pat Reddy entrou. Era um garotão grande, alegre, com uma cabeça boa quase o bastante para compensar a falta de experiência. Contei a ele e a O'Gar o que eu tinha apurado até então em meu trabalho.

— O Nariz Comprido e esse palhaço se revezavam para vigiar a casa dos Leggett? — sugeriu Reddy.

— Pode ser — respondi —, mas também tem gente da casa envolvida. Quantos envelopes você tem aí, O'Gar?

— Sete.

— Então está faltando o envelope do diamante deixado no jardim.

— E a tal garota mulata? — perguntou Reddy.

— Vou dar uma checada no homem que mora com ela

esta noite — respondi. — Vocês vão ver se conseguem alguma informação lá em Nova York sobre este Upton?

— Ahn-hã — respondeu O'Gar.

3

ALGO NEGRO

No endereço de Nob Hill que Halstead me deu, eu disse meu nome ao rapaz que operava a mesa de interfones e pedi que o transmitisse para Fitzstephan. Lembrava-me de Fitzstephan como um homem alto, magro, de cabelo cor de canela, trinta e dois anos, com olhos sonolentos e cinzentos, boca larga e bem-humorada e roupas cuidadosamente surradas; um homem que fingia ser mais preguiçoso do que era, que preferia falar a qualquer outra coisa e que tinha uma boa dose do que pareciam ser informações precisas e idéias originais sobre todo assunto que se apresentasse, contanto que fosse algo um pouco fora do comum.

Eu tinha andado com ele cinco anos antes, em Nova York, onde fui remexer na lama de uma história sobre uma rede de falsos médiuns que havia surrupiado cem mil dólares da viúva de um comerciante de carvão e gelo. Fitzstephan andava escavando a mesma história, à cata de material literário. Nós nos aproximamos e unimos forças. Eu estava mais por fora que ele, pois Fitzstephan conhecia a tal tramóia dos fantasmas de ponta a ponta; e, com sua ajuda, resolvi a minha parte em poucas semanas. Ficamos muito próximos durante um mês, mais ou menos, até que fui embora de Nova York.

— O senhor Fitzstephan disse para o senhor subir — falou o rapaz da mesa de interfones.

O apartamento ficava no sexto andar. Ele estava de pé na porta quando saí do elevador.

— Meu Deus — disse ele enquanto estendia a mão magra. — É você!

— O próprio.

Ele não tinha mudado nem um pouco. Entramos numa sala onde meia dúzia de estantes de livros e quatro mesas deixavam pouco espaço para qualquer outra coisa. Revistas e livros em várias línguas, jornais, folhetos, provas tipográficas estavam espalhados por toda parte — exatamente do mesmo jeito que era em sua casa em Nova York.

Sentamos, arranjamos lugar para os pés, no intervalo entre os pés da mesa, e fizemos um resumo ligeiro de nossas vidas desde a última vez em que havíamos nos encontrado. Fitzstephan já estava em San Francisco fazia mais de um ano, exceto nos finais de semana, disse ele, sem contar os dois meses em que se isolara no interior para terminar de escrever um romance. Eu estava em San Francisco já fazia quase cinco anos. Fitzstephan gostava de San Francisco, disse, mas não faria nenhuma objeção se devolvessem o Oeste para os índios.

— E como vai a picaretagem literária? — perguntei.

Fitou-me com um olhar penetrante, de cobrança:

— Não tem lido o que escrevo?

— Não. De onde tirou essa idéia maluca?

— Havia algo no seu tom de voz, algo de um proprietário, como a voz de alguém que comprou um autor por uns poucos dólares. Não vi isso com tanta freqüência em minha vida para ter me acostumado. Meu Deus! Lembra aquela vez em que dei a você uns livros meus de presente? — Sempre gostou de falar desse jeito.

— É. Mas nunca culpei você. Você estava bêbado.

— De xerez, o xerez de Elsa Donne. Lembra de Elsa? Ela nos mostrou um quadro que tinha acabado de pintar e você disse que era bonito. Santo Deus, como ela ficou furiosa! Você falou de um jeito tão desanimado e sincero, parecia que tinha plena certeza de que ela não ia gostar de ouvir aquilo. Lembra? Ela nos pôs no olho da rua, mas já estávamos impregnados do xerez dela. Mesmo assim você não estava bêbado o bastante para levar os livros.

— Tive medo de ler os livros e entender — expliquei —, e aí você ia se ofender.

Um rapaz chinês nos trouxe vinho branco gelado.

Fitzstephan disse:

— Creio que você ainda está à caça de malfeitores, não é?

— É. Foi assim que por acaso localizei você. Halstead me contou que você conhece Edgar Leggett.

Um brilho rompeu a sonolência de seus olhos cinzentos e ele se ajeitou um pouco na cadeira, enquanto perguntava:

— O Leggett se meteu em alguma coisa?

— Por que diz isso?

— Eu não disse nada. Perguntei. — Amoleceu de novo na cadeira, mas o brilho não saiu de seus olhos. — Vamos, desembuche logo. Não tente bancar o malandro comigo, meu filho; não é o seu estilo, nem um pouco. Se tentar, estará perdido. Desembuche logo. Em que foi que o Leggett se meteu?

— Não é assim que a gente faz — respondi. — Você escreve histórias. Não posso garantir que você não vai fazer suas armações em cima do que vou lhe contar. Vou guardar a minha história até que você tenha contado a sua, assim a sua não vai ser distorcida para se encaixar na minha. Há quanto tempo você o conhece?

— Pouco depois de eu ter me mudado para cá. Ele sempre me interessou. Há alguma coisa obscura, alguma coisa sombria e instigante nele. Por exemplo, é fisicamente ascético, não fuma, não bebe, come de maneira frugal, dorme só três ou quatro horas por noite, é o que me disseram, mas é mental ou espiritualmente sensual (isso faz algum sentido para você?), ao ponto da decadência. Você achava que eu tinha um apetite anormal para o fantástico. Pois você devia conhecê-lo. Os amigos de Leggett... não, ele não tem amigos... os companheiros escolhidos por ele são os que têm as idéias mais desvairadas: Marquard e suas figuras malucas, que não são figuras, mas fronteiras de áreas no espaço que são as figuras; Denbar Curt e o seu algebraísmo; os

Haldorn e a sua seita do Cálice Sagrado; a doida Laura Joines; Farnham...

— E você — interrompi —, com explicações e definições que não explicam nem definem nada. Espero que você não acredite que qualquer coisa do que me disse tenha alguma importância para mim.

— Agora estou me lembrando de você: é sempre desse jeito. — Deu um sorriso forçado, correndo os dedos finos pelo cabelo cor de canela. — Diga-me o que aconteceu, enquanto tento descobrir monossílabos para você.

Perguntei se conhecia Eric Collinson. Respondeu que sim; nada havia a saber sobre ele, exceto que estava namorando firme Gabrielle Leggett, seu pai era o comerciante de madeira Collinson, Eric era formado em Princeton, mexia com ações e títulos de valores, jogava handebol, um bom garoto.

— Talvez — falei. — Mas mentiu para mim.

— Mas que detetive é você? — Fitzstephan balançou a cabeça, sorrindo forçado. — Você deve ter falado com o cara errado, alguém que se fez passar por ele. O Chevalier Bayard não mente e, além disso, mentir requer imaginação. Você... mas espere aí! Tinha uma mulher envolvida na sua pergunta?

Fiz que sim com a cabeça.

— Então você está certo — Fitzstephan me garantiu. — Desculpe. O Chevalier Bayard sempre mente quando há uma mulher envolvida, mesmo quando isso não é necessário e a deixa numa grande encrenca. É uma das convenções do bayardismo, tem algo a ver com a proteção da honra da mulher ou algo assim. Quem era a mulher?

— Gabrielle Leggett — respondi, e contei tudo o que eu sabia sobre os Leggett, os diamantes e o homem morto na avenida Golden Gate. A decepção se aprofundava em seu rosto à medida que eu falava.

— Isso é banal, maçante — queixou-se quando terminei. — Tenho pensado em Leggett em termos de Dumas e você me traz uma vulgaridade no estilo de O. Henry. Você me deprimiu, você e os seus diamantes vagabundos. Mas — seus olhos brilharam de novo — isso ainda pode dar em algo que preste. Leggett pode ser ou não um criminoso, mas para ele há mais coisas em jogo do que uma falcatruazinha sobre um seguro por causa de uns trocados.

— Quer dizer — perguntei — que ele é um desses gênios do crime? Então você lê os jornais? O que acha que ele é? O rei dos contrabandistas de bebida? Líder de um sindicato internacional do crime? Um magnata de escravas brancas? O cabeça de uma quadrilha de traficantes de drogas? Ou a rainha dos falsários sob disfarce?

— Não banque o idiota — respondeu. — Mas ele tem cérebro, e há nele algo de negro. Algo em que ele não quer pensar, mas que não deve esquecer. Contei a você que ele tem sede de tudo que há de mais delirante no pensamento, apesar de ser frio como um peixe, mas de uma frieza seca e amarga. É um neurótico que mantém o corpo em forma, sensível e a postos — para quê? — enquanto intoxica a mente com loucuras. No entanto é frio e lúcido. Se um homem tem um passado que deseja esquecer, pode com facilidade entorpecer a mente, contra a memória, por meio de seu corpo, com sensualidade, quando não com narcóticos. Mas suponha que o passado não está morto e que esse homem tem de se manter em boa forma para enfrentá-lo, no caso de o passado surgir no presente. Bem, nessa hipótese seria muito sensato da parte dele anestesiar a mente de forma direta, deixando o corpo forte e alerta.

— E esse passado?

Fitzstephan balançou a cabeça enquanto dizia:

— Se eu não sei, e não sei, não é minha culpa. Antes de você terminar esse caso, vai ver como é difícil arrancar informações daquela família.

— Você tentou?

— Claro. Sou romancista. Meu negócio é com almas e o que se passa dentro delas. Leggett tem uma alma que me atrai, e sempre me considerei tratado injustamente por ele não ter se aberto comigo. Sabe, duvido que o nome dele seja Leggett. Ele é francês. Contou-me um dia que veio de Atlanta, mas ele é francês no aspecto, no tipo de mente, em tudo, só que não admite.

— E quanto ao resto da família? — perguntei. — Gabrielle tem o miolo mole, não é?

— Eu bem que gostaria de saber. — Fitzstephan olhou para mim com curiosidade. — Você está falando por falar ou acha mesmo que ela é pancada?

— Não sei. Ela é esquisita, o tipo de pessoa desconfortável. E também tem orelhas de bicho, quase sem testa; e os olhos mudam de verde para castanho e voltam para o verde sem nunca se fixar numa cor. O que você descobriu sobre as atividades dela em suas xeretadas?

— Será que você, que ganha a vida xeretando, vai querer agora escarnecer da minha curiosidade sobre a vida das pessoas e das minhas tentativas de satisfazê-la?

— Somos diferentes — respondi. — Faço meu trabalho com o propósito de mandar as pessoas para a cadeia, e sou pago para isso, se bem que não tanto quanto devia.

— Nada tem de diferente — disse ele. — Faço o meu trabalho com o propósito de mandar as pessoas para os livros, e sou pago para isso, se bem que não tanto quanto devia.

— Sei, mas que benefício isso traz?

— Só Deus sabe. Que benefício traz mandar as pessoas para a cadeia?

— Diminui os engarrafamentos — respondi. — Mande bastante gente para a cadeia e as cidades não vão ter problemas de tráfego. O que sabe sobre Grabielle?

— Ela odeia o pai. Ele a adora.

— Como nasceu o ódio?

— Não sei; talvez porque ele a adore.

— Não faz sentido — reclamei. — Você está só bancando o literato. E quanto à senhora Leggett?

— Você ainda não provou uma das refeições dela, não é? Se tivesse comido, não teria dúvidas. Ninguém, a não ser uma alma serena e sadia, consegue alcançar uma tal arte culinária. Muitas vezes eu me pergunto o que é que ela acha das criaturas bizarras que são o marido e a filha, embora eu imagine simplesmente que ela os aceita como são, sem sequer ter consciência da esquisitice deles.

— Tudo isso está muito bonito — retruquei —, mas você ainda não me contou nada de concreto.

— Não, não contei — respondeu —, e é assim mesmo, meu jovem. Contei o que sei e o que imagino, e nada disso é concreto. A questão é: ao longo de um ano de tentativas, não descobri nada de concreto sobre Leggett. Tendo em vista a minha curiosidade e a minha habitual perícia em satisfazê-la, será que isso não basta para convencer você de que o homem está escondendo alguma coisa e que sabe como esconder?

— É mesmo? Não sei. O que sei é que perdi tempo demais e não consegui descobrir nada capaz de mandar alguém para a cadeia. Vamos jantar amanhã? Ou depois de amanhã?

— Depois de amanhã. Umas sete horas?

Respondi que eu viria pegá-lo e fui embora. Já passava das cinco. Como não tinha almoçado, fui até o Blanco's para comer alguma coisa e depois me dirigi ao bairro dos negros para dar uma espiada no tal Rhino Tingley.

Encontrei-o na loja de cigarros Big-Foot Gerber's, rolando um charuto gordo na boca, enquanto contava algo para outros negros — eram quatro.

— ... digo para ele: "Ô, crioulo, você está falando demais", e levanto a mão na direção dele e, juro por Deus, no mesmo instante já não tinha mais ninguém ali, a não ser as pegadas no chão de cimento, a uns dois metros e meio, e indo para casa.

Ao comprar um maço de cigarros, avaliei o sujeito enquanto ele falava. Era um homem cor de chocolate, de menos de trinta anos, com cerca de um metro e oitenta de altura e mais de noventa quilos, olhos imensos, esbugalhados e amarelos, nariz largo, boca grande de lábios azuis e gengivas azuis, e uma cicatriz preta e raivosa que corria do lábio inferior até a parte de trás do colarinho listrado de azul e branco. As roupas eram novas o bastante para parecerem novas e ele as usava com ostentação. A voz era de um baixo pesado que fazia sacudir o vidro dos armários, quando ria junto com sua platéia.

Saí da loja enquanto eles riam; ouvi as risadas pararem pouco depois às minhas costas, resisti à tentação de olhar para trás e desci pela rua, rumo ao prédio onde ele e Minnie moravam. Ele ficou ombro a ombro comigo quando eu estava a meio quarteirão de seu prédio.

Não falei nada enquanto ele caminhou sete passos ao meu lado.

Então ele perguntou:

— Você é o homem que anda por aí perguntando sobre mim?

O cheiro azedo de vinho italiano estava tão denso que dava até para enxergar.

Pensei bem e disse:

— É.

— E o que você tem a ver comigo? — perguntou, não de modo desagradável, mas como se quisesse saber.

Do outro lado da rua, Gabrielle Leggett, de casaco marrom e chapéu marrom e amarelo, saiu do prédio de Minnie e caminhou para o sul, sem virar o rosto em nossa direção. Andava ligeiro e o lábio inferior estava preso entre os dentes.

Olhei para o negro. Ele estava olhando para mim. Não havia nada em seu rosto que mostrasse que tinha visto Gabrielle Leggett ou que a visão dela significasse algo para ele.

Falei:

— Você não tem nada a esconder, tem? Por que se importa se alguém faz perguntas sobre você?

— Mesmo assim, se quer saber alguma coisa sobre mim, é a mim mesmo que tem de perguntar. Você é o sujeito que despediu a Minnie?

— Ela não foi despedida. Pediu demissão.

— Minnie não tem de ficar ouvindo conversa fiada de ninguém. Ela...

— Vamos até lá conversar com ela — sugeri, e atravessei a rua. Na porta da frente, ele se adiantou, subimos um andar de escada, enveredamos por um corredor escuro até uma porta que ele abriu com uma das vinte chaves, ou mais, que tinha no chaveiro.

Minnie Hershey, num quimono cor-de-rosa enfeitado com penas de avestruz amarelas que pareciam pequenas samambaias mortas, saiu do quarto para nos receber na sala. Seus olhos se arregalaram quando me viu.

Rhino disse:

— Conhece esse cavalheiro, Minnie?

Minnie disse:

— S-sim...

Falei:

— Não devia ter ido embora da casa dos Leggett daquele jeito. Ninguém acha que você tem algo a ver com os diamantes. O que é que a senhorita Leggett veio fazer aqui?

— Não veio nenhuma senhorita Leggett aqui — ela respondeu. — Não sei do que o senhor está falando.

— Ela estava saindo quando a gente entrou.

— Ah! A senhorita Leggett. Achei que tinha dito senhora Leggett. Desculpe. Sim, senhor, a senhorita Gabrielle esteve aqui, sim. Queria saber se eu não ia voltar para lá. Ela pensa muita coisa boa de mim, a senhorita Gabrielle, é mesmo.

— É isso — respondi — que você deve fazer. Foi bobagem ir embora daquele jeito.

Rhino tirou o charuto da boca e apontou a extremidade vermelha para a garota.

— Você saiu da casa deles — trovejou — e vai ficar longe da casa deles. Não tem de engolir nada de ninguém. — Enfiou a mão no bolso da calça, sacou um bolo grosso de cédulas, bateu com elas na mesa e esbravejou: — Por que você precisa trabalhar para essa gente?

Estava falando com a garota, mas olhava para mim,

33

sorrindo bem largo, dentes de ouro brilhando na boca roxa. A garota olhou para ele com ar de escárnio e disse:

— Não faça o moço de bobo, *vino*. — Virou-se para mim de novo, o rosto mulato nervoso, ansiosa para que eu acreditasse nela, e explicou em tom sério: — Rhino ganhou esse dinheiro num jogo de dados, senhor. Juro por Deus.

Rhino disse:

— Não é da conta de ninguém onde arranjo o meu dinheiro. Ganhei, está ganho... — Pôs o charuto na beira da mesa, pegou o dinheiro, molhou o polegar, grande como um calcanhar, na língua, que mais parecia um tapete de banheiro, e contou seu rolo de dinheiro, nota por nota, sobre a mesa. — Vinte... trinta... oitenta... cem... cento e dez... duzentos e dez... trezentos e dez... trezentos e trinta... trezentos e trinta e cinco... quatrocentos e trinta e cinco... quinhentos e trinta e cinco... quinhentos e oitenta e cinco... seiscentos e cinco... seiscentos e dez... seiscentos e vinte... setecentos e vinte... setecentos e setenta... oitocentos e vinte... oitocentos e trinta... oitocentos e quarenta... novecentos e quarenta... novecentos e sessenta... novecentos e setenta... novecentos e setenta e cinco... novecentos e noventa e cinco... mil e quinze... mil e vinte... mil cento e vinte... mil cento e setenta. Todo mundo quer saber onde arranjei dinheiro, talvez eu conte, talvez não conte. Depende da minha vontade.

Minnie disse:

— Ganhou num jogo de dados, moço, lá no Clube Social Dia Feliz. Que eu morra aqui mesmo se não é verdade.

— Pode ser que sim — disse Rhino, ainda sorrindo muito para mim. — Mas está pensando que não ganhei, não é?

— Não tenho queda para charadas — respondi e, depois de aconselhar Minnie outra vez a voltar para a casa dos Leggett, saí do apartamento. Minnie fechou a porta atrás de mim. Enquanto eu descia pelo corredor, pude ouvir a voz dela dando uma bronca em Rhino e a arrogante e grave gargalhada dele.

Numa lanchonete Coruja no centro da cidade, abri a lista telefônica na área de Berkeley, encontrei só um Freemander na lista e telefonei para o número. A sra. Begg estava em casa e aceitou me receber, se eu pegasse a barca seguinte.

A casa de Freemander ficava à margem de uma estrada que subia em curvas um morro, na direção da Universidade da Califórnia.

A sra. Begg era uma mulher grande e ossuda, com um pouco de cabelo grisalho comprimido em torno do crânio saliente, olhos cinzentos e duros e mãos hábeis e duras. Era amarga e severa, mas falava de modo bastante franco para que pudéssemos ir direto ao assunto, sem muita conversa fiada.

Contei-lhe sobre o roubo e o arrombamento e minha crença de que o ladrão havia recebido ajuda de alguém da casa, pelo menos alguma informação de alguém que conhecia a casa dos Leggett, e concluí:

— A senhora Priestly me contou que a senhora era a empregada dos Leggett e achou que poderia me ajudar.

A sra. Begg disse achar difícil que pudesse me contar qualquer coisa que valesse o preço da minha viagem até lá, mas estava disposta a fazer o possível, pois era uma mulher honesta e não tinha nada a esconder de ninguém. Depois que começou, ela falou um bocado, quase deixou a droga das minhas orelhas entupidas. Jogando fora a tralha que não me interessava, saí de lá com a seguinte informação:

A sra. Begg foi contratada por Leggett através de uma agência de empregos, na primavera de 1921, como empregada doméstica. No início, uma garota a ajudava, mas como não havia trabalho suficiente para as duas, por sugestão da sra. Begg mandaram a garota embora. Leggett era um homem de gostos simples e passava quase o tempo todo no último andar, onde tinha o laboratório e um quartinho confortável para dormir. Raramente usava o resto da casa, salvo quando recebia amigos à noite. A sra. Begg não gostava dos amigos do patrão, embora nada pudesse dizer contra eles, exceto que falavam de um jeito que era uma vergonha e uma desgraça. Edgar Leggett era um homem perfeitamente gentil, disse ela, só que tinha tantos segredos que a deixava nervosa. Ela nunca teve autorização para subir ao terceiro andar, e a porta do laboratório ficava sempre trancada. Uma vez por mês, um japonês entrava lá para fazer a limpeza, sob a supervisão direta de Leggett. Bem, ela supunha que ele tivesse uma porção de segredos científicos e talvez produtos químicos perigosos, nos quais não queria que as pessoas metessem o nariz; mesmo assim tudo isso causava um certo desconforto. Ela nada sabia sobre a vida pessoal de seu patrão ou de sua família, e tinha a consciência de sua posição para não ficar perguntando certas coisas.

Em agosto de 1923 — fazia uma manhã chuvosa, ela lembrava —, uma mulher e uma menina de quinze anos vieram para a casa com uma porção de malas. Deixou-as entrar e a mulher perguntou pelo sr. Leggett. A sra. Begg subiu até a porta do laboratório, avisou o patrão e ele desceu. Nunca em toda a vida ela viu um homem ficar tão surpreso como o sr. Leggett ficou ao ver as duas ali. Ele estava totalmente branco e ela pensou que ele fosse desmaiar, de tanto que tremeu. A sra. Begg não sabia o que o sr. Leggett, a mulher e a menina falaram naquela manhã, porque matraqueavam numa língua estrangeira, embora todos soubessem falar inglês perfeitamente, e aliás muito melhor do que muita gente, sobretudo a tal da Gabrielle, quando cismava de dizer palavrões. A sra. Begg deixou-os e foi cuidar do trabalho. Dali a pouco, Leggett foi para a cozinha e lhe disse que as visitas eram uma certa sra. Dain, sua cunhada, e a filha dela, pessoas que Leggett não via fazia dez anos; e que as duas iam morar ali com ele. A sra. Dain, mais tarde, disse à sra. Begg que elas eram inglesas, mas moravam em Nova York fazia muitos anos. A sra. Begg disse que gostava da sra. Dain, que era uma mulher sensata e uma excelente dona de casa, mas a tal da Gabrielle era uma peste. A sra. Begg sempre se referia à garota como "a tal da Gabrielle".

36

Com as Dain ali e com a competência da sra. Dain como dona de casa, não havia mais lugar para a sra. Begg. Eles foram muito bondosos, disse ela, ajudaram-na a arranjar outro emprego e lhe deram uma indenização generosa quando foi embora. Desde então, nunca mais tinha visto nenhum deles, porém, graças à vigilância cuidadosa que costumava exercer sobre as notícias de casamento, falecimento e nascimento nos jornais matutinos, ela soube, uma semana depois de ter ido embora, que fora registrada uma autorização de casamento para Edgar Leggett e Alice Dain.

4

OS OBSCUROS HARPER

Quando cheguei à agência, às nove da manhã seguinte, Eric Collinson estava sentado na recepção. Seu rosto queimado de sol mostrava-se sombrio, sem o tom cor-de-rosa, e ele se esquecera de passar gel no cabelo.

— O senhor sabe alguma coisa sobre a senhorita Leggett? — perguntou, erguendo-se de um salto e vindo ao meu encontro na porta. — Ela não estava em casa na noite passada e ainda não apareceu lá. O pai não ia dizer que não sabe onde ela está, mas tenho certeza de que não sabe. Disse-me que eu não me preocupasse, mas como não me preocupar? O senhor sabe alguma coisa sobre isso?

Respondi que não e lhe contei que a tinha visto sair da casa de Minnie Hershey na noite anterior. Dei-lhe o endereço da mulata e sugeri que perguntasse a ela. Eric enfiou o chapéu na cabeça e saiu às pressas.

Telefonei para O'Gar e perguntei se havia obtido alguma informação de Nova York.

— Ahn-hã — respondeu. — Upton, esse é o nome dele. No passado foi um da sua laia, um tira particular, teve uma agência própria até 1923, quando ele e um cara chamado Harry Ruppert foram apanhados com a boca na botija tentando comprar um júri. E você, o que conseguiu com a tal crioula?

— Não sei. O tal Rhino Tingley estava carregando um maço de mil e cem dólares no bolso. Minnie diz que ele ganhou com malandragens no jogo de dados. Pode ser: é duas vezes o que o cara conseguiria faturar com as porcarias do Leggett. Será que você pode dar uma conferida? Parece que ele ganhou a grana num tal de Clube Social Dia Feliz.

O'Gar prometeu fazer o possível e ligar depois.

Passei um telegrama para a nossa sucursal em Nova York, pedi mais dados sobre Upton e Ruppert e depois fui ao arquivo do condado, no prédio da prefeitura, desenterrar as autorizações para casamento datadas de setembro de 1923. A ficha que eu queria tinha a data de 26 de agosto e trazia a declaração de Edgard Leggett de que havia nascido em Atlanta, Georgia, em 6 de março de 1883, e que aquele era seu segundo casamento; e a declaração de Alice Dain de que havia nascido em Londres, Inglaterra, em 2 de outubro de 1888, e que não fora casada antes.

Quando voltei à agência, Eric Collinson, com seu cabelo amarelo ainda mais desgrenhado, estava de novo ali à minha espera.

— Falei com Minnie — disse ele, agitado — e ela não me disse nada. Contou que Gaby esteve lá na noite passada para lhe pedir que voltasse a trabalhar em sua casa, e que era só isso que ela sabia. Mas ela... estava usando um anel de esmeralda que tenho certeza de que era de Gaby.

— Falou com ela sobre isso?

— Com quem? Com Minnie? Não. Como eu poderia? Seria... o senhor entende.

— Está certo — concordei, pensando no Chevalier Bayard de Fitzstephan. — Temos de ser sempre educados. Por que mentiu para mim sobre a hora em que você e a senhorita Leggett chegaram em casa naquela noite?

O embaraço tornou seu rosto mais simpático e inteligente.

— Foi bobagem minha — gaguejou. — Mas eu não... o senhor entende... pensei que o senhor... fiquei com medo...

Ele não estava conseguindo dizer nada. Sugeri:

— Achou que era muito tarde e não queria que eu tivesse idéias ruins sobre ela?

— Sim, é isso.

Enxotei-o e passei para a sala dos detetives, onde Mickey Linehan — grande, largado, cara vermelha — e Al Mason — magro, moreno, maneiroso — trocavam mentiras sobre as vezes em que haviam levado um tiro, cada um fingindo ter ficado mais assustado do que o outro. Contei a eles, tintim por tintim, toda aquela história do caso do Leggett, até onde eu sabia, e quando traduzi aquilo em palavras vi que sabia muito pouco e despachei o Al para ficar de olho na casa dos Leggett e Mickey para ver como Minnie e Rhino se comportavam.

A sra. Leggett, com seu rosto agradável meio abatido, abriu a porta quando toquei a campainha, uma hora mais tarde. Fomos para a sala verde, laranja e chocolate, onde seu marido veio ao nosso encontro. Transmiti-lhes a informação sobre Upton que O'Gar recebera de Nova York e lhes contei que havia passado um telegrama para obter mais dicas sobre Ruppert.

— Alguns vizinhos de vocês viram um homem que não era Upton rondando por aqui — falei. — E um homem com a mesma descrição fugiu correndo pela escada de incêndio do apartamento onde Upton foi morto. Vamos ver qual é a aparência do tal Ruppert.

Eu observava o rosto de Leggett. Nada mudou nele. Seus olhos castanho-avermelhados, brilhantes demais, demonstravam interesse e mais nada.

Perguntei:

— A senhorita Leggett está em casa?

Ele disse:

— Não.

— Quando vai voltar?

— Provavelmente vai demorar muitos dias. Está fora da cidade.

— Onde posso encontrá-la? — perguntei, virando-me para a sra. Leggett. — Tenho algumas perguntas para ela.

A sra. Leggett evitou o meu olhar, procurando o do marido.

A voz metálica de Leggett respondeu minha pergunta:

— Não sabemos exatamente. Uns amigos dela, um certo senhor Harper e sua mulher, vieram de Los Angeles de carro e pediram que ela os acompanhasse numa viagem até as montanhas. Não sei que estrada pretendiam tomar e duvido que tenham algum destino determinado.

Fiz perguntas sobre os Harper. Leggett admitiu saber muito pouco sobre eles. O primeiro nome da sra. Harper era Carmel, disse, e todos chamam o homem de Bud, mas Leggett não tinha certeza se seu nome era Frank ou Walter. Também não sabia o endereço dos Harper em Los Angeles. Achava que tinham uma casa em algum lugar em Pasadena, mas não estava seguro, na verdade tinha ouvido falar que venderam a casa, ou talvez que só quisessem vender. Enquanto ficava com aquela conversa fiada para cima de mim, sua mulher olhava para o chão, e levantou os olhos azuis duas vezes para espiar o marido depressa, com ar de súplica.

Perguntei a ela:

— A senhora não sabe mais nada sobre eles?

— Não — respondeu com voz fraca, enquanto disparava mais um rápido olhar em direção ao rosto do marido, e ele me fitava sereno, sem dar atenção à mulher.

— Quando ela partiu? — perguntei.

— De manhã cedo — respondeu Leggett. — Eles estavam hospedados num hotel, não sei qual, e Gabrielle passou a noite com eles para poder partir mais cedo.

Foi tudo o que consegui sobre os Harper. Perguntei:

— Alguma vez algum de vocês soube alguma coisa sobre Upton ou teve algum tipo de contato com ele antes deste caso?

Leggett disse:

— Não.

Eu tinha outras perguntas, mas como o tipo de resposta que estava arrancando deles não significava nada, me levantei para ir embora. Fiquei tentado a dizer a Leggett o que eu pensava dele, porém isso não ia me trazer nenhuma vantagem.

41

Ele também se levantou, sorrindo educadamente, e disse:

— Desculpe ter causado todo esse problema para a companhia de seguros por causa do que, afinal de contas, foi uma imprevidência minha. Eu gostaria de perguntar qual é a opinião do senhor: acha de fato que devo assumir a responsabilidade pela perda e arcar com o prejuízo?

— Do jeito que está — respondi —, acho que sim; mas isso não vai interromper a investigação.

A senhora Leggett pôs o lenço sobre a boca num gesto rápido.

Leggett disse:

— Obrigado. — Sua voz tinha um tom educado e natural. — Vou ter de pensar melhor.

No caminho de volta para a agência, dei um pulo na casa de Fitzstephan por meia hora. Ele me contou que estava escrevendo um artigo para a *Revista de Psicopatologia* — não deve ser bem isso, mas era algo assim — em que condenava a hipótese de uma mente inconsciente ou subconsciente, que ele via como uma cilada ou uma ilusão, um alçapão oculto para os incautos e um estojo de bigodes falsos para os charlatões, um buraco no telhado da psicologia, que tornava impossível, ou quase impossível, para os pesquisadores sérios e sensatos varrer para o limbo os oportunistas da moda, como os psicanalistas e os behavioristas, ou palavras dessa espécie. Continuou falando assim por uns dez minutos ou mais, até que voltou a pôr os pés no chão e disse:

— E como é que anda o problema dos diamantes esquivos?

— Assim-assim — respondi, e lhe contei o que havia descoberto até então.

— Sem sombra de dúvida — cumprimentou-me ele, quando terminei —, você conseguiu tornar tudo o mais enrolado e confuso possível.

— E ainda vai piorar — previ. — Eu gostaria de ficar dez minutos sozinho com a senhora Leggett. Longe do marido. Acho que com ela eu poderia conseguir alguma dica. Você conseguiria alguma coisa com ela? Eu queria saber por que Gabrielle foi embora, mesmo que eu não descubra para onde foi.

— Vou tentar — respondeu Fitzstephan de bom grado. — Acho que vou lá amanhã à tarde pegar um livro emprestado. *Rosa Cruz*, de Waite, vai servir. Eles sabem que me interesso por esse tipo de assunto. Ele vai estar trabalhando no laboratório e eu vou me recusar a perturbá-lo. Vou ter de entrar no assunto meio bruscamente, mas talvez consiga arrancar alguma coisa dela.

— Obrigado — respondi. — Vejo você amanhã à noite.

Passei a maior parte da tarde pondo no papel as minhas descobertas e as minhas conjeturas e tentando encaixar tudo aquilo numa espécie de ordem. Eric Collinson telefonou duas vezes para perguntar se eu tinha notícias de Gabrielle. Nem Mickey Lineham nem Al Mason me transmitiram nenhuma informação. Às seis horas, encerrei o expediente.

5

GABRIELLE

O dia seguinte trouxe novidades.

De manhã cedo, chegou um telegrama do escritório de Nova York. Decifrado, dizia o seguinte:

LOUIS UPTON EX PROPRIETÁRIO AGÊNCIA DETETIVE AQUI PONTO PRESO UM SETEMBRO UM NOVE DOIS TRÊS SUBORNAR DOIS JURADOS NUM PROCESSO HOMICÍDIO PONTO TENTOU SE SAFAR ACUSANDO HARRY RUPPERT SEU EMPREGADO NA AGÊNCIA PONTO OS DOIS CONDENADOS PONTO OS DOIS SOLTOS DE SING SING SEIS FEVEREIRO DESTE ANO PONTO DIZEM RUPPERT AMEAÇOU MATAR UPTON PONTO RUPPERT TRINTA E DOIS ANOS UM METRO E SETENTA E OITO SETENTA QUILOS CABELO E OLHOS CASTANHOS PELE AMARELADA ROSTO FINO NARIZ FINO COMPRIDO ANDA CURVADO COM QUEIXO PARA A FRENTE PONTO FOTOS SEGUEM CORREIO

Isso estabelecia de modo satisfatório que Ruppert era o homem que a sra. Priestly e Daley tinham visto e o homem que provavelmente havia assassinado Upton.

O'Gar me telefonou para dizer:

— Aquele seu crioulo, o tal Rhino Tingley, foi apanhado numa casa de penhores na noite passada tentando se desfazer de umas jóias. Nenhuma delas eram os diamantes perdidos. Ainda não conseguimos agarrar o sujeito de vez, só fichamos e pronto. Despachei um homem para a casa do Leggett com uma parte da muamba, achei que podia ser dele, mas disseram que não.

Aquilo não se encaixava em nada. Sugeri:

— Tente na Halstead e Beauchamp. Diga-lhes que você acha que a muamba é do Leggett. Não diga que ele negou.

Meia hora depois, o sargento-detetive ligou de novo, da joalheria, para me dizer que Halstead havia confirmado a identificação de duas peças — um colar de pérolas e um broche de topázio — como artigos que Leggett havia comprado ali para a filha.

— Excelente — falei. — Agora, você poderia fazer uma coisa? Vá lá no apartamento do Rhino e dê uma prensa na mulher dele, Minnie Hershey. Reviste a casa toda, dê uma dura nela; quanto mais meter medo, melhor. Talvez ela esteja usando um anel de esmeralda. Se estiver mesmo, ou se ele, ou qualquer outra jóia que possa ser dos Leggett, estiver lá, você pode trazer: mas não fique muito tempo e não a incomode mais depois disso. Vou manter a mulher sob vigilância. É só para assustar e criar um clima.

— Vou deixar a mulher branca — prometeu O'Gar.

Dick Foley estava na sala dos detetives redigindo seu relatório sobre o roubo de um armazém que o mantivera acordado a noite inteira. Eu o enxotei para a rua a fim de ajudar Mickey a vigiar a mulata.

— Quero vocês dois na cola dela, se a mulher sair de casa depois que a polícia sair de lá — falei. — E assim que a virem entrar em algum lugar, um dos dois vai me telefonar na hora.

Voltei ao escritório e queimei uns cigarros. Estava no terceiro quando Eric Collinson me ligou para perguntar se eu já havia localizado a sua Gabrielle.

— Não, nem sombra dela, mas tenho umas pistas. Se não estiver ocupado, pode vir aqui e me acompanhar, caso apareça um lugar para a gente ir.

Ele respondeu, muito ansioso, que faria isso.

Alguns minutos depois, Mickey Linehan telefonou:

— A mulata foi fazer uma visita. — E me deu um endereço na avenida Pacific.

O telefone tocou de novo antes que eu o soltasse.

— Aqui fala Watt Halstead — disse uma voz. — O senhor pode vir aqui e falar comigo por um ou dois minutos?

— Agora não. O que é?

— É sobre Edgar Leggett, uma coisa muito intrigante. A polícia trouxe umas jóias hoje de manhã, perguntou se sabíamos de quem eram. Reconheci um colar de pérolas e um broche que Edgar Leggett comprou de nós para a filha no ano passado, o broche na primavera, as pérolas no Natal. Depois que a polícia foi embora, como é natural, liguei para Leggett e a reação dele foi extremamente singular. Esperou que eu terminasse de contar tudo e depois disse: "Muito obrigado por se intrometer em meus assuntos", e desligou. O que está havendo com ele, o que o senhor acha?

— Só Deus sabe. Obrigado. Agora preciso correr, mas vou dar um pulo aí quando tiver uma chance.

Procurei às pressas o número do telefone de Owen Fitzstephan, liguei e ouvi o seu arrastado:

— Alô.

— É melhor você apressar aquela história de pegar um livro emprestado, se quiser que isso ainda sirva para alguma coisa — falei.

— Por quê? As coisas estão acontecendo?

— Estão, sim.

— Por exemplo? — perguntou.

— Uma coisinha aqui, outra ali, mas para quem quer meter o bedelho nos mistérios do Leggett não há tempo a perder com esse papo furado de artigos sobre mentes inconscientes.

— Está certo — disse ele. — Vou partir para o front agora mesmo.

Eric Collinson havia entrado enquanto eu falava com o romancista.

— Vamos — falei, enquanto o conduzia para o elevador. — Talvez não seja um alarme falso.

— Aonde vamos? — perguntou em tom impaciente. — O senhor a localizou? Ela está bem?

Respondi a única de suas perguntas que eu podia responder e lhe dei o endereço na avenida Pacific que Mickey me dera. Significava alguma coisa para Collinson. Ele disse:

— É a casa de Joseph.

Estávamos no elevador com meia dúzia de pessoas. Limitei minha reação a:

— Ah, é?

Ele tinha um Chrysler conversível de dois lugares estacionado na esquina. Entramos no carro, partimos e ele começou a dar trancos e mais trancos nos sinais de trânsito, até a avenida Pacific.

Perguntei:

— Quem é Joseph?

— É uma seita. Ele é o líder. Chama a sua casa de Templo do Cálice Sagrado. Está na moda agora. Sabe como essas coisas entram e saem de moda na Califórnia. Não gosto que Gabrielle esteja lá, se é que ela foi lá... se bem que... não sei... talvez sejam honestos. Ele é um dos amigos excêntricos do Leggett. O senhor sabe se ela está lá?

— Pode ser. Ela é membro da seita?

— Ela vai lá, sim. Já estive lá com ela.

— Como é o ambiente?

— Ah, parece não haver nada de mais — respondeu com certa relutância. — São pessoas direitas: a senhora Payson Lawrence, Ralph Coleman e a esposa, e a senhora Livingston Rodman, gente desse tipo. E os Haldorn, Joseph e a esposa Aaronia, parecem pessoas muito boas, mas... mas não gosto da idéia de Gabrielle estar lá, assim. — Desviou-se da traseira de um bonde, que passou perto da roda direita do Chrysler. — Não acho que seja bom para ela ficar muito tempo sob esse tipo de influência.

— Você já esteve lá; qual é o tipo de conversa fiada dessa gente? — perguntei.

— Não é bem conversa fiada — respondeu, franzindo a testa. — Não sei muita coisa a respeito do credo deles nem nada desse tipo, mas fui a algumas sessões com Gabrielle e elas são muito dignas, são até muito bonitas, como as cerimônias católicas ou as episcopais. O senhor não de-

47

ve ficar com a impressão de que seja algo como o Rolo Sagrado ou a Casa de Davi. Não é nada disso. Seja o que for, é de primeira categoria. Os Haldorn são gente de... de... bem, de mais cultura do que eu.

— Então, qual é o problema com eles?

Balançou a cabeça com ar soturno.

— Sinceramente, não sei de nenhum problema. Mas não gosto daquilo. Não gosto de ver Gabrielle sumir desse jeito sem que ninguém saiba para onde foi. Acha que os pais dela sabiam para onde ela foi?

— Não.

— Também acho que não — disse ele.

Visto da rua, o Templo do Cálice Sagrado parecia o que tinha sido originalmente, um prédio de apartamentos de seis andares, feito de tijolos amarelos. Nada em seu aspecto exterior sugeria que não fosse mais isso. Pedi a Collinson que passasse pelo prédio e fosse até a esquina, onde Mickey Linehan estava com seu corpo volumoso e arqueado recostado num muro de pedra. Veio até o carro quando paramos no meio-fio.

— A escurinha saiu faz dez minutos — informou ele. — Com o Dick na cola. Não saiu mais ninguém que pareça estar na sua lista.

— Fique plantado aqui no carro e vigie a porta — eu lhe disse. — Vamos entrar — falei para Collinson. — Deixe que eu me encarrego de falar com eles, está bem?

Quando chegamos à porta do Templo, tive de adverti-lo:

— Tente não respirar com tanta força. Provavelmente, tudo vai dar certo.

Toquei a campainha. A porta foi aberta de imediato por uma mulher de ombros largos e carnuda, beirando os cinqüenta anos. Era uns oito centímetros mais alta do que o meu um metro e setenta. A carne pendia de seu rosto em pequenas bolsas, mas não havia suavidade nem frouxidão em seus olhos e boca. O comprido lábio superior fora barbeado. Vestia-se de preto, roupas pretas que a cobriam desde o queixo e os lóbulos das orelhas até um centímetro do chão.

— Queremos falar com a senhorita Leggett — falei.

Ela fingiu que não havia me entendido.

— Queremos falar com a senhorita Leggett — repeti. — Gabrielle Leggett.

— Não conheço. — Tinha voz de baixo. — Mas entrem.

Levou-nos sem muita animação para uma pequena sala de recepção, mal iluminada, ao lado do vestíbulo, disse-nos para esperar ali e foi embora.

— Quem é esse ferreiro de aldeia? — perguntei a Collinson.

Ele disse que não a conhecia. Ficou rodando pela sala, nervoso. Eu me sentei. As persianas abaixadas deixavam entrar muito pouca luz para que eu pudesse ter uma boa idéia de como era a sala, mas o tapete era macio e grosso e o que eu podia ver da mobília tendia mais para o luxo do que para a austeridade.

Exceto pelos movimentos nervosos de Collinson, não vinha nenhum som de parte alguma do prédio. Olhei para a porta aberta e vi que estávamos sendo observados. Parado ali, um menino de doze ou treze anos nos examinava com olhos escuros e grandes, que na penumbra pareciam ter luzes próprias.

Falei:

— Oi, filho.

Collinson virou-se com um sobressalto ao som da minha voz.

O menino não falou nada. Fitou-me durante mais um minuto, pelo menos, sem piscar, com o olhar perplexo e embaraçado que só as crianças sabem controlar completamente, depois me deu as costas e foi embora sem fazer mais ruído ao se afastar do que tinha feito ao se aproximar.

— Quem é esse aí? — perguntei a Collinson.

— Deve ser o filho dos Haldorn, Manuel. Eu nunca o tinha visto antes.

Collinson caminhava de um lado para o outro. Fiquei

sentado, vigiando a porta. Logo apareceu uma mulher. Andando em silêncio sobre o tapete grosso, ela entrou na sala de recepção. Era alta, graciosa, e seus olhos escuros pareciam ter luzes próprias, como os do menino. Foi tudo o que pude ver com clareza no momento.

Levantei-me.

Ela dirigiu-se a Collinson.

— Como vai? É o senhor Collinson, não é? — Sua voz era a mais musical que já eu já tinha ouvido.

Collinson balbuciou algo e me apresentou à mulher, chamando-a de sra. Haldorn. Ela me estendeu a mão quente e firme e depois atravessou a sala para levantar uma persiana, deixando entrar um gordo retângulo de sol vespertino. Enquanto eu piscava diante dela sob a luminosidade repentina, a mulher sentou-se e apontou para as cadeiras em que devíamos nos sentar.

Olhei primeiro para os seus olhos. Eram enormes, quase pretos, quentes e pesadamente contornados por pestanas quase negras. Eram a única coisa de fato viva, humana, real em seu rosto. Havia calor e havia beleza no rosto oval, de pele azeitonada, mas, exceto pelos olhos, era um calor e uma beleza que não pareciam ter nada a ver com a realidade. Como se seu rosto não fosse um rosto, e sim uma máscara que ela havia usado até quase transformar-se num rosto. Mesmo a boca, que era uma senhora boca, não parecia exatamente feita de carne, mas de uma perfeita imitação de carne, mais macia e mais vermelha, e talvez mais quente do que a carne autêntica, só que não de carne autêntica. Acima do rosto, ou da máscara, o cabelo preto e comprido estava preso bem junto à cabeça, partido ao meio e puxado para trás ao longo das têmporas e acima das orelhas, até terminar num nó sobre a nuca. O pescoço era comprido, forte, esguio; o corpo era alto, plenamente fornido de carnes, maleável, as roupas escuras e sedosas integradas ao corpo.

Falei:

50

— Queremos falar com a senhorita Leggett, senhora Haldorn.

Ela perguntou com um tom curioso na voz:

— Por que o senhor acha que ela está aqui?

— Isso não tem importância, tem? — respondi depressa, antes que Collinson dissesse algo errado. — Ela está aqui. Queríamos falar com ela.

— Creio que não será possível — respondeu devagar. — Ela não está bem e veio aqui para descansar, principalmente para ficar longe das pessoas durante algum tempo.

— Desculpe — eu disse —, mas é um caso de necessidade. Não teríamos vindo assim se não fosse importante.

— É importante?

— É.

Ela hesitou:

— Bem, vou ver — desculpou-se e saiu.

— Eu até que gostaria de me mudar para cá — eu disse a Collinson.

Ele não entendeu o que eu quis dizer. Seu rosto estava ruborizado e nervoso.

— Gabrielle pode não gostar de termos vindo aqui desse jeito — disse.

Respondi que isso seria muito ruim.

Aaronia Haldorn voltou.

— Eu lamento muito mesmo — disse, parada na porta e sorrindo educadamente —, mas a senhorita Leggett não quer ver vocês.

— Lamento que ela não queira — respondi —, mas nós vamos ter de falar com a senhorita Leggett.

Ela se empertigou e seu sorriso se desfez.

— Como disse? — perguntou.

— Nós vamos ter de falar com a senhorita Leggett — repeti, mantendo a voz afável. — É importante, como eu lhe disse.

— Lamento. — Mesmo a frieza gélida que introduziu na voz não impedia que continuasse soando bem. — Os senhores não podem vê-la.

51

Falei:

— Como a senhora provavelmente sabe, a senhorita Leggett é uma testemunha importante num caso de roubo e de assassinato. Bem, nós precisamos falar com ela. Se isto convém para a senhora, saiba que estou disposto a esperar meia hora até conseguir que um policial venha aqui em cima com qualquer autoridade que a senhora achar necessária. Nós vamos falar com ela.

Collinson disse algo ininteligível em tom de desculpa.

Aaronia Haldorn respondeu com a menor inclinação de cabeça que já existiu.

— O senhor faça o que achar mais conveniente — disse com um tom frio. — Não aprovo que venham aqui perturbar a senhorita Leggett contra a vontade dela e, no que compete à minha autorização, eu não a concedo aos senhores. Se insistirem, não posso impedir.

— Obrigado. Onde ela está?

— O quarto dela fica no quinto andar, logo depois da escada, à esquerda.

Curvou um pouco a cabeça mais uma vez e afastou-se.

Collinson pôs a mão em meu braço e balbuciou:

— Não sei se eu... se nós devemos fazer isso. Gabrielle não vai gostar. Ela não vai...

— Faça como quiser — resmunguei. — Eu vou lá em cima. Talvez ela não goste, mas eu também não gosto que as pessoas fujam e se escondam desse jeito, quando quero fazer-lhes umas perguntas sobre diamantes roubados.

Ele franziu as sobrancelhas, mordeu os lábios e fez uma careta de desconforto, mas foi comigo. Achamos um elevador automático, subimos ao quinto andar e andamos por um corredor de tapete roxo até a porta logo depois da escada, no lado esquerdo.

Bati na porta com as costas da mão. Nenhuma resposta veio de dentro. Bati de novo, mais forte.

Uma voz soou no quarto. Podia ser a voz de qualquer pessoa, embora o mais provável é que fosse de uma mulher. Era muito fraca para que entendêssemos o que dizia e muito abafada para que soubéssemos quem falava.

Dei um cotovelada de leve em Collinson e ordenei:

— Fale com ela.

Collinson puxou o colarinho com o dedo indicador e falou com voz rouca:

— Gaby, é o Eric.

Isso não provocou resposta nenhuma.

Bati de novo na madeira e disse:

— Abra a porta.

A voz lá dentro falou algo que para mim foi o mesmo que nada. Repeti a batida e as palavras. No fundo do corredor, uma porta se abriu, um velho de cabelo ralo e amarelado pôs a cabeça para fora e perguntou:

— Qual é o problema aí?

Respondi:

— Nada que seja da sua conta — e soquei a porta outra vez.

Dessa vez a voz lá dentro ficou forte o bastante para que entendêssemos que ela estava reclamando, embora ainda não se pudesse distinguir nenhuma palavra. Sacudi a maçaneta e descobri que a porta não estava trancada. Sacudi a maçaneta mais um pouco e abri a porta uns três centímetros. A voz então soou mais clara. Ouvi passos suaves no chão. Ouvi um soluço sufocado. Empurrei a porta e a abri.

Eric Collinson emitiu um ruído na garganta que parecia a voz de alguém dando um grito horrível muito longe dali.

De pé ao lado da cama, Gabrielle Leggett oscilava levemente, e com uma das mãos segurava a beirada da cama. O rosto estava branco como cal. Os olhos, com as pupilas contraídas, entorpecidos, olhando o nada; a testa pequena enrugada. Ela parecia saber que havia algo a sua frente e tentava imaginar o que era. Tinha em um dos pés uma meia amarela, vestia uma saia de veludo marrom com a qual havia dormido e uma camisola amarela. Espalhados pelo quarto, um par de chinelos marrons, o outro pé de meia, uma blusa marrom e dourada, um casaco marrom e um chapéu marrom e amarelo.

Tudo o mais no quarto era branco: paredes com papel branco e teto pintado de branco; cadeiras esmaltadas de branco, cama, mesa, acessórios — até o telefone — e peças de madeira; feltro branco sobre o chão. Nada de mobília de hospital, mas uma brancura cerrada lhe dava essa aparência. Havia duas janelas e duas portas ao lado daquela que eu abrira. A porta da esquerda dava para um banheiro, a da direita para um pequeno toucador.

Empurrei Collinson para dentro do quarto, entrei logo atrás dele e fechei a porta. Não havia chave na porta e nenhum lugar para uma chave, nenhuma tranca que fechasse a porta por dentro. Collinson ficou parado de boca aberta ante a visão da garota, o queixo caído, os olhos tão estupefatos quanto os dela; porém havia mais horror no rosto dele. A moça inclinou-se apoiada no pé da cama e mirou o vazio com os olhos negros e chapados num rosto tetricamente perplexo.

Pus um braço em volta dela e a fiz sentar na beira da cama, enquanto dizia a Collinson:

— Pegue as roupas dela.

Tive de falar duas vezes até que ele saísse do transe.

Collinson me trouxe as coisas de Gabrielle e comecei a vesti-la. Ele cravou os dedos em meu ombro e protestou num tom de voz que seria mais apropriado se eu estivesse roubando a caixa de esmolas de um mendigo.

— Não! Você não pode...

— Mas que diabo deu em você? — perguntei, afastando sua mão com um tapa. — Se quer fazer o serviço você mesmo, pode fazer.

Ele suava. Soluçava e gaguejava.

— Não, não! Eu não poderia... isso... — Afastou-se com um tranco e foi para a janela.

— Ela me disse que você é um babaca — falei pelas costas dele e me dei conta de que eu vestia Gabrielle com a blusa marrom e dourada virada para trás. A garota podia bem ser uma boneca de cera, pela ajuda que me dava, mas ao menos não se opunha enquanto eu me atracava com ela e, além do mais, ficava quieta na posição em que eu a colocava.

Quando consegui meter a garota dentro do casaco e enfiar seu chapéu, Collinson tinha voltado da janela e cuspia umas perguntas para cima de mim. O que é que a garota tinha de errado? Não era melhor chamar um médico? Era seguro levá-la para fora? E quando me levantei, ele a tirou de mim, amparou-a em seus braços compridos e grossos enquanto murmurava:

— É o Eric, Gaby. Não está me reconhecendo? Fale comigo. O que você tem, querida?

— Não há nada de mais com ela, a não ser que está entupida de drogas — falei. — Não tente retirar a garota da sonolência. Espere até chegar em casa. Você segura este braço e eu pego este aqui. Ela consegue andar bem. Se esbarrarmos com alguma pessoa no caminho, continue a andar, siga e deixe que eu cuido do assunto. Vamos lá.

Não encontramos ninguém. Fomos até o elevador, descemos até o térreo, atravessamos o saguão e chegamos à rua sem ver ninguém.

Fomos até a esquina onde havíamos deixado o Mickey dentro do Chrysler.

— Você está liberado — eu lhe disse.

Ele respondeu:

— Ótimo, até mais — e foi embora.

Collinson e eu enfiamos a garota entre nós no conversível de dois lugares, e ele pôs o carro em movimento.

Percorremos três quarteirões. Então Collinson perguntou:

— Tem certeza de que o melhor é levá-la para casa?

Respondi que sim. Ele nada disse durante mais cinco quarteirões e depois repetiu a pergunta, acrescentando alguma coisa sobre um hospital.

— Por que não a redação de um jornal? — retruquei em tom de escárnio.

Três quarteirões de silêncio e ele voltou à carga:

55

— Conheço um médico que...

— Tenho um trabalho a fazer — eu disse. — E ter a senhorita em casa agora, do jeito que ela está, vai me ajudar nesse trabalho. Portanto ela vai para casa.

Ele me olhou de cara feia e me acusou rispidamente:

— Você vai humilhá-la, rebaixá-la, pôr a vida dela em risco, tudo por causa de...

— A vida dela não corre um risco maior do que a sua ou a minha. Tudo o que ela tem é um pouco mais de droga no corpo do que é capaz de suportar. E foi ela mesma que tomou. Não fui eu que dei para ela.

A garota da qual falávamos estava viva e respirando entre nós dois — sentada e ereta, de olhos abertos —, mas sabia tanto do que se passava à sua volta quanto se ela estivesse na Finlândia.

Deveríamos ter dobrado à direita na esquina. Collinson manteve o carro em linha reta e acelerou para setenta quilômetros por hora, olhava fixo para a frente, o rosto duro e tenso.

— Vire na próxima esquina — ordenei.

— Não — respondeu, e não virou. O velocímetro marcava oitenta e as pessoas nas calçadas começavam a olhar para nós quando passávamos zunindo.

— E...? — perguntei, soltando um braço que estava preso pelo flanco da garota.

— Vamos até a península — disse Collinson com firmeza. — Ela não vai para casa nesse estado.

Resmunguei:

— Ah, é? — e disparei a mão livre na direção do controle do carro. Ele a afastou com um golpe, segurando o volante com uma mão, e manteve a outra esticada para me bloquear, caso eu tentasse de novo.

— Não faça isso — advertiu, e aumentou a velocidade em mais uns dez quilômetros por hora. — Você sabe o que vai acontecer conosco se você...

Xinguei-o com raiva, sem pena e do fundo do coração. Seu rosto virou-se bruscamente para mim, cheio de justa indignação porque, suponho, meu linguajar não era do tipo que se devia usar na presença de senhoras.

E foi isso que precipitou tudo.

Um sedã azul saiu de um cruzamento um segundo antes de chegarmos lá. Os olhos e a atenção de Collinson voltaram-se para a direção a tempo de desviar nosso carro do outro veículo, mas não a tempo de fazer um serviço bemfeito. Escapamos do sedã por centímetros, mas quando passávamos por trás dele nossas rodas traseiras começaram a derrapar e a sair do trajeto. Collinson fez o que pôde, não forçou o carro, acompanhou o sentido da derrapagem, mas o meio-fio da esquina não quis cooperar. Continuou firme e forte no lugar. Batemos nele de lado e logo depois rolamos para cima do poste de luz. O poste estalou, desabou na calçada. Nosso carro, ao tombar de lado, nos cuspiu para fora, para além do poste de luz. O gás que escapava do poste destruído rugia aos nossos pés.

Collinson, com boa parte da pele esfolada num dos lados do rosto, rastejou de volta, de quatro, a fim de desligar o motor do carro. Eu me sentei e junto comigo levantei a garota, que estava sobre meu peito. Meu ombro e meu braço direitos estavam em petição de miséria, acabados. A garota fazia uns barulhos de choro dentro do peito, mas não consegui encontrar nenhum ferimento nela, a não ser um arranhão superficial na bochecha. Servi de travesseiro para ela, agüentei a pancada em seu lugar. Os machucados em meu peito, na barriga e nas costas, a lesão no ombro e no braço davam-me uma boa idéia de como eu a havia protegido.

Pessoas vieram nos ajudar. Collinson levantou-se com os braços em volta da garota, implorou que ela dissesse que não estava morta e tudo o mais. A batida mergulhou a moça num estado de semi-inconsciência, mas ela ainda não entendia se o que tinha ocorrido era um acidente de carro ou alguma outra coisa. Fui ajudar Collinson a segurá-la — embora nenhum deles precisasse de ajuda —, enquanto falava em tom sério para a multidão que se aglomerava:

— Precisamos levá-la para casa. Quem é que pode...?

Um homem gorducho, de bombachas, ofereceu seus préstimos. Collinson e eu entramos com a garota na parte de trás do carro e demos o endereço. Ele falou algo sobre um hospital, mas finquei pé em que o melhor para ela era ir para casa. Collinson estava muito abalado para dizer qualquer coisa. Vinte minutos depois, retiramos a garota do carro na frente da casa dela. Agradeci ao gorducho o mais que pude e não lhe dei a menor oportunidade de nos seguir para dentro da casa.

6

O HOMEM DA ILHA DO DIABO

Após um certo atraso — tive de tocar a campainha duas vezes —, a porta dos Leggett foi aberta por Owen Fitzstephan. Não havia a menor sonolência em seus olhos: estavam quentes e acesos, como ficavam nas horas em que achava a vida interessante. Como eu sabia o tipo de coisa que o interessava, perguntei a mim mesmo o que teria acontecido.

— O que vocês andaram fazendo? — perguntou ao ver nossas roupas, o rosto ensangüentado de Collinson, a bochecha esfolada da garota.

— Acidente de carro — respondi. — Nada de grave. Onde está todo mundo?

— Todo mundo — respondeu ele, com uma ênfase peculiar na expressão — está lá em cima, no laboratório. — E depois, para mim: — Venha cá.

Segui-o através da sala de visitas até o pé da escada, deixando Collinson e a garota parados junto à porta da rua, já dentro da casa. Fitzstephan pôs a boca perto da minha orelha e sussurrou:

— Leggett suicidou-se.

Fiquei mais irritado do que surpreso. Perguntei:

— Onde está ele?

— No laboratório. A senhora Leggett e a polícia estão lá em cima. Foi há meia hora.

— Vamos subir todos — sugeri.

— Será mesmo necessário — perguntou — levar Gabrielle lá em cima?

— Pode ser duro para ela — respondi, irritado —, mas é mais do que necessário. De qualquer forma, ela está drogada e assim mais apta a suportar o choque do que mais tarde, quando a droga parar de agir dentro dela. — Virei para Collinson: — Vamos lá, vamos subir ao laboratório.

Fui na frente, deixei Fitzstephan ajudando Collinson a carregar a garota. Havia seis pessoas no laboratório: um guarda de uniforme — um grandalhão de bigode ruivo — parado junto à porta; a sra. Leggett soluçando sem fazer barulho, sentada numa cadeira de madeira no fundo da sala, o corpo curvado para a frente, as mãos segurando um lenço contra o rosto; O'Gar e Reddy, parados junto a uma das janelas, bem perto um do outro, as cabeças de ambos quase enfiadas num maço de papéis que o sargento-detetive segurava em suas mãos grossas; um homem de cara cinzenta, todo embonecado e de roupa escura, parado junto à mesa de zinco, mexendo em uns óculos que tinham um cordão preto; e Edgar Leggett, sentado na cadeira diante da mesa, a cabeça e a parte superior do corpo tombadas sobre ela, os braços esparramados. O'Gar e Reddy levantaram os olhos dos papéis que liam na hora em que entrei. Perto da janela, ao passar pela mesa a caminho deles, vi sangue, uma pequena pistola automática preta caída ao lado da mão de Leggett e sete diamantes soltos reunidos perto de sua cabeça.

O'Gar disse:

— Olhe só — e me estendeu uma parte do maço de papéis, quatro folhas brancas e grossas cobertas com uma letra muito pequena, precisa e regular em tinta preta. Eu havia me interessado pelo que estava escrito ali quando Fitzstephan e Collinson entraram com Gabrielle Leggett.

Collinson olhou para o homem morto sobre a mesa. O rosto dele ficou branco. Pôs seu enorme corpo entre a garota e o pai.

— Entre — falei.

— Este não é um lugar adequado para a senhorita Leggett agora — observou, enfático, e virou-se para levá-la embora.

— É preciso que todos estejam aqui — falei para O'Gar. Ele fez que sim com sua cabeça quadrada, dirigindo-se ao guarda. O guarda pôs a mão no ombro de Collinson e disse:

— Vocês precisam entrar, os dois.

Fitzstephan pôs uma cadeira perto de uma das janelas do canto para a garota sentar. Ela sentou-se e olhou a sala em volta — o morto, a sra. Leggett, todos nós — com olhos apagados mas já não de todo vazios. Collinson se pôs de pé a seu lado, olhando fixo para mim. A sra. Leggett não ergueu os olhos do lenço.

Falei com O'Gar de modo claro o bastante para que os outros ouvissem:

— Vamos ler a carta em voz alta.

Ele revirou os olhos, hesitou, depois jogou o resto das folhas para mim e disse:

— Tudo bem. Você lê.

Eu li:

Para a polícia:

Meu nome é Maurice Pierre de Mayenne. Nasci em Fécamp, província de Seine-Inférieure, França, no dia 6 de março de 1883, mas fiz a maior parte de meus estudos na Inglaterra. Em 1903, fui para Paris a fim de estudar pintura e lá, quatro anos depois, conheci Alice e Lily Dain, filhas órfãs de um oficial da Marinha inglesa. Casei com Lily no ano seguinte e, em 1909, nasceu nossa filha Gabrielle.

Pouco depois do meu casamento, descobri que eu havia cometido um erro horroroso, que era Alice, e não a minha esposa Lily, que eu amava de verdade. Mantive segredo dessa descoberta até que nossa filha tivesse vencido os anos mais difíceis da infância, ou seja, até ter quase cinco anos, e então contei à minha mulher e pedi que se divorciasse de mim para eu poder me casar com Alice. Ela recusou.

No dia 6 de junho de 1913, assassinei Lily e fugi com Alice e Gabrielle para Londres, onde logo fui preso e devol-

vido para Paris, a fim de ser processado, julgado e condenado à prisão perpétua nas Iles du Salut. Alice, que não tomou parte no assassinato, que nada soube do crime antes de ele ser cometido e que nos acompanhou até Londres só por amor a Gabrielle, também foi processada, mas logo absolvida. Tudo isso está nos arquivos da Justiça em Paris.

Em 1918, fugi das ilhas junto com um companheiro de prisão de nome Jacques Labaud, numa tosca jangada. Não sei — nunca soubemos — quanto tempo ficamos à deriva no oceano nem, já no fim, quanto tempo permanecemos sem comida e sem água. Nessa altura, Labaud não suportou mais e morreu. Morreu de inanição e insolação. Não o matei. Nenhum ser humano poderia estar fraco o bastante a ponto de que eu pudesse matá-lo, a despeito de qual fosse a minha vontade. Porém, quando Labaud morreu, eu tive comida suficiente para uma pessoa e sobrevivi até ser lançado numa praia em Golfo Triste.

Adotando o nome de Walter Martin, arranjei emprego numa mineradora de cobre inglesa em Aroa e, poucos meses depois, já era secretário particular de Philip Howart, o diretor residente. Pouco depois dessa promoção, travei amizade com um londrino chamado John Edge, que elaborou um plano para darmos um desfalque na empresa da ordem de umas cem libras por mês. Quando me recusei a participar do golpe, Edge revelou que sabia qual era a minha verdadeira identidade e ameaçou desmascarar-me, a menos que eu o ajudasse. O fato de a Venezuela não ter nenhum acordo de extradição com a França poderia me salvar de ser mandado de volta para as ilhas, disse Edge; mas esse não era o risco mais grave que eu corria; o corpo de Labaud fora encontrado numa praia, ainda não tão decomposto que não se pudesse ver o que havia acontecido com ele, e eu, um assassino foragido, teria de provar a um tribunal venezuelano que não havia assassinado Labaud em águas da Venezuela para não morrer de fome.

Ainda assim, recusei-me a tomar parte no golpe de Edge e preparei-me para fugir. Porém, enquanto eu fazia meus preparativos, ele matou Howart e saqueou o cofre da empresa. Pressionou-me a fugir com ele, alegando que eu não poderia escapar da investigação policial, mesmo que ele não me desmascarasse. Era a mais pura verdade, e fui embora com ele. Dois meses depois, na Cidade do México, entendi por que Edge queria tanto a minha companhia. Ele me mantinha sob seu poder porque conhecia minha verdadeira identidade e tinha uma opinião muito elevada — e injustificada — da minha capacidade; Edge tencionava usar-me para cometer crimes além de seu alcance. Sob qualquer circunstância, não importava o que fosse necessário, eu estava resolvido a jamais voltar para as Iles du Salut; mas eu também não tinha a menor intenção de me transformar num criminoso profissional. Tentei abandonar Edge na Cidade do México; ele me localizou, nós brigamos e eu o matei. Matei-o em legítima defesa: ele me agrediu primeiro.

Em 1920, vim para os Estados Unidos, para San Francisco, mudei de nome mais uma vez — para Edgar Leggett — e comecei a construir para mim um lugar no mundo, fiz experiências com cores, o que eu já havia tentado fazer quando era um jovem pintor em Paris. Em 1923, crendo então que Edgar Leggett jamais poderia ser associado a Maurice de Mayenne, chamei Alice e Gabrielle, que moravam em Nova York, e eu e Alice nos casamos. Mas o passado não estava morto e não existia um abismo intransponível entre Leggett e Mayenne. Alice, que não tivera notícias de mim desde a minha fuga, sem saber o que havia acontecido comigo, contratou um detetive particular para me achar, um certo Louis Upton. Upton mandou um homem chamado Ruppert à América do Sul, e Ruppert conseguiu rastrear todos os meus passos desde minha chegada ao Golfo Triste até minha partida da Cidade do México após a morte de Edge, mas apenas até aí. Ao fazer isso, Ruppert, está claro, ficou sabendo das mortes de Labaud, Howart e Edge; três mortes das quais eu não tinha culpa, mas pelas quais — ou pelo menos por uma delas —, com toda a certeza, em vista da minha ficha, eu seria condenado se fosse levado a julgamento.

Não sei como Upton me localizou em San Francisco.

Talvez tenha seguido Alice e Gabrielle até chegar a mim. Na noite do último sábado, ele me telefonou para pedir dinheiro em troca de silêncio. Como eu não tinha dinheiro disponível no momento, pedi que esperasse até terça-feira, quando lhe dei os diamantes como parte do pagamento. Mas eu estava desesperado. Sabia o que significaria estar à mercê de Upton após ter passado pela mesma experiência com Edge. Resolvi que teria de matá-lo. Decidi fingir que os diamantes tinham sido roubados e assim comunicar aos senhores, da polícia. Upton, eu confiava nisto, iria entrar imediatamente em contato comigo. Eu marcaria um encontro e o mataria com um tiro a sangue-frio, seguro de que eu não teria dificuldades em inventar uma história que justificasse o fato de eu ter matado um assaltante conhecido, com quem, sem sombra de dúvida, haveriam de estar os diamantes.

Acho que o plano teria dado certo. Porém Ruppert — que perseguia Upton por conta de algum ressentimento pessoal e queria se vingar — livrou-me de matar Upton ao matá-lo ele mesmo. Ruppert, o homem que havia rastreado meus passos desde a Ilha do Diabo até a Cidade do México, soubera também, ou por intermédio do próprio Upton ou ao espionar Upton, que Mayenne era Leggett e, com a polícia em seu encalço por causa do assassinato de Upton, ele veio aqui, exigiu que eu lhe desse abrigo e quis devolver os diamantes em troca de dinheiro.

Eu o matei. Seu corpo está no sótão. Lá fora, um detetive vigia a minha casa. Outros detetives andam atarefados em vários lugares investigando minha vida. Eu não soube explicar de modo satisfatório algumas de minhas ações, não posso evitar contradições e agora que sou de fato uma pessoa suspeita, há pouca chance de manter meu passado em segredo. Eu sempre soube — e sabia com mais certeza ainda quando não queria admitir a mim mesmo — que um dia isso iria acontecer. Não vou voltar para a Ilha do Diabo. Minha esposa e minha filha nada sabem da morte de Ruppert e não tiveram parte nisso.

Maurice de Mayenne

7

A MALDIÇÃO

Ninguém disse nada durante alguns minutos, depois que terminei de ler. A sra. Leggett havia afastado o lenço do rosto para escutar, soluçando de leve, de vez em quando. Com movimentos bruscos da cabeça, Gabrielle olhava a sala em volta enquanto em seus olhos a luz brigava contra a névoa, os lábios se repuxavam como se ela tentasse fazer as palavras saírem, mas sem conseguir.

Fui até a mesa, curvei-me sobre o morto e enfiei a mão em seus bolsos. O bolso interno do paletó estava cheio. Meti a mão por baixo de seu braço, desabotoei e abri o paletó, e tirei uma carteira marrom do bolso. A carteira estava estufada de cédulas — quinze mil dólares, quando contamos depois.

Mostrando o conteúdo da carteira aos outros, perguntei:

— Ele deixou alguma outra mensagem além da que eu li?

— Nenhuma que tenhamos encontrado — respondeu O'Gar. — Por quê?

— A senhora não sabe de alguma outra mensagem, senhora Leggett? — perguntei.

Ela negou com a cabeça.

— Por quê? — perguntou o'Gar de novo.

— Ele não cometeu suicídio — falei. — Foi assassinado.

Gabrielle Leggett deu um grito esganiçado e levantou-se de um pulo da cadeira, apontando um dedo branco, de unha grande, na direção da sra. Leggett.

— Foi ela quem matou — berrou a garota. — Ela disse "volte aqui" e segurou a porta da cozinha com uma das mãos e pegou a faca do escorredor de louça com a outra e, quando ele passou, ela meteu a faca nas costas dele. Eu a vi fazer isso. Ela o matou. Eu não estava vestida e, quando ouvi que eles estavam vindo, me escondi na copa, e a vi fazer isso.

A sra. Leggett ficou de pé. Cambaleou e teria caído se Fitzstephan não a tivesse amparado. A surpresa apagou toda a dor de seu rosto inchado.

O homem embonecado e de cara cinzenta que estava junto à mesa — o dr. Riese, eu soube depois — disse, com voz fria, ríspida:

— Não há nenhum ferimento de faca. Ele levou um tiro na têmpora, disparado à queima-roupa por essa pistola, inclinada para cima. Um suicídio bem claro, eu diria.

Collinson obrigou Gabrielle a sentar outra vez, tentou acalmá-la. A moça apertava uma mão na outra e gemia.

Discordei da última afirmação do médico e disse isso enquanto minha cabeça andava às voltas com outra coisa.

— Assassinato. Ele tinha esse dinheiro no bolso. Ele ia fugir. Escreveu essa carta à polícia a fim de livrar a filha e a esposa, para que não fossem punidas como cúmplices de seus crimes. Por acaso — perguntei a O'Gar — isto aqui parece a você a declaração de um homem que vai se matar e que vai deixar a filha e a esposa que ele ama? Nenhuma mensagem, nenhuma palavra dirigida a elas, só à polícia.

— Talvez você tenha razão — disse o homem de cabeça quadrada. — Mas, supondo que ele fosse fugir, ainda assim não deixou para elas nenhum...

— Ele ia contar alguma coisa a elas antes de partir, ou por escrito ou pessoalmente, se tivesse vivido por mais tempo. Ele estava acertando os seus negócios, preparando o terreno para ir embora e... Talvez ele fosse cometer suicídio, embora o dinheiro e o tom da carta me façam duvidar; mas mesmo nesse caso meu palpite é de que ele não se matou, é de que ele foi morto antes de concluir seus preparativos... talvez porque estivesse demorando demais. Como ele foi encontrado?

— Eu ouvi — soluçou a sra. Leggett —, ouvi o tiro e corri aqui para cima, e ele... ele estava assim. Aí desci até o telefone e a campainha da porta tocou, era o senhor Fitzstephan e contei a ele. Não seria possível... não havia mais ninguém em casa... para matá-lo.

— Você o matou — falei para ela. — Seu marido ia fugir. Escreveu essa confissão, assumindo os crimes que você cometeu. Você matou Ruppert na cozinha, lá embaixo. É disso que a garota está falando. A carta de seu marido se parecia bastante com uma carta de suicida para poder passar por uma carta de suicida, você pensou; por isso o assassinou... assassinou-o porque achou que a confissão e a morte dele poriam uma pá de cal na história toda e que nós não iríamos remexer em mais nada.

O rosto dela não revelava nada. Estava desfigurado, mas de um modo que poderia significar qualquer coisa. Enchi bem os pulmões e fui em frente, não exatamente aos berros, mas fazendo um bocado de barulho:

— Há uma meia dúzia de mentiras na confissão de seu marido, meia dúzia que posso apontar agora mesmo. Ele não mandou chamar você e a filha dele. Você descobriu onde ele estava. A senhora Begg contou que ele se mostrou o homem mais surpreso do mundo quando viu vocês duas chegarem de Nova York. Ele não deu os diamantes a Upton. A história que ele conta sobre por que deu os diamantes a Upton e sobre o que tencionava fazer depois é ridícula: é apenas a melhor história que ele conseguiu inventar às pressas a fim de acobertar você. Leggett daria dinheiro a ele, ou então não daria coisa nenhuma; não seria tolo a ponto de dar a Upton os diamantes de outra pessoa e deixar vir à tona toda essa lama.

"Upton localizou você aqui e veio procurá-la fazendo exigências — a você, e não a seu marido. Você contratou Upton para localizar Leggett; era você quem sabia de tudo; ele e Ruppert tinham seguido as pegadas de Leggett para você, não só até a Cidade do México mas também até aqui. Eles teriam tentado extorquir você antes, se não tivessem sido mandados para Sing Sing por causa de outra safadeza que fizeram. Quando saíram de lá, Upton veio aqui e deu a sua cartada. Você forjou o assalto; entregou os diamantes a Upton; e não contou nada a seu marido. Seu marido achou que o assalto fosse de verdade. Do contrário, teria um homem — com o passado que ele teve — arriscado tudo para informar a polícia?

"Por que você não lhe contou sobre Upton? Não queria que ele soubesse que você contratou detetives para encontrá-lo e que rastrearam os passos dele desde a Ilha do Diabo até San Francisco? Por quê? A ficha que ele tinha no Sul dava a você um poder adicional sobre ele, caso precisasse? Você não queria que ele soubesse que você sabia sobre Labaud, Howart e Edge?"

Eu não lhe dei nenhuma chance de responder a essas perguntas, apenas continuei a falar, imprimindo à minha voz um tom mais relaxado.

— Talvez Ruppert, que seguiu Upton até aqui, tenha entrado em contato com você, e você então o fez matar Upton, um trabalhinho que ele estava mesmo ansioso para fazer, por razões lá dele. Provavelmente, porque ele de fato o matou e depois partiu para cima de você, você achou necessário meter a faca nele lá embaixo, na cozinha. Você não sabia que a garota, escondida na despensa, tinha visto o crime; mas sabia muito bem que estava numa tremenda enrascada. Sabia que suas chances de escapar limpa do assassinato de Ruppert eram ínfimas. Sua casa era o centro de muitas atenções. Então você recorreu à sua única saída. Foi falar com seu marido e contou a história toda, ou pelo menos aquilo que podia ser montado para convencê-lo, e conseguiu que ele a acobertasse. E depois entregou isto para ele, aqui nessa mesa.

"Ele a protegeu. Sempre protegeu você. *Você*" — esbravejei, minha voz agora estava em grande forma — "matou sua irmã Lily, a primeira mulher dele, e deixou que ele levasse a culpa em seu lugar. *Você* foi para Londres com ele depois disso. Teria partido desse jeito, depois do assassinato da própria irmã, se fosse inocente? *Você* mandou que detetives o encontrassem e *você* veio para cá atrás dele, e você casou com ele. Foi *você* que decidiu que ele tinha casado com a irmã errada e *você* o matou."

— Foi ela! Foi ela! — gritou Gabrielle Leggett, tentando levantar-se da cadeira em que Collinson a segurava. — Ela...

A sra. Leggett empertigou-se e sorriu, pondo à mostra dentes fortes e amarelados, bem juntos. Deu dois passos na direção do centro do laboratório. Uma mão no quadril, a outra solta ao lado do corpo. A dona de casa — a alma sadia de Fitzstephan — havia sumido de repente. Ali estava uma mulher loura de corpo arredondado não pelas protuberâncias da meia-idade satisfeita e bem nutrida, mas pelos músculos estufados e delicadamente revestidos de um gato caçador, habitante da floresta ou dos becos.

Peguei a pistola sobre a mesa e guardei-a em meu bolso.

— O senhor quer saber quem matou minha irmã? — perguntou a sra. Leggett com voz suave dirigindo-se a mim; seus dentes estalavam entre uma palavra e outra, a boca sorria, os olhos ardiam. — Ela, a viciada, Gabrielle... ela matou a mãe. Ela é quem ele queria proteger.

A garota gritou algo ininteligível.

— Absurdo — falei. — Ela era um bebê.

— Ah, não é um absurdo — retrucou a mulher. — Ela já tinha quase cinco anos, uma criança de cinco anos que brincava com uma pistola apanhada numa gaveta enquanto a mãe dormia. A pistola disparou e Lily morreu. Um acidente, é claro, mas Maurice era uma alma sensível demais para suportar a idéia de que ela crescesse ciente de que havia matado a própria mãe. Além disso, era provável que Maurice acabasse condenado de um jeito ou de outro. Todos sabiam que ele e eu éramos íntimos, que ele queria se livrar de Lily; e ele estava na porta do quarto de Lily quando o tiro foi disparado. Mas isso era uma questão insignificante para ele: seu único desejo era salvar a criança da memória do que havia feito, assim a vida dela não seria manchada pela consciência de que, embora por acidente, havia matado a própria mãe.

O que tornava aquilo especialmente asqueroso era a doçura com que a mulher sorria enquanto falava e o cuidado — quase perfeccionista — com que selecionava as palavras e as pronunciava com capricho. Prosseguiu:

— Mesmo antes de se viciar em drogas, Gabrielle sempre foi uma criança com uma mentalidade limitada, podemos dizer assim; portanto, quando a polícia de Londres nos encontrou, havíamos conseguido apagar totalmente de sua cabeça até o último vestígio dessa lembrança específica. É essa, eu garanto aos senhores, a verdade completa. Ela matou a mãe; e o pai, para usar a expressão do senhor, assumiu a culpa no lugar dela.

— Bastante plausível — admiti —, mas não se encaixa muito bem. Há uma chance de que você tenha feito Leggett acreditar nisso, mas tenho minhas dúvidas. Acho que está tentando magoar sua enteada porque ela nos contou que viu você esfaquear Ruppert lá embaixo.

Ela esticou os lábios sobre os dentes e deu um passo ligeiro em minha direção, os olhos arregalados e margeados de branco; em seguida, se recompôs, soltou uma risada penetrante e o brilho de seus olhos se apagou — ou talvez tenha recuado, tenha ficado latente, por trás dos olhos. Ela colocou as mãos nos quadris e sorriu para mim com ar jocoso, descontraído, dizendo em tom brincalhão, enquanto um ódio louco reluzia por trás dos olhos, do sorriso e da voz.

— Estou mesmo? Então preciso lhe dizer uma coisa, algo que eu não deveria dizer se não fosse verdade. Ensinei a ela como matar a mãe. Entende? Ensinei a ela, treinei, adestrei, ensaiei. Entende isso? Lily e eu éramos irmãs de verdade, inseparáveis, ao mesmo tempo que odiávamos uma à outra de um modo venenoso. O Maurice, ele não queria casar com nenhuma de nós, por que ia querer? Embora fosse bastante íntimo das duas. Vocês vão tentar compreender isso de forma literal. Mas nós éramos bem pobres e ele não. Lily queria se casar com ele. E eu, eu queria me casar com ele porque ela queria. Éramos irmãs de verdade, éramos assim em tudo. Mas Lily pegou-o primeiro, apanhou-o numa armadilha, um casamento sem graça, mas dentro da lei.

"Gabrielle nasceu seis ou sete meses depois. Que familiazinha feliz nós éramos. Eu morava com eles, afinal Lily e eu éramos inseparáveis, e desde o início Gabrielle teve mais afeição por mim do que pela mãe. Eu cuidava para que fosse assim: não havia nada que a tia Alice não fizesse para a querida sobrinha; o fato de ela me preferir deixava Lily furiosa, não que a própria Lily amasse a filha tanto assim, mas éramos irmãs; e tudo o que uma queria, a outra também queria, não para compartilhar, mas com exclusividade.

"Gabrielle mal havia nascido quando comecei a planejar aquilo que um dia eu iria fazer; e que, quando ela estava à beira de completar cinco anos, eu fiz. A pistola de Maurice, uma arma pequena, ficava guardada numa gaveta trancada, na parte de cima de uma cômoda. Destranquei a gaveta, descarreguei a pistola e ensinei a Gabrielle uma brincadeirinha divertida. Eu deitava na cama de Lily e fingia dormir. A criança empurrava a cadeira até a cômoda, subia na cadeira, pegava a pistola na gaveta, trepava na cama, colocava a boca da pistola na minha cabeça e apertava o gatilho. Quando ela fazia a coisa direito, sem fazer barulho nenhum, ou muito pouco, segurando a pistola corretamente em suas mãozinhas miúdas, eu a recompensava com um bombom e a advertia de que não devia contar nada daquela brincadeira para a sua mãe nem para ninguém, porque íamos fazer uma surpresa para a sua mãe.

"E fizemos. Nós a surpreendemos completamente numa tarde em que, depois de tomar uma aspirina por causa de uma dor de cabeça, Lily dormia na cama. Dessa vez, destranquei a gaveta, mas não descarreguei a pistola. Então disse à menina que ela podia fazer a brincadeira com sua mãe; e fui me juntar a amigos que tinham vindo me visitar e estavam no andar de baixo, assim ninguém ia pensar que eu tinha qualquer participação no falecimento de minha irmã. Pensei que Maurice fosse ficar a tarde toda fora de casa. Quando ouvi o tiro, minha intenção era correr para cima com os amigos e, com eles, descobrir que a criança, brincando com a arma, matara a mãe.

"Eu não me preocupava muito com o que a criança viesse a falar mais tarde. De mentalidade limitada, como eu disse antes, me amando e confiando em mim como fazia, e à minha mercê, antes ou durante qualquer interrogatório oficial que acontecesse, eu sabia que poderia controlar Gabrielle com facilidade, tinha certeza de que ela não falaria nada que revelasse minha participação naquele... eh... projeto. Mas Maurice chegou bem perto de estragar tudo. Ao voltar para casa de modo inesperado, parou na porta do quarto na hora em que Gabrielle apertou o gatilho. Uma ínfima fração de segundo antes disso, e ele teria conseguido salvar a vida da esposa.

"Bem, foi má sorte, porque o levou a ser condenado; mas sem dúvida impediu que ele algum dia viesse a desconfiar de mim; e seu desejo subseqüente de apagar da mente da menina toda a lembrança do incidente livrou-me também de toda aflição ou esforço. Segui suas pegadas até este país depois de sua fuga da Ilha do Diabo, e o segui até San Francisco, quando Upton o localizou para mim; e usei o amor de Gabrielle por mim e o ódio dela por ele — eu havia cultivado isso com tentativas habilmente desajeitadas de convencê-la a perdoar o pai por ter assassinado sua mãe —, e usei a necessidade de mantê-la na ignorância da verdade e meu histórico de fidelidade a ele e a ela para levar Maurice a se casar comigo, para levá-lo a crer que casar comigo seria, de algum modo, um resgate de nossas vidas arruinadas. No dia em que ele se casou com Lily, jurei tomá-lo de minha irmã. E assim fiz. E espero que minha querida irmã saiba disso no inferno."

O sorriso havia sumido. O ódio louco já não estava *por trás* de seus olhos e de sua voz: estava *dentro* deles e no conjunto de suas feições, na atitude de seu corpo. Esse ódio louco — e ela era parte dele — parecia a única coisa viva naquela sala. Nós oito que a olhávamos e a ouvíamos não contávamos no momento: estávamos vivos para ela, não uns para os outros, não para qualquer outra coisa senão para ela.

Desviou-se de mim para estender o braço bruscamente na direção da garota no lado oposto da sala; e agora sua voz estava gutural, vibrante, com um triunfo desvairado; e suas palavras separavam-se em grupos por meio de pausas breves, assim ela parecia recitá-las.

— Você é filha dela — gritou. — E está amaldiçoada com a mesma alma negra e o mesmo sangue corrompido que tivemos ela, eu e todos os Dain; e você está amaldiçoada pelo sangue da sua mãe com que suas mãos estão manchadas desde a infância; e com a mente confusa e a necessidade de drogas que são as minhas dádivas para você; e sua vida será negra como a da sua mãe e a minha foram negras; e as vidas de quem você tocar serão negras como a vida de Maurice foi negra; e a sua...

— Pare! — exclamou Eric Collinson. — Façam-na parar.

Gabrielle Leggett, com as mãos nos ouvidos, o rosto retorcido de horror, berrou uma vez — de forma terrível — e caiu da cadeira, tombando para a frente

Pat Reddy era jovem na caçada humana, mas O'Gar e eu já éramos bem escolados para saber que não devíamos desviar os olhos da sra. Leggett nem por meio segundo, por mais que o grito e a queda da garota chamassem nossa atenção. Mas acabamos olhando para ela — ainda que por menos de meio segundo —, e isso foi o bastante. Quando voltamos a olhar para a sra. Leggett, ela tinha uma arma na mão e já dera o primeiro passo rumo à porta.

Não havia ninguém entre ela e a porta: o guarda uniformizado tinha ido ajudar Collinson a amparar Gabrielle Leggett. Não havia ninguém atrás dela: estava de costas para a porta e ao se virar incluiu Fitzstephan em seu campo de visão. Ela olhava fixo por cima da arma, seus olhos ardentes passavam aos saltos por todos nós, de um para o outro, enquanto dava mais um passo para trás e rosnava:

— Não se mexam.

Pat Reddy mudou de posição, apoiando-se um pouco na ponta do pé. Olhei para ele de cara feia, fiz que não com a cabeça. O corredor e a escada eram lugares melhores para apanhá-la: ali dentro, alguém poderia morrer.

Ela recuou na direção da soleira da porta, bufou entre os dentes com um som chiado, cuspido, e fugiu pelo corredor.

Owen Fitzstephan foi o primeiro a atravessar a porta em seu encalço. O guarda entrou na minha frente, mas fui o segundo a sair. A mulher tinha chegado ao início da escada, na outra ponta do corredor sombrio, com Fitzstephan não muito longe, avançando rapidamente na direção dela.

Ele a alcançou no patamar da escada entre um andar e outro, na hora em que cheguei ao topo da escada. Apertou um dos braços da mulher contra o corpo, mas o outro, o da arma, ficou livre. Ele quis agarrá-lo, porém não conseguiu. Ela virou o cano da arma para o corpo de Fitzstephan, quando eu — com a cabeça empinada para evitar a quina do chão — pulei em cima deles.

Aterrissei sobre os dois na hora exata, desabei em cima deles, esmaguei-os contra o canto da parede, o que fez a bala, destinada ao homem de cabelo cor de canela, acertar num degrau.

Não nos levantamos. Eu quis agarrar com as duas mãos a arma, que brilhou com um clarão, só que não consegui, e então a segurei pela cintura. Perto do meu queixo, os dedos magros de Fitzstephan fecharam-se no pulso da mão em que a mulher segurava a arma.

Ela torceu o corpo contra o meu braço direito. Meu braço direito ainda estava estropiado por causa do acidente no Chrysler. Não ia agüentar a pressão. O corpo sólido da mulher ergueu-se um pouco, acima de mim.

Um tiro explodiu perto do meu ouvido, queimou minha bochecha.

O corpo da mulher amoleceu.

Quando O'Gar e Reddy nos separaram, ela ficou estirada, imóvel. A segunda bala havia atravessado sua garganta.

Subi até o laboratório. Gabrielle Leggett, com o médico e Collinson de joelhos a seu lado, jazia no chão.

Falei para o médico:

— É melhor dar uma olhada na senhora Leggett. Está na escada. Morta, eu acho, mas é melhor o senhor dar uma olhada.

O médico saiu. Collinson, esfregando as mãos da garota inconsciente, olhou para mim como se eu fosse uma coisa contra a qual devia existir uma lei, e disse:

— Espero que esteja contente com a maneira como o seu trabalho foi feito.

— Está feito — respondi.

8

MAS E SE

Naquela noite, Fitzstephan e eu comemos um dos bons jantares da sra. Schindler em seu porão de teto baixo e bebemos a boa cerveja de seu marido. O romancista em Fitzstephan estava ocupado tentando descobrir o que ele chamava de fundamento psicológico da sra. Leggett.

— O assassinato da irmã está bem claro, conhecendo seu caráter como agora conhecemos — disse ele —, e assim também o assassinato do marido, a tentativa de arruinar a vida da sobrinha, quando ela se viu desmascarada, e até a determinação de se matar na escada, em vez de se deixar prender. Mas e os anos sossegados nesse intervalo... como compreendê-los?

— É o assassinato de Leggett que não faz sentido — retruquei. — O resto é uma peça única. Ela o queria. Matou a irmã, ou fez alguém matá-la, e de um jeito que o amarrou a ela; mas a Justiça os separou. Ela não podia fazer nada quanto a isso, a não ser esperar e torcer para que um dia ele ficasse livre, uma possibilidade que sempre existiu. Não sabemos de mais nada que ela quisesse. Por que não havia de ficar quieta, manter Gabrielle como sua refém, em troca da oportunidade que ela tanto havia esperado, e viver bem confortavelmente com o dinheiro de Leggett? Quando ouviu falar da fuga dele, veio para os Estados Unidos e quis logo encontrá-lo. Quando o detetive o localizou aqui, ela veio ao seu encontro. Leggett estava disposto a se casar com ela. Afinal, ela conseguiu o que queria. Por que não deveria ficar quieta? Não era uma encrenqueira por passatempo, uma dessas pessoas que agem pelo simples prazer de arrumar confusão. Era só uma mulher que queria o que queria e estava disposta a chegar a qualquer extremo para consegui-lo. Veja com que paciência e por quantos anos ela manteve oculto o ódio pela garota. E seus desejos nem eram assim tão extravagantes. Não vamos encontrar a chave do seu comportamento em nenhum distúrbio complicado. Ela era simples como um animal, com a mesma ignorância simples de um animal sobre o certo e o errado, e com a mesma raiva que ele sente quando vê frustrado um desejo, com o mesmo rancor feroz quando é apanhado numa armadilha.

Fitzstephan tomou cerveja e perguntou:

— Portanto você reduziria a maldição dos Dain a um traço ancestral no sangue?

— Menos que isso: a palavras na boca raivosa de uma mulher.

— São sujeitos como você que tiram todo o colorido da vida. — Deu um suspiro por trás da fumaça do cigarro. — O fato de Gabrielle ser transformada no instrumento do assassinato da própria mãe não o convence da necessidade, pelo menos da necessidade poética, da maldição?

— Nem mesmo se ela tiver sido de fato o instrumento do assassinato, e isso é uma coisa em que eu não apostaria. Ao que parece, Leggett não duvidava disso. Entupiu sua carta com aqueles detalhes antigos a fim de mantê-la protegida. Mas tudo o que temos é a palavra da senhora Leggett de que viu a criança matar a mãe. Por outro lado, a senhora Leggett disse, na frente de Gabrielle, que Gabrielle foi levada a acreditar que o pai era o assassino, portanto podemos crer nisso. E não é provável, embora seja possível, que ele chegasse a tal extremo, a menos que fosse para salvar Gabrielle e evitar que soubesse da própria culpa. Mas, a partir desse ponto, qualquer palpite sobre a verdade vale tanto quanto os outros. A senhora Leggett queria o homem e conseguiu ficar com ele. Então por que diabos ela o matou?

— Você pula muito de lá para cá — reclamou Fitzstephan. — Você mesmo já respondeu a isso no laboratório. Por que não se atém a sua própria resposta? Você disse que ela o matou porque a carta se parecia com a carta de um suicida o suficiente para que acreditassem que era de fato uma carta de suicida e que a morte dele seria a garantia da segurança dela.

— Foi uma coisa boa de se dizer naquela hora — reconheci —, mas não agora, a sangue-frio, com mais fatos para serem encaixados no esquema. Ela deu duro e esperou anos para ter aquele homem. Ele devia ter algum valor para ela.

— Mas ela não o amava, ou pelo menos não há nenhum motivo para supor que o amasse. Ele não tinha esse tipo de valor para ela. Nada mais era do que o troféu da caçada; e esse é um valor que a morte não afeta... pode-se ter a cabeça embalsamada e pendurada na parede.

— Mas então por que ela manteve Upton longe dele? Por que matou Ruppert? Por que ela ficaria com esse fardo, em vez dele? O perigo era para ele, não para ela. Por que ela assumiu esse fardo, se ele não tinha nenhum valor para ela? Por que arriscou tudo isso para evitar que ele soubesse que o passado havia voltado à tona outra vez?

— Acho que entendo aonde você quer chegar — disse Fitzstephan lentamente. — Você acha...

— Espere, há outra coisa. Conversei com Leggett e sua esposa juntos duas vezes. Nenhum dos dois dirigiu a palavra ao outro nessas duas vezes, embora a mulher tenha feito um bocado de encenação para me levar a crer que me contaria alguma coisa sobre o sumiço da filha, não fosse a presença do marido.

— Onde você achou a Gabrielle?

— Depois que viu o assassinato de Ruppert, ela se mandou para a casa dos Haldorn com o dinheiro que tinha em mãos e as jóias. Entregou as jóias a Minnie Hershey para que ela as transformasse em dinheiro. Minnie comprou algumas das jóias para si, o homem dela tinha ganhado uma boa grana no jogo uma ou duas noites antes — a polícia já apurou isso —, e Minnie mandou o homem vender o resto. Foi preso numa loja de penhor, só por comportamento suspeito.

— Gabrielle ia deixar sua casa para sempre? — Fitzstephan perguntou.

— Não se pode culpá-la por isso: achava que o pai era um assassino e agora tinha visto a madrasta matar um homem. Quem ia querer morar numa casa dessa?

— E você acha que Leggett e a mulher estavam brigados? Pode ser: eu não os vi muitas vezes ultimamente e não era íntimo a ponto de ser informado de algo desse tipo, se de fato tivesse ocorrido. Você acha que talvez ele tenha sabido de alguma coisa, de uma parte da verdade sobre ela?

— Talvez, mas não o bastante para que não tentasse evitar que a esposa levasse a culpa da morte de Ruppert; e o que ele soube não tinha relação com esse caso recente, porque, na primeira vez em que eu o vi, ele acreditava de fato no roubo. Mas depois...

— Ah, chega! Você nunca se dá por satisfeito a não ser quando acrescenta dois mais e um se a tudo. Não vejo a menor razão para duvidar da história da senhora Leggett. Ela nos contou tudo de forma completamente espontânea. Por que temos de supor que ela mentiria para comprometer a si mesma?

— Você se refere ao assassinato da irmã? Ela seria inocentada num tribunal, e creio que o sistema francês é como o nosso e não permitiria que ela fosse processada de novo, ainda que tenha confessado. Ela não abriu mão de nada, meu irmão.

— Sempre subestimando — disse ele. — Você precisa de mais cerveja para alargar seu espírito.

No inquérito de Leggett-Ruppert, vi Gabrielle Leggett de novo, mas não tenho certeza de que ela tenha sequer me reconhecido. Estava acompanhada por Madison Andrews, que era o advogado de Leggett e agora é o executor do testamento. Eric Collinson estava lá, mas, de modo curioso, aparentemente não estava com Gabrielle. Cumprimentou-me com acenos de cabeça e mais nada.

Os jornais armaram o maior estardalhaço com o que a sra. Leggett contou que tinha acontecido em Paris em 1913, e durante uns dois dias fizeram a maior festa. A recuperação dos diamantes da firma Halstead e Beauchamp deixou fora de cena a Agência de Detetives Continental; escrevemos ENCERRADO no fim da pasta do caso Leggett. Subi as montanhas para xeretar os negócios do dono de uma mineradora de ouro que achava que seus empregados estavam passando a perna nele.

Eu contava ficar nas montanhas durante um mês pelo menos: questões internas de firmas como aquela tomam tempo. Na noite do meu décimo dia lá, recebi um telefonema interurbano do Velho, o meu chefe.

— Estou mandando Foley para render você — disse o chefe. — Não espere a chegada dele. Volte no trem desta noite. O caso Leggett foi reaberto.

PARTE II
O TEMPLO

9

O CEGO DE TAD

Madison Andrews era um homem alto e macilento de uns sessenta anos, sobrancelhas e cabelos brancos e desalinhados, um bigode que realçava o aspecto rude de seu rosto descarnado e de músculos duros. Vestia roupas folgadas, mascava tabaco e nos últimos dez anos tinha sido publicamente indiciado como co-réu em dois processos de divórcio.

— Atrevo-me a dizer que o jovem Collinson tagarelou toda sorte de tolices para o senhor — disse ele. — Ele parece acreditar que estou na minha segunda infância, a julgar pelo que me disse.

— Não estive com ele — respondi. — Faz só duas horas que voltei à cidade, tempo suficiente para ir ao escritório e depois vir para cá.

— Bem — respondeu —, ele é o noivo dela, mas eu sou o responsável por ela e preferi seguir o conselho do doutor Riese. É o médico dela. Disse que o melhor que poderíamos fazer para recuperar sua saúde mental seria deixá-la ir para o Templo durante uma breve temporada. Eu não podia desconsiderar seu conselho. Os Haldorn podem ser, e provavelmente são, charlatões, mas Joseph Haldorn é sem dúvida a única pessoa com quem Gabrielle falou de bom grado e em cuja companhia ela parece ficar em paz desde a morte dos pais. O doutor Riese disse que contrapor-se a ela em seu desejo de ir para o Templo levaria sua mente a afundar ainda mais na enfermidade. Poderia eu rechaçar, com um simples piparote, a opinião de um médico só porque o jovem Collinson não gosta da idéia?

83

Respondi:

— Não.

— Não tenho ilusões a respeito do culto — prosseguiu em sua defesa. — É certamente tão cheio de charlatanismo como qualquer outro. Mas não estamos interessados em seus aspectos religiosos. Nele, interessa-nos a sua terapêutica, como forma de curar a mente de Gabrielle. Ainda que o caráter de seus membros não permita que eu possa contar indubitavelmente com eles para garantir a segurança de Gabrielle, mesmo assim fiquei tentado a permitir que ela fosse para lá. Sua recuperação é, da forma como encaro a questão, aquilo com que devemos nos preocupar acima de tudo, e não podemos permitir que nada interfira nesse assunto.

Ele estava preocupado. Fiz que sim com a cabeça e continuei calado, à espera de saber o que o estava preocupando tanto. Fui entendendo pouco a pouco, à medida que ele continuava a falar em círculos.

A conselho do dr. Riese e sob os protestos de Collinson, o advogado permitiu que Gabrielle Leggett fosse ao Templo do Cálice Sagrado para ficar lá durante algum tempo. Ela quis ir, uma pessoa eminente como a sra. Livingston Rodman também estava hospedada lá na ocasião, os Haldorn haviam sido amigos de Edgar Leggett. Andrews deixou-a ir. Isso tinha acontecido seis dias antes. Ela levou consigo a mulata, Minnie Hershey, como sua criada. O dr. Riese ia visitá-la todos os dias. No quarto dia, julgou-a bem melhor. No quinto dia, seu estado assustou o médico. A mente de Gabrielle estava mais aturdida do que nunca e a moça apresentava os sintomas de alguém que tivesse sofrido uma espécie de choque. O médico não conseguiu obter dela nenhuma informação. Não conseguiu obter nenhuma informação de Minnie também. Não conseguiu obter nenhuma informação dos Haldorn. Não teve meios de saber o que havia acontecido, nem se alguma coisa havia de fato acontecido.

Eric Collinson cobrava de Riese relatórios diários sobre o estado de Gabrielle. Riese lhe disse a verdade a respeito de sua última visita. Collinson subiu pelas paredes. Queria que a garota fosse retirada do Templo imediatamente: os Haldorn estavam se preparando para assassiná-la, segundo ele supunha. Ele e Andrews tiveram um bate-boca. Andrews achava que a garota havia sofrido uma mera recaída, da qual se recuperaria muito rapidamente se fosse deixada lá onde queria ficar. Riese tendia a concordar com Andrews. Collinson não concordava. Ameaçou criar a maior encrenca se eles não a tirassem de lá sem mais demora.

Isso preocupava Andrews. Não ficaria nada bem para ele, o advogado cabeça-fria, ter permitido que uma pessoa sob sua tutela permanecesse num lugar como aquele caso algo de ruim acontecesse com ela. Por outro lado, disse acreditar de fato que, para o bem dela, a moça devia ficar lá. E não queria que nada lhe acontecesse. Por fim, chegou a um acordo com Collinson. Gabrielle teria permissão de ficar no Templo por no mínimo mais alguns dias, mas alguém se instalaria lá para manter a moça sob vigilância e garantir que os Haldorn não fizessem nenhuma safadeza com ela.

Riese sugeriu que fosse eu: minha sorte em ter acertado em cheio a explicação da maneira como Leggett havia morrido impressionara o médico. Collinson objetou que a minha brutalidade era, em grande parte, a responsável pelo atual estado de saúde de Gabrielle, mas no fim aceitou. Eu já conhecia Gabrielle e a sua história e não tinha me saído tão mal assim naquele primeiro serviço: minha eficiência compensava minha brutalidade, ou qualquer coisa nessa linha. Portanto Andrews telefonou para o Velho, ofereceu-lhe uma remuneração alta o bastante para justificar que eu fosse retirado de outro serviço, e assim ali estava eu agora.

— Os Haldorn sabem que o senhor está indo para lá — concluiu Andrews. — Não importa o que eles pensem sobre o assunto. Eu apenas lhes disse que o doutor Riese e eu decidimos que, até a mente de Gabrielle ficar mais equilibrada, é melhor ter à mão um homem competente, em caso de emergência, para salvaguardar talvez tanto a ela quanto aos outros. Não preciso instruí-lo. A questão resume-se a tomar todas as precauções possíveis.

— A senhorita Leggett sabe que estou indo para lá?

— Não, e não creio que precisemos dizer nada a ela. O senhor vai vigiá-la da maneira mais discreta possível, é óbvio, e duvido que ela, no estado mental em que se encontra, preste atenção suficiente à sua presença para ressentir-se de alguma coisa. Se isso acontecer... bem, veremos.

Andrews me deu um bilhete para entregar a Aaronia Haldorn.

Uma hora e meia depois, eu estava sentado diante dela na sala de recepção do Templo, vendo-a ler o bilhete. Pôs o papel de lado e me ofereceu longos cigarros russos de uma caixa branca de jade. Pedi desculpas por insistir em fumar os meus Fatimas e acionei o isqueiro por cima da mesinha com cinzeiro embutido que ela instalou entre nós. Depois que acendemos o cigarro, ela disse:

— Vamos tentar deixá-lo o mais confortável possível. Não somos bárbaros nem fanáticos. Explico isso porque muita gente fica surpresa ao ver que não somos nem uma coisa nem outra. Isto é um templo, mas nenhum de nós supõe que a felicidade, o consolo ou qualquer outro elemento comum da vida civilizada vá profaná-lo. O senhor não é um de nós. Talvez, assim espero, venha a se tornar um de nós. Porém, não fique constrangido; o senhor, eu garanto, não será incomodado. Pode presenciar nossas cerimônias ou não, como preferir, e movimentar-se com toda a liberdade. O senhor, tenho certeza, mostrará por nós a mesma consideração que mostramos pelo senhor e estou igualmente segura de que o senhor não vai interferir de maneira alguma em nada do que vai ver, por mais extravagante que lhe pareça, contanto que não ameace afetar a sua... paciente.

— É claro que não — prometi.

Sorriu, como que para me agradecer, esfregou a ponta do cigarro no fundo do cinzeiro e levantou-se, dizendo:

— Vou lhe mostrar seu quarto.

Nenhuma palavra foi dita a respeito da minha visita anterior.

Segurando meu chapéu e minha bolsa de viagem, segui-a rumo ao elevador. Desembarcamos no quinto andar.

— Este é o quarto da senhorita Leggett — disse Aaronia, apontando para a porta em que Collinson e eu tínhamos batido, um de cada vez, algumas semanas antes. — E este é o seu quarto. — Abriu a porta em frente à porta do quarto de Gabrielle.

Meu quarto era uma duplicata do quarto dela, exceto por não ter um toucador. Minha porta, como a dela, não tinha fechadura.

— Onde dorme a criada da senhorita Leggett? — perguntei.

— Num dos quartos dos empregados, no andar de cima. O doutor Riese está com a senhorita Leggett agora, eu creio. Vou avisar que o senhor chegou.

Agradeci. Ela saiu do meu quarto e fechou a porta.

Quinze minutos depois, o dr. Riese bateu na minha porta e entrou.

— Estou feliz que o senhor esteja aqui — disse enquanto apertava minha mão. Tinha um jeito firme e preciso de emitir as palavras, às vezes as enfatizava por meio de gestos, com os óculos de aros pretos na mão. Nunca vi os óculos em seu nariz. — Não vamos precisar de suas habilidades profissionais, creio eu, mas fico feliz que o senhor esteja aqui.

— O que há de errado? — perguntei, num tom de voz destinado a provocar confidências.

Ele me olhou com atenção, bateu de leve nos óculos com a unha do polegar esquerdo e disse:

— O que há de errado, até onde sei, se encontra inteiramente na minha esfera de trabalho. Não sei de mais nada que esteja errado. — Apertou minha mão outra vez. — O senhor vai achar a sua parte muito maçante, eu receio.

— Mas a do senhor não é? — insinuei.

Ele se deteve na hora em que se virava para a porta, franziu as sobrancelhas, bateu de leve nos óculos com a unha do polegar outra vez e disse:

— Não, não é. — Hesitou, como se estivesse decidindo se falaria mais alguma coisa, resolveu não falar e avançou em direção à porta.

— Tenho o direito de saber o que o senhor pensa francamente sobre o caso — falei.

Olhou-me com atenção outra vez.

— Não sei o que penso francamente sobre o caso. — Uma pausa. — Não estou satisfeito. — Não parecia satisfeito. — Voltarei ao anoitecer.

Saiu e fechou a porta. Meio minuto depois, abriu a porta e disse:

— A senhorita Leggett está gravemente enferma — fechou a porta de novo e foi embora.

Resmunguei para mim mesmo:

— Isso vai ser um bocado divertido.

Sentei junto à janela e fumei um cigarro.

Uma empregada de preto e branco bateu na porta e perguntou se eu queria almoçar. Era uma loura saudável e rosada de vinte e poucos anos, olhos azuis que me observavam com curiosidade e com um ar meio gaiato. Tomei um gole de uísque da garrafa que eu havia trazido em minha bolsa de viagem, comi o almoço que a empregada logo me trouxe e passei a tarde no quarto.

Como fiquei de ouvidos atentos, percebi quando Minnie saiu do quarto da patroa um pouco depois das quatro da tarde. Os olhos da mulata se arregalaram quando me viu parado na porta do meu quarto.

— Entre — eu disse. — O doutor Riese não contou que eu vinha para cá?

— Não, senhor. O senhor... está...? O senhor não está querendo alguma coisa com a senhorita Gabrielle, está?

— Só ficar de olho aberto para o bem dela, cuidar para que nada de ruim aconteça. E se você me mantiver bem informado, me contar o que ela fala e faz e o que os outros falam e fazem, vai me ajudar e ajudar a ela; porque aí não vou ter de aborrecê-la.

A mulata disse:

— Sim, sim — de modo muito obediente, mas, pelo que eu podia deduzir do seu rosto moreno, a minha idéia de cooperação não estava fazendo muito sucesso.

— Como está ela nesta tarde? — perguntei.

— Está bem alegre agora, senhor. Gosta deste lugar.

— Como ela passou a tarde?

— Ela... não sei, senhor. Só passou a tarde e mais nada... assim, calada.

Nada que prestasse até então. Falei:

— O doutor Riese acha que é melhor ela não saber que estou aqui, portanto você não precisa dizer nada a meu respeito.

— Não, senhor. Claro que não vou dizer — prometeu, mas pareceu mais educada do que sincera.

No início da noite, Aaronia Haldorn entrou e me convidou para descer e jantar. A sala de jantar tinha as paredes forradas de nogueira e móveis feitos da mesma madeira. Éramos dez à mesa.

Joseph Haldorn era alto, duro feito uma estátua, e vestia um roupão de seda preto. Tinha o cabelo grosso, comprido, branco e lustroso. A barba espessa, aparada em arco, era branca e lustrosa. Aaronia Haldorn apresentou-me a ele, tratou-o de Joseph, como se ele não tivesse sobrenome. Todos os demais o tratavam da mesma forma. Ele me dirigiu um sorriso branco, de dentes bem regulares, e me ofereceu a mão quente e forte. Seu rosto, saudavelmente rosado, não tinha rugas nem vincos. Era um rosto tranqüilo, sobretudo os olhos castanho-claros, que de algum modo transmitiam uma sensação de paz com o mundo. O mesmo efeito tranqüilizador vinha de sua voz de barítono.

Ele disse:

— Estamos felizes de ter o senhor aqui.

As palavras eram meramente educadas, vazias; porém, enquanto ele as dizia, eu acreditei de fato que ele, por algum motivo, estava feliz. Agora eu compreendia o desejo de Gabrielle Leggett de ir para aquele lugar. Respondi que eu também estava feliz de estar ali e, enquanto dizia isso, pensei de fato que estava feliz.

Além de Joseph, sua esposa e o filho, estavam à mesa a sra. Rodman, mulher alta e frágil, de pele transparente, olhos apagados e voz que jamais ia além de um sussurro;

um homem chamado Fleming, jovem, moreno, muito magro, que usava um bigode escuro e tinha o ar alheado de alguém às voltas com os próprios pensamentos; o major Jeffries, homem muito bem vestido, de maneiras educadas, corpulento, careca e de pele amarelada; sua mulher, pessoa de tipo agradável, apesar de um jeitinho maroto que se vê em mulheres trinta anos mais novas do que ela; uma certa srta. Hillen, de voz e queixo agudos e um jeito extremamente ansioso; e a sra. Pavlov, que, muito jovem, rosto moreno com zigomas salientes, evitava o olhar de todos.

A comida, servida por dois rapazes filipinos, era boa. Não houve muita conversa, e nada foi dito sobre religião. Não foi tão ruim.

Depois do jantar, voltei ao quarto. Fiquei atento durante alguns minutos, tentando ouvir o barulho da porta do quarto de Gabrielle, mas não ouvi nada. Fiquei à toa no quarto, fumei e esperei que o dr. Riese aparecesse, como havia prometido. Não apareceu. Imaginei que uma dessas emergências que fazem parte da vida dos médicos o impedira de vir, mas sua ausência me deixou irritadiço. Ninguém entrou nem saiu do quarto de Gabrielle. Fui na ponta dos pés até a sua porta duas vezes, para escutar. Numa delas, não ouvi nada. Na outra, ouvi sussurros muito fracos, sem sentido.

Pouco depois das dez da noite, ouvi alguns dos hóspedes passar pela minha porta, na certa a caminho de seus quartos, para dormir.

Às onze e cinco, ouvi a porta do quarto de Gabrielle se abrir. Abri a minha porta. Minnie Hershey descia o corredor rumo aos fundos do prédio. Fiquei tentado a chamá-la, mas não chamei. Minha última tentativa de obter alguma coisa dela tinha sido um fiasco e eu não estava me sentindo paciente e habilidoso o bastante para ter mais sorte dessa vez.

Nessa altura, eu não tinha mais esperança de ver o dr. Riese antes do dia seguinte.

Apaguei a luz, deixei a porta aberta e fiquei ali no escuro, de olho na porta do quarto da garota e amaldiçoando o mundo. Lembrei-me de um desenho feito pelo cartunista Tad, de um cego num quarto escuro à procura de um chapéu preto que nem está ali, e entendi como ele deve ter se sentido.

Pouco antes da meia-noite, Minnie Hershey, de chapéu e casaco, como se tivesse acabado de chegar da rua, voltou ao quarto de Gabrielle. Ela não parecia ter me visto. Fiquei parado em silêncio e tentei espiar por trás dela quando abriu a porta do quarto, mas não tive sorte.

Minnie ficou lá até quase uma da manhã, e quando saiu fechou a porta muito suavemente, andando na ponta dos pés. Era uma precaução desnecessária sobre aquele tapete grosso. Como era desnecessária, me pôs nervoso. Fui até a minha porta e chamei em voz baixa:

— Minnie.

Talvez ela não tivesse me ouvido. Continuou a andar na ponta dos pés pelo corredor. Isso aumentou minha irritação. Fui atrás dela bem depressa e a detive, segurando um de seus pulsos rijos.

Sua cara de hindu estava inexpressiva.

— Como está ela?

— A senhorita Gabrielle está muito bem, senhor. É só o senhor deixá-la sossegada — murmurou.

— Não está muito bem, nada. O que ela está fazendo agora?

— Dormindo.

— Dopada?

Levantou os olhos zangados e marrons e deixou-os cair outra vez, sem nada dizer.

— Ela mandou você ir buscar droga? — perguntei, apertando o pulso dela com mais força.

— Ela me mandou lá fora para ir buscar... um remédio... sim, senhor.

— Ela tomou um pouco e foi dormir?

— S... sim, senhor.

— Vamos voltar lá e dar uma espiada nela — falei.

A mulata tentou livrar o pulso com um solavanco. Segurei-o. Ela disse:

— Me deixe em paz, senhor, senão vou gritar.

— Depois que a gente for lá dar uma espiada, talvez eu deixe você em paz — falei, virando-a para o outro lado com a minha mão que segurava seu ombro. — Portanto, se você vai berrar, pode começar agora mesmo.

Ela não estava a fim de voltar para o quarto da patroa, mas não me obrigou a arrastá-la. Gabrielle Leggett estava deitada na cama, de lado, dormindo sossegada, as roupas de cama oscilando de leve com sua respiração. Seu rosto branco e miúdo, em repouso, com cachos castanhos que pendiam por cima, parecia o de uma criança doente.

Soltei Minnie e voltei para o meu quarto. Sentado ali no escuro, entendi por que as pessoas roem as unhas. Fiquei naquela posição durante uma hora ou mais e então, xingando a mim mesmo por parecer uma velha, tirei os sapatos, escolhi uma cadeira mais confortável para sentar, pus os pés em cima de outra, joguei um cobertor sobre mim e dormi de frente para a porta do quarto de Gabrielle Leggett, que se via através da minha porta aberta.

10

FLORES MORTAS

Abri meus olhos sonolentos, concluí que havia cochilado só por um momento, fechei os olhos, resvalei de volta para a minha soneca e depois despertei com preguiça outra vez. Tinha alguma coisa errada.

Forcei os olhos para que ficassem abertos, depois fechei e abri de novo. O que quer que estivesse errado tinha a ver com isso. A escuridão continuava quando eles estavam abertos, assim como quando estavam fechados. Isso até poderia ser plausível: a noite estava escura e minhas janelas ficavam longe do raio de alcance das luzes da rua. Podia ser uma coisa plausível, mas não era: lembrei que havia deixado a porta aberta e que as luzes do corredor estavam acesas. Diante de mim, não havia um retângulo de luz fraca emoldurado pela minha porta aberta, com a porta do quarto de Gabrielle visível à frente.

Eu agora já estava acordado demais para me levantar de um pulo. Prendi a respiração e ouvi com atenção, não escutei nada, exceto o tique-taque do meu relógio de pulso. Movendo a mão com cuidado, olhei o mostrador luminoso — 3h17. Eu havia dormido mais tempo do que supunha e a luz do corredor fora apagada.

Minha cabeça estava entorpecida, o corpo estava duro e pesado e eu tinha um gosto ruim na boca. Saí de debaixo do cobertor, levantei das cadeiras, movi-me de um modo desajeitado, os músculos ainda inflexíveis. Só de meias, andei furtivamente em direção à porta e dei de cara com ela. Tinha sido fechada. Quando a abri, a luz do corredor estava acesa como antes. O ar que vinha do corredor parecia espantosamente fresco, perfumado, puro.

Virei a cara para o meu quarto de novo, farejei. Havia um aroma de flores, débil, abafado, parecia antes o cheiro de um lugar fechado onde flores tivessem morrido do que o cheiro de flores propriamente ditas. Lírios-do-vale, margaridas-dos-campos, talvez mais um ou dois tipos de flor. Passei um tempo tentando dividir o cheiro em partes, tentei com afinco determinar se havia de fato um vestígio de madressilva. Então lembrei vagamente de ter sonhado com um funeral. Tentando recordar com exatidão o que havia sonhado, recostei-me no batente da porta e deixei o sono entrar em mim outra vez.

O solavanco dos músculos do meu pescoço na hora em que a cabeça afundou demais na direção do peito me despertou. Lutei para que os olhos abrissem, ali parado sobre pernas que não faziam parte de mim, e me perguntava feito uma besta por que é que eu não ia logo para a cama. Enquanto eu mergulhava numa sonolência, às voltas com a idéia de que devia haver alguma razão para eu não ir dormir, se era essa a única coisa em que eu conseguia pensar, pus a mão na parede outra vez a fim de me firmar. A mão tocou no interruptor de luz. Tive o bom senso necessário para apertá-lo.

A luz chamuscou meus olhos. Estreitando as pálpebras, vi um mundo que era real para mim e lembrei que eu tinha um trabalho a fazer. Fui ao banheiro, onde a água fria na cara e na cabeça ainda me deixou aturdido e confuso, mas pelo menos em parte consciente.

Apaguei as luzes do quarto, fui até a porta do quarto de Gabrielle, prestei atenção e não ouvi nada. Abri a porta, dei um passo para dentro e fechei a porta. Minha lanterna mostrou-me uma cama vazia com as cobertas jogadas no chão. Pus a mão sobre o espaço que o corpo dela havia ocupado na cama — frio. Ninguém no banheiro nem no toucador. Debaixo da beira da cama, jazia um par de chinelos verdes. Um robe verde, ou algo desse tipo, estava pendurado no encosto de uma cadeira.

Voltei ao meu quarto para pegar os sapatos e depois desci pela escada da frente, no intuito de vasculhar o prédio inteiro, de cima a baixo. Primeiro eu agiria em silêncio e então, se não encontrasse nada, o que era o mais provável, eu poderia começar a dar chutes nas portas dos quartos, arrancar todo mundo da cama e armar a maior confusão do mundo, até achar a garota. Eu queria encontrá-la o mais depressa possível, mas ela havia ficado livre da minha vigilância por tempo demais para que alguns minutos a mais ou a menos fizessem grande diferença agora; portanto, se eu não perdia tempo, também não me afobava.

Estava a meio caminho entre o segundo e o primeiro andar quando vi alguma coisa se mexer lá embaixo — ou melhor, vi o movimento de alguma coisa, sem ver de fato essa coisa. Moveu-se no sentido da porta da rua para o elevador, na hora em que eu descia a escada. O corrimão barrava minha visão da porta da rua. O que vi foi um lampejo de movimento através de meia dúzia de vãos da balaustrada. Na hora em que consegui focalizar meus olhos, já não havia nada para ver. Pensei ter visto um rosto, mas isso é o que qualquer um pensaria na minha situação, e tudo o que eu tinha visto de fato era o movimento de algo desbotado.

O saguão e aquilo que eu conseguia enxergar dos corredores estavam vazios quando cheguei ao térreo. Segui para os fundos do prédio e parei. Ouvi, pela primeira vez desde que eu havia acordado, um barulho que eu não tinha feito. Uma sola de sapato roçou nos degraus de pedra do lado de fora da porta da rua.

Caminhei para a porta da frente, pus uma mão na maçaneta, a outra no trinco, soltei os dois juntos e abri a porta com um tranco, com a mão esquerda, enquanto deixava a direita quase colada na minha arma.

Eric Collinson estava parado na entrada.

— Que diabo está fazendo aqui? — perguntei, rabugento.

Era uma história comprida e ele estava agitado demais

para conseguir contar aquilo tudo de modo claro. Pelo que consegui desemaranhar daquele rolo, ele tinha o costume de telefonar para o dr. Riese a fim de receber relatórios diários sobre a evolução do estado de saúde de Gabrielle. Naquele dia — ou melhor, no dia anterior — e na noite anterior, ele não havia conseguido falar com o médico por telefone. Chegou a telefonar às duas da manhã. O dr. Riese não estava em casa, disseram-lhe, e ninguém lá sabia onde ele estava nem por que não havia chegado. Collinson, então, depois do telefonema às duas da manhã, veio até as proximidades do prédio do Templo na esperança de me encontrar e receber alguma notícia sobre a garota. Não tinha a intenção, disse ele, de vir até a porta, até que me viu ali, espiando.

— Até ver o quê? — perguntei.

— Ver você.

— Quando?

— Um minuto atrás, quando você espiou para fora.

— Você não me viu — eu disse. — O que foi que viu?

— Alguém olhando para fora, dando uma espiada. Pensei que era você e vim lá da esquina, onde estava sentado no meu carro. Gabrielle está bem?

— Claro — respondi. Não fazia o menor sentido dizer a ele que eu estava atrás dela e deixar Collinson louco de raiva de mim. — Não fale tão alto. A família do Riese não sabe onde ele está?

— Não... eles parecem preocupados. Mas tudo está bem se Gabrielle está bem. — Pôs a mão em meu braço. — Será que... será que posso vê-la? Só um segundo? Não vou falar nada. Ela nem precisa saber que estive aqui. Não digo agora... mas você pode dar um jeito?

Aquele cara era jovem, alto, forte e estava completamente disposto a comer o pão que o diabo amassou só pelo bem de Gabrielle Leggett. Eu sabia que havia alguma coisa errada. Não sabia o que era. Não sabia o que eu teria de fazer para corrigir a situação e de quanta ajuda ia precisar. Não podia me dar ao luxo de dispensá-lo. Por outro lado, não podia mostrar a ele a banda podre da maçã — isso ia transformar o sujeito numa fera. Falei:

— Entre aqui. Estou numa ronda de inspeção. Pode vir junto, se ficar bem quieto, e depois a gente vê o que se pode fazer.

Ele entrou e, pela sua cara, parecia que eu era são Pedro deixando-o entrar no Paraíso. Fechei a porta e o conduzi pelo saguão e pelo corredor principal. Até onde podíamos enxergar, a espelunca era toda nossa. E logo depois não era mais.

Gabrielle Leggett saiu de um canto logo à nossa frente. Estava descalça. Vestia apenas uma camisola de seda amarela salpicada de manchas escuras. Nas mãos, estendidas à frente enquanto caminhava, levava um punhal comprido, quase uma espada. Estava vermelha e molhada. As mãos e os braços nus estavam vermelhos e molhados. Havia uma pincelada de sangue em uma de suas bochechas. Os olhos estavam claros, brilhantes e calmos. A testa pequena estava lisa, a boca e o queixo estavam firmes.

Ela caminhou na minha direção, seu olhar desembaraçado não se desviava do meu olhar, na certa bastante embaraçado, e falou em tom normal, como se já esperasse encontrar-me ali, como se tivesse vindo me encontrar:

— Tome. É a prova. Eu o matei.

Eu disse:

— Ahn?

Ainda olhando direto em meus olhos, ela completou:

— O senhor é um detetive. Leve-me para o lugar onde vão me enforcar.

Era mais fácil mexer minha mão do que minha língua. Peguei o punhal sangrento de sua mão. Era uma arma larga, de lâmina grossa, de dois gumes, com cabo de bronze em forma de cruz.

Eric Collinson me empurrou e tomou a minha frente, balbuciou palavras que ninguém conseguiria entender, moveu-se na direção da garota com as mãos trêmulas e estendidas para a frente. Ela se encolheu contra a parede, desviando-se dele, com o medo estampado no rosto.

— Não deixe que ele me toque — suplicou.

— Gabrielle — gritou ele, e estendeu o braço para ela.

— Não, não — arquejou a moça.

Avancei e me coloquei na frente dos braços de Collinson, entre ele e ela, e com o rosto voltado para ele empurrei-o para trás com a mão em seu peito. Rosnei:

— Fique parado aí mesmo.

Ele segurou meus ombros nas suas mãos grandes e bronzeadas e começou a me empurrar para o lado. Preparei-me para lhe dar uma pancada no queixo com o pesado cabo de bronze do punhal. Mas não precisamos chegar a esse ponto: ao olhar para a garota atrás de mim, ele esqueceu suas intenções de me tirar à força de seu caminho e suas mãos relaxaram em meus ombros. Pus peso na mão que estava sobre seu peito, empurrei-o para trás até ele encostar na parede; e então afastei-me dele, um pouco para o lado, de modo que eu pudesse ver os dois, um de frente para o outro, em paredes opostas.

— Fique quieto até que a gente saiba o que aconteceu — eu lhe disse, e voltei-me para a garota, com o punhal apontado para ela. — O que aconteceu?

Ela estava calma outra vez.

— Venha aqui — respondeu. — Vou mostrar. Não deixe o Eric entrar, por favor.

— Ele não vai incomodar você — prometi.

Com ar grave, a garota fez que sim com a cabeça e nos levou de volta pelo corredor, fez a curva e foi até uma pequena porta de ferro entreaberta. Ela atravessou a porta primeiro. Fui logo atrás. Collinson estava em meus calcanhares. O ar fresco bateu em nós quando cruzamos a porta. Ergui os olhos e vi estrelas pálidas num céu escuro. Baixei os olhos de novo. Na luz que entrava pela porta aberta às nossas costas, vi que caminhávamos sobre um piso de mármore branco, ou de ladrilhos pentagonais que imitavam mármore branco. O lugar estava escuro, a não ser por uma luz que vinha por trás de nós. Desliguei a lanterna.

Andando sem pressa e com os pés descalços, que deviam estar sentindo frio em contato com o piso de ladrilhos, a garota conduziu-nos direto para uma forma quadrada e cinzenta que assomava mais à frente. Liguei a lanterna, quando ela parou perto daquilo e disse:

— Lá.

A luz refletiu e faiscou num altar amplo, de cristal e prata, brilhante e branco.

No mais baixo dos três degraus do altar, o dr. Riese jazia morto, de costas.

Seu rosto estava bem-composto, como se dormisse. Os braços abertos para os lados. As roupas não estavam amassadas, embora o paletó e o colete estivessem desabotoados. A camisa estava coberta de sangue. Havia quatro buracos na frente da camisa, todos iguais, todos do tamanho e da forma que faria a arma que a garota me dera. Nenhum sangue saía de seus ferimentos, mas quando pus a mão na testa dele vi que não estava muito fria. Havia sangue na escadinha do altar e no chão logo abaixo, onde seus óculos jaziam, inteiros, presos pela ponta do cordão preto.

Eu me aprumei e virei a lanterna para o rosto da garota. Ela piscou e franziu a cara, mas seu rosto não mostrava nada, senão aquele desconforto físico.

— Você o matou? — perguntei.

O jovem Collinson saiu de seu transe para berrar:

— Não.

— Cale a boca — falei, chegando mais perto da garota, para que ele não pudesse se meter entre nós. — Matou? — perguntei de novo.

— Você está surpreso? — indagou ela em tom sereno. — Você estava lá quando minha madrasta falou da maldição do sangue dos Dain que eu trago dentro de mim, das coisas que isso já causou e vai causar para mim e para todos que tocam em mim. Isto — perguntou, apontando para o morto — não é uma coisa que você já devia esperar?

— Não seja boba — respondi, enquanto tentava entender sua calma. Já tinha visto aquela garota entupida de drogas até as orelhas, mas agora era diferente. Eu não sabia do que se tratava. — Por que você o matou?

Collinson agarrou meu braço e o puxou com um safanão para que eu ficasse cara a cara com ele. O sujeito soltava fogo pelas ventas.

— Não podemos ficar aqui parados conversando — berrou. — Temos que tirá-la daqui, para longe disto tudo. Temos de esconder o corpo, ou colocá-lo em algum lugar onde pensem que outra pessoa o matou. Você sabe como fazer essas coisas. Eu a levo para casa. Você ajeita tudo.

— Ah, é? — perguntei. — E o que é que vou fazer? Pôr a culpa num dos rapazes filipinos para que seja enforcado no lugar dela?

— Sim, isso mesmo. Você sabe como...

— Isso mesmo é o cacete! — respondi. — De fato, você tem idéias sensacionais.

Seu rosto ficou mais vermelho. Gaguejou:

— Eu não... não estou querendo dizer que podem enforcar qualquer um, na verdade. Eu não ia querer que você fizesse isso. Mas será que não se pode dar um jeito de ele fugir? Eu... eu posso recompensar o garoto muito bem. Ele podia...

— Pare com isso — rosnei. — Está perdendo seu tempo.

— Mas você precisa fazer alguma coisa — insistiu. — Você veio para cá para cuidar que nada acontecesse com Gabrielle e agora precisa dar um jeito nisso.

— Ah, é? Como você é esperto, hein?

— Sei que estou pedindo muito, mas vou pagar...

— Pode parar. — Soltei meu braço de suas mãos e virei-me para a garota de novo, perguntando: — Quem mais estava aqui quando aconteceu?

— Ninguém.

Corri a luz da lanterna em volta, sobre o cadáver e pelo altar, por todo o chão, pelas paredes e não vi nada que não tivesse visto antes. As paredes eram brancas, lisas e fechadas, a não ser pela porta por onde havíamos entrado, e uma outra, exatamente igual a ela, no lado oposto. Aquelas quatro paredes retas e muito brancas, sem decoração nenhuma, erguiam-se numa altura de seis andares, até o céu aberto.

Pus o punhal ao lado do cadáver de Riese, desliguei a lanterna e disse a Collinson:

— Vamos levar a senhorita Leggett para o quarto.

— Pelo amor de Deus, vamos tirá-la deste lugar, tirá-la desta casa agora mesmo, enquanto há tempo!

Respondi que ela ficaria uma beleza correndo pelas ruas descalça e vestindo apenas uma camisola de dormir manchada de sangue.

Acendi a luz da lanterna de novo quando ouvi que ele fazia uns barulhos. Collinson sacudia os braços para despir o sobretudo. Disse:

— Meu carro está ali na esquina e posso carregá-la até lá —· e moveu-se na direção dela com o casaco aberto na sua frente.

A garota correu para trás de mim, gemendo:

— Ah, não deixe que ele me toque.

Estendi o braço para detê-lo. Não fui forte o bastante. A garota ficou atrás de mim. Collinson perseguiu-a e ela veio para a minha frente. Eu me senti como o centro de um carrossel e não gostei da sensação. Quando Collinson veio para a minha frente, pus o ombro em seu caminho e o despachei aos trambolhões para o canto do altar. Fui na direção dele e me plantei na frente do palerma, pondo logo os pingos nos is:

— Chega de palhaçada. Se quiser ficar do nosso lado, vai ter que parar com essas besteiras e fazer o que eu mandar, e vai deixar a garota em paz. Sim ou não?

Ele ajeitou as pernas, que estavam meio bambas, e começou:

— Mas, homem, você não pode...

— Deixe-a em paz — falei. — Deixe-me em paz. A próxima besteira que você fizer, vou meter uma cacetada no seu queixo com a coronha de uma arma. Se quiser apanhar logo agora, é só falar. Vai se comportar direito?

Ele murmurou:

— Está bem.

Virei-me para ver a garota, uma sombra cinzenta correndo na direção da porta aberta, os pés descalços fazendo pouco barulho sobre os ladrilhos. Meus sapatos fizeram um tremendo escarcéu quando parti atrás dela. Já na porta, eu a segurei com um braço pela cintura. Logo depois, meu braço foi afastado com um safanão e fui jogado para o lado, dei de cara na porta, escorreguei e me apoiei no joelho. Collinson, que no escuro parecia ter dois metros e meio de altura, estava parado perto de mim, berrava enraivecido comigo, mas tudo o que consegui distinguir do seu bolo de palavras foi "desgraçado".

Eu estava com um ótimo humor quando me levantei. Não bastava ter de bancar a enfermeira de uma garota biruta, ainda por cima eu tinha de levar safanões do namorado. Pus na voz toda a hipocrisia que havia em mim quando falei em tom bem natural:

— Você não devia ter feito isso — e andei na direção da garota, parada junto à porta.

— Vamos para o seu quarto agora — falei para ela.

— O Eric não — protestou.

— Ele não vai incomodar você — prometi de novo, na esperança de que dessa vez houvesse mais verdade em minhas palavras. — Vá na frente.

Ela hesitou, em seguida atravessou a porta. Collinson, parecendo meio envergonhado, meio desvairado, mas no todo bastante insatisfeito, seguiu-me. Fechei a porta e perguntei à garota se ela tinha a chave.

— Não — respondeu, como se não soubesse que existia uma chave.

Subimos no elevador, a garota se mantinha sempre afastada do noivo, comigo entre os dois, se é que ele ainda era o noivo dela. O sujeito olhava fixo para o vazio. Examinei o rosto da garota, ainda na intenção de retirá-la do efeito da droga e sem saber se o choque a havia trazido de volta à sanidade ou se a havia levado para ainda mais longe da lucidez. Ao olhar para ela, a primeira possibilidade parecia mais provável, mas eu tinha um palpite de que não era assim. Não vimos ninguém no caminho entre o altar e o quarto dela. Acendi a luz no interruptor e entrei. Fechei a porta e apoiei as costas nela. Collinson colocou seu sobretudo e seu chapéu sobre uma cadeira e ficou de pé, ao lado, de braços cruzados, de olho em Gabrielle. Ela estava sentada na ponta da cama e olhava para os meus pés.

— Conte tudo para nós, rápido — ordenei.

Gabrielle ergueu os olhos para o meu rosto e disse:

— Eu gostaria de dormir agora.

No que me dizia respeito, isso esclarecia a questão da sua sanidade: ela não tinha nenhuma. Mas outra coisa me preocupava. O quarto não estava exatamente como antes. Algo tinha sido modificado desde a primeira vez em que eu estivera ali, poucos minutos atrás. Fechei os olhos, tentei agitar minhas lembranças para obter uma imagem do quarto tal como era. Abri os olhos e olhei novamente.

— Não posso? — perguntou ela.

Deixei a pergunta esperar um pouco, enquanto eu corria o olhar pelo quarto, conferindo item por item, o melhor que eu podia. A única alteração que consegui enxergar eram o casaco e o chapéu de Collinson em cima da cadeira. Não havia nenhum mistério naquilo; e a cadeira, concluí, era o que havia me incomodado. E ainda incomodava. Cheguei perto dela e levantei o casaco. Não havia nada debaixo dele. Era isso que estava errado: um robe verde ou algo do tipo estivera ali antes e agora não estava mais. Eu não via o robe em nenhum canto do quarto e também não estava tão seguro da sua presença para dar uma busca em regra. Os chinelos verdes continuavam embaixo da cama.

Falei para a garota:

— Agora, não. Vá para o banheiro, lave o sangue e depois se vista. Leve as roupas que vai vestir. Quando estiver pronta, dê a camisola para o Collinson. — Virei-me para ele.

— Enfie a camisola no seu bolso e fique com ela. Não saia deste quarto até eu voltar e não deixe ninguém entrar. Não vou demorar. Tem uma arma?

— Não — respondeu. — Mas eu...

A garota levantou-se da cama, avançou na minha direção, se pôs à minha frente e o interrompeu:

— Não pode me deixar aqui sozinha com ele — falou, em tom sério. — Não vou agüentar. Já não basta eu ter matado um homem esta noite? Não me faça matar mais um. — Ela falava sério, mas não estava agitada. Falava como se suas palavras fossem a coisa mais razoável do mundo.

— Preciso sair um pouco — eu disse. — E você não pode ficar sozinha. Faça o que lhe digo.

— Você sabe o que está fazendo? — perguntou ela com a voz frouxa e cansada. — Não deve saber, senão você não faria uma coisa dessa. — Ela estava de costas para Collinson. Ergueu o rosto de modo que eu antes via do que ouvia as palavras quase sem som que seus lábios formavam: — O Eric não. Deixe que ele vá embora.

Ela me deixava meio zonzo: um pouco mais daquela conversa e eu ficaria prontinho para me internar no quarto vizinho ao dela; eu já estava tentado a deixar que as coisas corressem do jeito que ela queria. Acenei com o polegar na direção do banheiro:

— Você pode ficar lá dentro até eu voltar, se quiser, mas ele tem de ficar aqui.

Ela fez que sim com a cabeça, com ar de desamparo, e entrou no toucador. Quando saiu de lá a caminho do banheiro, com as roupas nos braços, uma lágrima brilhava embaixo da cada olho.

Dei minha arma para Collinson. A mão com que ele a segurou era forte e trêmula. Sua respiração fazia um bocado de barulho. Falei:

— Escute, não banque o otário. Me ajude pelo menos uma vez, em vez de atrapalhar. Ninguém entra nem sai: se tiver de atirar, atire.

Ele tentou falar alguma coisa, não conseguiu, agarrou a minha mão mais próxima e, com um aperto, fez o melhor que pôde para aleijá-la. Soltei a mão e desci de volta para o local do assassinato do dr. Riese. Tive certa dificuldade em chegar lá. A porta de ferro pela qual havíamos passado minutos antes agora estava fechada. A tranca se mostrou simples demais. Dei-lhe uns cutucões com uns apetrechos engenhosos anexos ao meu canivete e num instante a porta estava aberta.

Não achei o robe verde lá dentro. Não achei o corpo de Riese na escadinha do altar. Não estava em parte alguma que eu pudesse ver. O punhal havia sumido. Todos os vestígios de sangue tinham desaparecido, exceto no local onde a poça deixara uma ligeira mancha amarela no piso branco. Alguém tinha feito uma limpeza ali.

11

DEUS

Voltei ao saguão, para um recanto onde tinha visto um telefone. O telefone estava ali, mas mudo. Pus o fone no gancho e fui na direção do quarto de Minnie Hershey, no sexto andar. Eu não tinha conseguido grande coisa com a mulata até então, mas aparentemente ela era dedicada à patroa e, com o telefone mudo, eu precisava de um mensageiro.

Abri a porta da mulata — sem tranca, como as outras — e entrei, fechando-a logo depois. Com a mão sobre a lente da lanterna, eu a acendi. Através dos meus dedos, vazava luz suficiente para me mostrar a garota morena na cama, dormindo. As janelas estavam fechadas, a atmosfera era pesada, com um leve abafamento familiar, o cheiro de um lugar onde flores morreram.

Olhei a garota na cama. Estava deitada de costas, respirava pela boca aberta, o rosto, com o peso do sono, mais que nunca parecia o de uma hindu. Enquanto olhava para ela, eu mesmo me senti zonzo. Parecia vergonhoso acordá-la. Talvez estivesse sonhando — balancei a cabeça, tentei clarear a confusão que queria tomar conta de mim. Lírios-do-vale, margaridas-do-campo — flores mortas —, será que a madressilva era uma dessas flores? A pergunta pareceu importante. A lanterna pesava na mão, pesava demais. Dane-se a lanterna: deixei-a cair. Bateu em meu pé, deixou-me intrigado: quem foi que tocou meu pé? Gabrielle Leggett, pedindo para ser salva de Eric Collinson? Isso não fazia sentido, ou fazia? Tentei sacudir a cabeça e pôr as idéias no lugar, tentei desesperadamente. Eu pesava uma tonelada e mal conseguia me movimentar de um lado para outro. Eu me sentia oscilar; adiantei um pé a fim de me equilibrar melhor. O pé e a perna estavam fracos, molengas, pastosos. Tive de dar mais um passo para não cair, dei o passo, forcei a cabeça para que ela levantasse, forcei os olhos para que ficassem abertos, procurei um lugar para cair e vi a janela a quinze centímetros do meu rosto.

Balancei para a frente até que o parapeito encostou nas minhas coxas e me escorou, de pé. Minhas mãos estavam sobre o parapeito. Tentei encontrar os puxadores na parte de baixo da janela, não tinha certeza de que os havia encontrado, mas joguei toda a força que tinha num impulso para cima. A janela nem se mexeu. Minhas mãos pareciam pregadas. Acho que nessa hora soltei um soluço; e, segurando no parapeito com a mão direita, bati no centro do vidro com a mão esquerda aberta.

Um ar que picava feito amônia entrou através do buraco. Pus a cara ali, segurando no parapeito com as duas mãos, inalei o ar pela boca, pelo nariz, olhos, ouvidos e poros, e ria, enquanto água gotejava dos meus olhos ardidos e entrava em minha boca. Fiquei ali parado sorvendo o ar até estar razoavelmente seguro de que minhas pernas estavam de novo embaixo de mim e também seguro da minha visão, até eu saber que era de novo capaz de me deslocar e pensar, embora não com rapidez nem com segurança. Não podia me dar ao luxo de esperar mais. Pus um lenço sobre a boca e o nariz e me afastei da janela.

A não mais de três passos, naquele quarto negro, uma coisa esbranquiçada e clara como um corpo, mas não como carne, se remexia de pé à minha frente.

Aquilo era alto, mas não tão alto como parecia, porque não estava sobre o chão, e sim com os pés suspensos a uns trinta centímetros ou mais do chão. Seus pés... tinha pés, mas não sei de que formato. Não tinha formato, assim como as coisas que eram as pernas e o torso, os braços e as mãos, a cabeça e o rosto não tinham formato, nenhuma forma fixa. Contorciam-se, dilatavam-se e contraíam-se, esticavam-se e encolhiam. Não muito, mas sem pausa. Um braço mergulhava dentro do corpo, era engolido pelo corpo, saía de novo como se fosse derramado. O nariz esticava-se para baixo sobre a boca escancarada e sem forma, encolhia de novo para dentro do rosto até erguer-se com as bochechas polpudas e crescer mais uma vez para fora. Os olhos se ampliavam até virarem um olho gigantesco que encobria toda a parte de cima do rosto, diminuíam até não haver mais olho nenhum e reabriam mais uma vez em seu lugar. As pernas agora eram uma só perna, como um pedestal tortuoso, vivo, e depois eram três, e depois eram duas. Nenhuma feição ou membro parava de se retorcer, tremer, revirar-se por tempo suficiente que permitisse distinguir sua forma correta. A coisa era uma coisa feito um homem que flutuava acima do chão, com uma horrível careta esverdeada e uma carne desbotada que não era carne, isso era visível no escuro e era tão fluido, tão inquieto e tão transparente como a água da maré.

Eu soube então que estava sem equilíbrio porque respirava aquele negócio com cheiro de flor morta, mas não conseguia — por mais que tentasse — dizer a mim mesmo que não estava vendo aquela coisa. Ela estava lá. Estava lá ao alcance da minha mão, se eu me inclinasse para a frente, tremia, se contorcia, entre mim e a porta. Eu não acreditava no sobrenatural — mas o que era aquilo? A coisa estava lá. Estava lá e não era, eu sabia, um truque com tintas fosforescentes, um homem debaixo de um lençol. Desisti. Fiquei ali parado com o lenço esmagado contra o nariz e a boca, sem me mexer, sem respirar, provavelmente sem sequer deixar que o sangue corresse dentro do meu corpo. Eu estava lá e a coisa estava lá, e eu fiquei onde estava.

A coisa falou, se bem que eu não pudesse dizer que de fato tinha ouvido as palavras: era como se eu, por meio de todo o meu corpo, apenas tivesse consciência delas:

— Abaixe-se, inimigo do Senhor Deus; abaixe-se e fique de joelhos.

Então eu me mexi para lamber os lábios com uma língua ainda mais seca do que estavam os lábios.

— Abaixe-se, amaldiçoado pelo Senhor Deus, antes que o golpe caia.

Uma discussão era uma coisa que eu entendia. Movi o lenço o bastante para falar:

— Vá para o inferno.

Soou bobo, sobretudo com a voz rachada que usei.

O corpo da coisa revirou-se convulsivamente, balançou e curvou-se na minha direção.

Larguei o lenço e lancei as mãos na direção da coisa. Segurei-a e não segurei. Minhas mãos estavam nela, dentro dela, até os pulsos, dentro do centro dela, e fechadas. E não havia nada em minhas mãos, exceto uma umidade sem temperatura, nem quente nem frio.

A mesma umidade bateu em meu rosto quando o rosto da coisa flutuou por cima do meu. Mordi seu rosto — sim — e meus dentes se fecharam em nada, embora eu pudesse ver e sentir que meu rosto estava dentro do rosto dela. E nas minhas mãos, nos meus braços, contra o meu corpo, a coisa se contorcia e se revirava, estremecia e sacudia, rodopiava agora desvairadamente, despedaçava-se, recompunha-se de um modo alucinado no ar negro.

Através da carne transparente da coisa, eu podia ver minhas mãos cerradas no centro do seu corpo úmido. Abri as mãos, golpeei para cima e para baixo lá dentro, com os dedos enrijecidos e curvados, na tentativa de rasgar e abri-la; e pude ver a coisa sendo feita em pedaços, pude ver a coisa escorrendo depois que meus dedos em garra passaram; mas eu só conseguia sentir a sua umidade.

Então, outra sensação cresceu depressa em mim, tão logo surgiu — a sensação de um peso enorme e sufocante me carregando para baixo. Aquela coisa que não tinha nenhuma solidez tinha um peso, um peso que me pressionava para baixo, me asfixiava. Meus joelhos estavam ficando moles. Com um tranco, afastei seu rosto para longe da minha boca, soltei minha mão direita à força do seu corpo e esmurrei a coisa na cara, sem sentir nada exceto sua umidade roçando meu punho.

Agarrei de novo sua parte interna com a minha mão esquerda, rasguei aquela substância tão claramente visível e tão debilmente sensível. E então vi na minha mão esquerda outra coisa — sangue. Um sangue escuro, grosso e real cobria minha mão, gotejava dela, escorria entre os dedos.

Ri e arranjei força para firmar as costas contra o peso monstruoso em cima de mim, lutei de novo contra a parte de dentro da coisa, enquanto rosnava:

— Vou pegar você.

Mais sangue escorreu por meus dedos. Tentei rir de novo, em triunfo, e não consegui; em vez disso engasguei. O peso da coisa sobre mim era duas vezes maior do que antes. Cambaleei para trás, bambeei na direção da parede, escorei-me inteiro nela para não deslizar até o chão.

O ar da janela quebrada, frio, puro, amargo, passou por cima do meu ombro para ferir minhas narinas e me dizer — pela sua diferença em relação ao ar que eu respirava — que não era o peso da coisa, mas o negócio com um cheiro de flores venenosas que estava me empurrando para baixo.

A umidade esverdeada e descorada da coisa contorcia-se sobre meu rosto e meu corpo. Tossindo, tropecei através da coisa, rumo à saída, abri a porta e me estatelei no corredor que agora estava tão escuro quanto o quarto de onde eu havia acabado de sair.

Quando caí, alguém caiu em cima de mim. Mas não uma coisa indescritível. Uma coisa humana. Os joelhos que batiam em minhas costas eram humanos, pontudos. O resmungo que soprava ar quente em minha orelha era humano, surpreso. O braço que meus dedos pegaram era humano, magro. Dei graças a Deus por sua magreza. O ar do corredor estava me fazendo muito bem, mas eu ainda não me achava em condições de lutar contra um atleta.

Pus o que me restava de força no aperto que dei naquele braço magro, puxei-o para baixo de mim enquanto rolava e puxava o mais que podia o dono daquele braço. Minha outra mão, projetada para o lado oposto do corpo magro do homem na hora em que rolei, bateu em alguma coisa dura e metálica no chão. Virando o pulso, pus os dedos naquilo e o reconheci pelo toque: era o punhal enorme com que Riese fora assassinado. O homem com quem eu estava embolado tinha ficado, eu supus, ao lado da porta do quarto de Minnie, à espera de me trinchar quando eu saísse; e minha queda me salvara, fez o homem errar o alvo com a lâmina, enganou-o. Agora ele estava chutando, esmurrando e dando cabeçadas em mim, com o rosto virado para baixo, sobre o chão, e com os meus oitenta e seis quilos ancorando o sujeito ali.

Segurando o punhal entre os dedos, soltei minha mão direita do seu braço e coloquei-a bem aberta sobre a parte de trás da sua cabeça, esfreguei sua cara no tapete, para me acalmar, à espera de juntar mais um pouco da força que estava voltando em mim a cada nova respiração. Mais um ou dois minutos e eu estaria pronto para levantá-lo e arrancar dele umas palavras.

Mas não me foi concedido esperar tanto assim. Algo duro bateu em meu ombro direito, depois nas minhas costas, depois golpeou o tapete bem perto de nossas cabeças. Alguém batia com um porrete em mim.

Desembaracei-me do homem magricelo e rolei. Os pés do batedor de porrete detiveram meu movimento. Enlacei meu braço direito nos pés dele, levei outra cacetada nas costas, não consegui segurar as pernas com o braço em círculo e senti um roçar de saias na mão. Surpreso, puxei a mão para trás. Mais uma pancada do porrete — dessa vez no meu flanco — me recordou que não era hora de me preocupar com boas maneiras. Fechei a mão e golpeei de volta na direção da saia. Ela se enrolou em meu punho: uma canela carnuda deteve meu punho. A dona da canela soltou um grunhido acima de mim e recuou antes que eu pudesse acertá-la outra vez.

Rastejando de quatro, dei com a cabeça num pedaço

de pau — uma porta. Uma mão na maçaneta me ajudou a levantar. Em algum ponto a centímetros de distância, no escuro, o porrete chiou de novo. A maçaneta girou em minha mão. Eu entrei no quarto junto com o giro da porta e fiz o mínimo de barulho que pude, quase nenhum, ao fechar a porta.

Atrás de mim, dentro do quarto, uma voz muito suave, mas também muito séria, falou:

— Saia já daqui, senão vou atirar em você.

Era a voz da criada loura e roliça, assustada. Virei-me, curvando-me caso ela atirasse de fato. Nesse quarto, entrava o bastante da luz cinzenta e pálida do nascer do dia para delinear uma sombra sentada na cama, segurando alguma coisa pequena e escura na mão estendida à frente.

— Sou eu — sussurrei.

— Ah, você! — Ela não baixou a coisa em sua mão.

— Você está metida nessa tramóia? — perguntei, e me arrisquei a dar um passo na direção da cama.

— Faço o que me mandam fazer e fico de bico fechado, mas não vou me meter em nada que for barra-pesada, não pelo dinheiro que me pagam.

— Maravilha — respondi, e dei passos mais rápidos na direção da cama. — Será que dá para descer por essa janela até o térreo, se eu amarrar uns dois lençóis?

— Não sei... Ei! Pare!

Eu estava com a arma dela na minha mão direita — uma 32 automática —, o seu pulso na minha mão esquerda, e torcia os dois.

— Solte — mandei, e ela soltou. Larguei sua mão e recuei, peguei o punhal que eu havia largado no chão, ao pé da cama.

Fui até a porta na ponta dos pés e escutei. Não consegui ouvir nada. Abri a porta devagar e não consegui ouvir nada na sombra cinzenta que por ela saía. A porta de Minnie Hershey estava aberta, como eu a havia deixado quando do saí aos trambolhões. A coisa com que eu havia lutado não estava lá. Entrei no quarto de Minnie, acendi a luz. Ela estava deitada do mesmo jeito de antes, dormindo pesado. Pus a arma no bolso, puxei os cobertores, levantei Minnie e levei-a para o quarto da criada.

— Veja se consegue reanimá-la — falei para a criada, enquanto despejava a mulata ao lado dela na cama.

— Daqui a pouco ela vai acordar bem: eles sempre fazem isso.

— Ah, é? — eu disse. E saí, descendo para o quinto andar, para o quarto de Gabrielle Leggett.

O quarto de Gabrielle estava vazio. O chapéu e o sobretudo de Collinson tinham sumido; assim como as roupas que ela havia levado para o banheiro; assim como a camisola ensangüentada.

Lancei pragas contra os dois, tentei não demonstrar favoritismo, mas na certa me concentrei mais em Collinson; apaguei as luzes; corri para baixo pela escada da frente, me sentia tão violento quanto devia estar o meu aspecto, esmurrado, rasgado e contundido, com um punhal vermelho numa das mãos, um revólver na outra. Ao longo de quatro andares de escada, não ouvi nada na descida, mas quando cheguei ao segundo andar um barulho feito um pequeno trovão se fez ouvir abaixo de mim. Enquanto descia como um raio o andar que faltava, identifiquei o barulho como sendo o de alguém dando pontapés na porta da frente. Eu torcia para que fosse uma pessoa de uniforme. Fui até a porta, destranquei-a e abri-a com um puxão.

Eric Collinson estava ali, de olhos arregalados, rosto branco e muito agitado.

— Onde está Gaby? — arquejou.

— Vá para o inferno — respondi e o golpeei no rosto com o revólver.

Ele bambeou, inclinou-se para a frente, escorou-se com as mãos nas paredes do vestíbulo, ficou ali por um momento e, devagar, apoiando-se, levantou-se de novo. Sangue escorria pelo canto da sua boca.

— Onde está Gaby? — repetiu, teimoso.

— Onde você a deixou?

— Aqui. Eu a estava levando embora. Ela me pediu. Mandou que eu saísse na frente para ver se não havia ninguém na rua. Depois a porta fechou.

— Você é um garoto muito esperto — resmunguei. — Ela tapeou você, ainda tentando salvá-lo da tal maldição de meia-tigela. Por que diabo não conseguiu fazer o que eu lhe mandei? Mas venha; temos de encontrá-la.

Ela não estava em nenhuma das salas de recepção do saguão. Deixamos as luzes acesas por ali e avançamos depressa pelo corredor principal.

Uma figura pequena de pijama branco saiu de um jato através da porta e se agarrou em mim, enroscou-se em minhas pernas e por pouco não me desequilibrou. Palavras ininteligíveis saíam desse vulto. Dei um puxão para que se soltasse de mim e vi que era o garoto chamado Manuel. Lágrimas molhavam seu rosto contraído pelo pânico e o choro destroçava todas as palavras que ele tentava falar.

— Fique calmo, meu filho — falei. — Não consigo entender nada do que está dizendo.

Compreendi isto:

— Não deixe que ele a mate.

— Matar quem? — perguntei. — E fique calmo.

Ele não ficou nada calmo, mas consegui ouvir "pai" e "mãe".

— Seu pai está tentando matar a sua mãe? — perguntei, pois essa parecia ser a combinação mais provável.

Sua cabeça baixou e levantou.

— Onde? — perguntei.

Ele sacudiu a mão na direção da porta de ferro à sua frente. Fui naquela direção e parei.

— Escute, filho — quis fazer um trato. — Eu gostaria de ajudar a sua mãe, mas primeiro tenho de saber onde está a senhorita Leggett. Sabe onde ela está?

— Lá dentro com eles — gritou. — Vá, vá depressa, depressa!

— Certo. Vamos lá, Collinson — e partimos ligeiros na direção da porta de ferro.

A porta estava fechada, mas não trancada. Eu a abri com um empurrão. O altar estava branco e brilhante, cor de cristal e de prata, sob o enorme raio de luz azul e branca que descia de viés de um canto do teto.

Numa das pontas do altar, Gabrielle estava agachada, o rosto virado para cima, na direção do raio de luz. Seu rosto estava sinistramente branco e sem expressão, sob a luz cortante. Aaronia Haldorn jazia sobre a escadinha do altar, no mesmo lugar onde Riese ficara estirado antes. Havia um ferimento escuro em sua testa. As mãos e os pés estavam amarrados com tiras largas de pano branco, os braços amarrados junto ao corpo. A maior parte das roupas tinha sido rasgada.

Joseph, de roupão branco, estava parado na frente do altar e da esposa. Parado com os dois braços erguidos e abertos, as costas e o pescoço curvados de modo que o rosto barbado se erguia para o céu. Na mão direita, segurava uma faca de trinchar comum, de cabo de chifre, com lâmina comprida e curva. Falava para o céu, mas como estava de costas para nós não conseguíamos ouvir suas palavras. Quando entramos pela porta, ele baixou os braços e curvou-se sobre a esposa. Ainda estávamos a uns dez metros dele. Berrei:

— Joseph!

Ele se aprumou outra vez, virou-se, e quando a faca ficou visível percebi que ela ainda estava limpa, brilhante.

— Quem chama por Joseph, um nome que não mais existe? — perguntou, e eu seria um mentiroso se não admitisse que, ali parado, pois eu havia me detido a uns três metros dele, com Collinson às costas, olhando para ele, ouvindo sua voz, comecei a sentir que talvez, afinal de contas, nada de muito terrível estava para acontecer. — Não existe nenhum Joseph — prosseguiu, sem esperar resposta à sua pergunta. — Vocês podem saber agora, pois o mundo saberá em breve, que aquele que andou entre vocês como Joseph não era Joseph, mas o próprio Deus. Agora que já sabem, vão embora.

115

Eu devia ter dito "Asneira", e dado um murro na cara dele. Em qualquer outro, eu teria feito isso. Nele, eu não fiz. Falei:

— Vou ter de levar a senhorita Leggett e a senhora Haldorn comigo — e disse isso com um tom de voz indeciso, quase de quem se desculpa.

Ele se esticou, se fez mais alto e seu rosto de barba branca ficou severo.

— Vá — ordenou. — Desapareça da minha presença antes que o seu desafio traga a destruição.

Aaronia Haldorn falou para mim, do lugar onde estava deitada e amarrada, sobre os degraus:

— Atire. Atire agora... depressa. Atire.

Falei para o homem:

— Não me interessa qual é o seu nome verdadeiro. Você vai em cana. Agora, largue essa faca.

— Blasfemador — esbravejou ele e deu um passo na minha direção. — Agora você vai morrer.

Isso devia ser engraçado. Não era.

Berrei para ele:

— Pare. — Ele não parou. Fiquei com medo. Atirei. A bala acertou na sua bochecha. Vi o buraco que fez. Nenhum músculo de seu rosto se contraiu; os olhos nem piscaram. Ele andou devagar, sem afobação, na minha direção.

Apertei o gatilho da automática, disparei mais seis balas em seu rosto e em seu corpo. Vi as balas entrarem. E ele avançava em passos firmes, sem demonstrar a menor consciência dos tiros. Tinha o rosto e os olhos severos, mas não enfurecidos. Quando estava perto de mim, a faca subiu acima de sua cabeça. Aquilo não era jeito de lutar com uma faca; mas ele não estava lutando: estava me dando um castigo, e prestava pouca atenção às minhas tentativas de detê-lo, tanto quanto um pai presta quando está aplicando uma merecida punição em seu filho.

Eu estava lutando. Quando a faca, que reluzia acima de nossas cabeças, começou a descer, coloquei-me embaixo dela, curvei meu antebraço direito contra o braço dele que segurava a faca, enquanto dirigia o punhal na minha mão esquerda para a sua garganta, e ele entrou até a cruz do cabo barrar o caminho. Depois eu apaguei.

Eu não sabia que tinha fechado os olhos até me ver abrindo-os de novo. A primeira coisa que vi foi Eric Collinson ajoelhado ao lado de Gabrielle Leggett, desviando o rosto da garota do raio de luz cintilante, tentando despertá-la. Depois vi Aaronia Haldorn, ao que parecia inconsciente na escadinha do altar, com o garoto Manuel chorando sobre ela e puxando com mãos nervosas demais os laços que a amarravam. Depois vi que eu estava de pé, de pernas abertas, e que Joseph encontrava-se estirado entre os meus pés, morto, com o punhal atravessado no pescoço.

— Graças a Deus que ele não era Deus — resmunguei para mim mesmo.

Um corpo moreno vestido de branco passou roçando por mim e Minnie Hershey se jogou no chão, na frente de Gabrielle Leggett, gritando:

— Ah, senhorita Gabrielle, pensei que o diabo tivesse voltado a viver e estava atrás da senhora outra vez.

Fui até a mulata e a segurei pelo ombro, levantei-a e perguntei:

— Como é que ele poderia? Você não matou o sujeito?

— Sim, senhor, mas...

— Mas você achou que ele tinha voltado sob outra forma?

— S... sim, senhor. Pensei que ele era... — Parou e apertou os lábios um no outro.

— Eu? — perguntei.

Ela fez que sim com a cabeça, sem olhar para mim.

12

O CÁLICE QUE NÃO ERA SAGRADO

Owen Fitzstephan e eu comemos mais um dos bons jantares da sra. Schindler naquela noite, embora comer, no meu caso, fosse mera questão de morder uns bocadinhos entre as palavras. A curiosidade dele me espicaçava com perguntas, pedidos para esclarecer esse ou aquele detalhe e ordens para que continuasse a falar toda vez que eu parava para respirar ou comer.

— Você podia ter me levado junto — reclamou, ainda antes que a comida estivesse na nossa frente. — Eu conhecia aqueles Haldorn, você sabe, ou pelo menos tinha visto aquela gente uma ou duas vezes na casa dos Leggett. Você podia ter usado isso como desculpa para, de algum jeito, me deixar entrar no caso, e assim agora eu teria informações de primeira mão sobre o que aconteceu e por que aconteceu, em vez de depender do que eu conseguir arrancar de você e do que os jornais imaginam que seus leitores vão gostar de pensar que aconteceu.

— Já tive aborrecimento bastante com o cara que deixei entrar no caso, o Eric Collinson — respondi.

— Seja lá qual for o problema que você teve com o sujeito, foi culpa sua, por escolher o ajudante errado quando havia um tão melhor à disposição. Mas vamos lá, garoto, estou ouvindo. Conte a história toda e depois vou lhe dizer onde foi que você se perdeu.

— Claro — concordei. — Você vai poder fazer isso. Bem, os Haldorn eram originalmente atores. A maior parte do que posso lhe contar vem dela, portanto uma porção de "talvez" e "pode ser" vai ficar pendurada na história aqui e ali. O Fink não vai falar mais nada; e os outros que poderiam ajudar, as criadas, os rapazes filipinos, o cozinheiro chinês e por aí afora, não parecem saber grande coisa. Nenhum deles parece ter tido autorização para se inteirar da falcatrua.

"Como atores, contou Aaronia Haldorn, ela e Joseph eram só razoáveis, não se deram tão bem quanto desejavam. Mais ou menos um ano atrás, ela topou com um antigo conhecido, um ex-ator itinerante, que havia trocado o palco pelo púlpito e tinha se dado muito bem, agora dirigia um automóvel Packard em vez de andar de ônibus. Isso levou a mulher a pensar. E pensar, nesse sentido, significou, muito em breve, pensar em Aimee, Buchman, Jeddu sei lá o quê e outros astros do palco. E no final ela acabou pensando: por que não a gente? Eles — ou ela: Joseph era um mero figurante na história — armaram um culto que fingia ser o renascimento de uma antiga igreja gaélica da época do rei Artur, ou algo desse tipo."

— Sim — disse Fitzstephan. — Como Arthur Machen.* Mas vá em frente.

— Trouxeram o culto para a Califórnia porque todo mundo faz isso e escolheram San Francisco porque havia menos competição do que em Los Angeles. Trouxeram junto um sujeitinho chamado Tom Fink, que de vez em quanto tomava conta dos bastidores mecânicos de boa parte dos mágicos de palco e ilusionistas mais conhecidos; e a esposa de Fink, uma tremenda matrona que mais parecia um ferreiro de aldeia.

"Eles não queriam uma multidão de convertidos: queriam poucos, mas ricos. A falcatrua andou mal das pernas, até que toparam com a tal da senhora Rodman. Ela entrou no esquema que foi uma beleza. Conseguiram um dos prédios de apartamento que a mulher possuía e ela até pagou

(*) Arthur Machen (1863-1947) foi um escritor de histórias de terror. (N.T.)

a conta da reforma geral do prédio. Fink, o maquinista de palco, se encarregou da reforma e fez um senhor trabalho. Não precisavam das cozinhas de cada apartamento, espalhadas pelo prédio todo, e Fink sabia como usar parte do espaço dessas cozinhas para construir quartos e gabinetes secretos; e sabia como adaptar os canos de gás e de água, além da fiação elétrica, à máquina da sua grande tapeação.

"Não posso lhe fornecer agora os detalhes mecânicos; só quando tivermos tempo de desmontar a arapuca. Vai ser interessante. Vi uma parte do trabalho deles, fiquei bem no meio do negócio, um fantasma criado por um arranjo de luzes projetadas sobre uma fumaça que subia de um cano acolchoado enfiado num quarto escuro através de um buraco oculto no meio dos lambris, por baixo de uma cama. A parte da fumaça que não era iluminada ficava invisível, no escuro, mostrando a forma de um homem que se movia e se retorcia, e isso era úmido e real ao tato, sem nenhuma solidez. Acredite em mim quando lhe digo que causava um efeito sinistro, sobretudo quando a gente está entupido com aquele negócio que bombeavam nos quartos antes de soltarem o tal fantasma para cima da gente. Não sei se usavam éter ou clorofórmio, ou o que era: o cheiro ficava muito bem disfarçado por algum tipo de aroma floral. O tal fantasma... eu briguei com ele, uma luta para valer, e cheguei a pensar que ele estava sangrando, sem saber que eu tinha cortado a própria mão quando quebrei o vidro da janela para que o ar entrasse. Era muito bem-feito: alguns poucos minutos pareceram durar várias horas.

"Até o último instante, quando Haldorn pirou, não havia nada de brutal na atividade deles. Realizavam suas cerimônias, junto com o público que participava do tal culto, do jeito mais pomposo, ordeiro e contido possível. A trapaça era toda produzida na privacidade dos quartos das vítimas. Primeiro perfumavam o gás, que então era bombeado para dentro. Depois atiçavam o fantasma de fumaça iluminada contra a vítima, com uma voz vinda do mesmo tubo, ou talvez houvesse outro esquema montado para isso, a fim de dar suas ordens ou sei lá o que tinham de dar. Como o gás impedia que a vítima enxergasse bem, e assim ficasse desconfiada, além de enfraquecer a sua vontade, era provável que ela fizesse o que lhe mandavam. Era tudo muito convincente, e acho que tiveram de espremer todos os centavos que possuíam para produzir esse troço.

"Como apareciam no quarto da vítima quando ela estava sozinha, essas visões tinham um bocado de autoridade e os Haldorn lhes davam ainda mais autoridade pela atitude que assumiam em relação a elas. A discussão a respeito dessas visões não era absolutamente proibida, mas desaconselhada. Davam a entender que as tais sessões de fantasmas eram uma coisa confidencial entre a vítima e o seu Deus, algo sagrado demais para a pessoa papaguear por aí. Falar sobre isso, mesmo com Joseph, a menos que houvesse uma razão especial para mencionar o caso, era considerado de mau gosto, indelicado. Está vendo como o negócio funcionava bem? Os Haldorn pareciam não tentar capitalizar aquelas sessões de fantasmas, pareciam não saber o que se passava nos quartos e portanto pareciam não ter nenhum interesse em saber se as vítimas faziam as vontades do fantasma ou não. A posição deles era que se tratava de uma questão estritamente do interesse da vítima e do seu Deus."

— Isso é muito bom — disse Fitzstephan, sorrindo com satisfação —, uma perfeita inversão do culto habitual, do costume das seitas, aliás, que insistem na confissão, no testemunho público ou em alguma outra forma de divulgação dos mistérios. Vá em frente.

Tentei comer. Ele disse:

— E quanto aos membros, os clientes? O que eles acham do culto agora? Falou com alguns deles, não foi?

— É — respondi. — Mas o que se pode fazer com essa gente? Metade ainda deseja seguir Aaronia Haldorn. Mostrei à senhora Rodman um dos tubos por onde saíam os fantasmas. Depois de engasgar uma vez e engolir em seco duas vezes, ela se ofereceu para nos levar até a catedral e nos

121

mostrar que as imagens que lá estão, inclusive a que fica na cruz, são feitas de matéria ainda mais sólida e mais terrena do que fumaça; e nos perguntou se íamos prender o bispo porque não existia prova de haver sangue e carne de verdade, divinos ou não, dentro do ostensório. Pensei que O'Gar, que é um bom católico, fosse lhe dar uma cacetada.

— Os Coleman não estavam lá, estavam? O Ralph Coleman?

— Não.

— É uma pena — disse ele, sorrindo. — Vou procurar o Ralph e perguntar a ele. Nesta altura, está escondido, é claro, mas vale a pena perder um tempo procurando por ele. Ralph sempre tem as razões mais lógicas, coerentes e honrosas para ter feito as coisas mais idiotas. Ele é um homem de publicidade, se é que isso explica alguma coisa. — Fitzstephan franziu as sobrancelhas ao se dar conta de que eu tinha voltado a comer e disse com impaciência: — Fale, garoto, fale mais.

— Você conheceu Haldorn — eu disse. — O que achou dele?

— Eu o vi duas vezes, acho. Sem dúvida, causava uma forte impressão.

— É mesmo — concordei. — Ele tinha aquilo de que precisava. Chegou a conversar com ele?

— Não; quer dizer, só para trocar as fórmulas de cortesia equivalentes a "muito prazer em conhecê-lo".

— Bem, ele olhou para você e falou com você, e alguma coisa aconteceu dentro de você. Não sou o cara mais fácil do mundo para me deslumbrar. Assim espero; mas ele conseguiu me afetar. Cheguei bem pertinho de acreditar que ele era Deus no final. Era um sujeito bem jovem, de trinta e poucos anos, precisavam tingir sua barba e seu cabelo com aquele pigmento para dar a ele aquela pinta de santo. A esposa disse que hipnotizava o marido antes de ele entrar em cena e que, se não fosse hipnotizado, ele não causava um efeito tão forte nas pessoas. Mais tarde, Haldorn já estava de um jeito que conseguia hipnotizar a si mesmo, sem a ajuda da mulher, e no final aquele estado tornou-se permanente nele.

"Aaronia não sabia que o marido tinha se apaixonado por Gabrielle, até que a garota foi se hospedar no Templo. Até então, ela pensava que Gabrielle era para ele, assim como para ela, só mais uma cliente, uma cliente cujos problemas recentes a tornavam especialmente promissora. Mas Joseph ficou caído por Gabrielle e a queria. Não sei até que ponto ele chegou com a garota, mas acho que tinha a coitada na palma da mão, graças às artimanhas que usava contra o medo que ela sentia da maldição dos Dain. De um jeito ou de outro, o doutor Riese acabou descobrindo que tudo andava mal com ela. Ontem de manhã ele me disse que ia voltar para ver Gabrielle à noite e de fato voltou, mas não a viu; e eu não o vi, não naquela hora.

"Ele foi falar com Joseph antes de ir ao quarto da garota e acabou entreouvindo-o dar instruções a Fink. Isso até que poderia ter sido bom, mas não foi. Riese foi tolo o bastante para deixar Joseph saber que ele tinha ouvido tudo. Joseph trancafiou Riese, fez dele um prisioneiro.

"Eles tinham Minnie Hershey sob seu domínio desde o início. Ela era mulata e portanto suscetível a esse tipo de tramóia, e era dedicada a Gabrielle Leggett. Despejaram visões e vozes em cima da pobre garota até ela ficar atordoada. Aí resolveram que ela devia matar Riese. Drogaram o médico e o colocaram no altar. Com a ajuda dos fantasmas, fizeram a garota pensar que ele era Satã, estou falando sério, fizeram isso mesmo, inventaram que ele tinha vindo do inferno para levar Gabrielle para as profundezas e assim impedir que ela virasse uma santa. Minnie estava prontinha para cair nessa picaretagem, a coitada, e quando o espírito lhe disse que tinha sido escolhida para salvar a sua patroa, que ela ia encontrar a arma ungida em cima da mesa, ela seguiu as instruções dadas pelo espírito. Saiu da cama, pegou o punhal que haviam deixado na mesa, desceu até o altar e matou Riese.

"Para maior segurança do esquema, bombearam um

bocado do tal gás no meu quarto a fim de me deixar roncando enquanto Minnie fazia o serviço. Só que eu estava nervoso, agitado, e estava dormindo numa cadeira no meio do quarto, em vez de na cama, perto da boca do tal tubo; então eu saí do torpor antes de a noite ter avançado muito.

"A essa altura, Aaronia Haldorn tinha feito algumas descobertas: primeiro, que o interesse do marido pela garota não era puramente financeiro; segundo, que ele tinha ficado biruta, que era um louco perigoso. Andando de lá para cá hipnotizado o tempo todo, seu cérebro, que desde o início já não era grande coisa, pelo que ela diz, acabou se transformando numa barafunda completa. Seu êxito em engabelar seus seguidores virou sua cabeça. Achou que era capaz de fazer qualquer coisa, de se safar de qualquer encrenca. Tinha sonhos, pelo que diz a esposa, de tapear o mundo inteiro com sua divindade: ele não via por que haveria de ser muito mais difícil, se é que seria mais difícil, do que tapear aquele punhado de gente que ele já havia tapeado. Ela acha que o marido tinha de fato umas idéias loucas a respeito da própria divindade. Eu não vou tão longe assim. Acredito que ele sabia muito bem que não era divino coisa nenhuma, mas achava que podia embromar o resto do mundo. Esses detalhes não fazem grande diferença: a questão é que ele era um doido que não via limites para o seu poder.

"Pelo que Aaronia Haldorn diz, ela não sabia de nada do assassinato de Riese antes de o crime ser cometido. Joseph, utilizando a empulhação das vozes e da visão, mandou Gabrielle descer para ver o cadáver na escadinha do altar. Isso iria servir, veja bem, para o plano original de Joseph de prender a garota a ele, porque ele poria a sua divindade para lutar contra a maldição que a garota achava que tinha. Ao que parece, ele pretendia unir-se à garota lá e fazer alguma espécie de cena em torno dela. Mas Collinson e eu interrompemos o plano. Joseph e Gabrielle ouviram nossa conversa na porta e então Joseph bateu em retirada, não se juntou à garota no altar, e Gabrielle veio ao nosso encontro. O plano de Joseph teve sucesso até esse ponto: a garota de fato acreditou que a maldição fora a responsável pela morte de Riese. Ela nos disse que havia matado o médico e que tinha de ser enforcada por isso.

"Assim que vi o cadáver de Riese, saquei que a garota não tinha matado o médico. Ele estava deitado numa posição muito arrumadinha. Era evidente que tinha sido drogado antes de ser morto. Então a porta que dava para o altar, que eu achava que ficava trancada, se abriu, e ela nada sabia a respeito da chave. Havia uma chance de a garota ter participado do assassinato, mas nenhuma de ter feito o serviço sozinha, como confessou.

"O lugar estava cientificamente equipado para fazer escutas clandestinas. Os dois Haldorn ouviram a confissão dela. Aaronia ocupou-se de fabricar provas que se adaptassem à sua confissão. Subiu ao quarto de Gabrielle e pegou o seu robe; pegou o punhal ensangüentado no lugar onde eu o havia largado, ao lado do corpo, depois que tomei o punhal da garota; enrolou o punhal no robe e enfiou num canto onde a polícia pudesse encontrá-lo com facilidade. Enquanto isso, Joseph trabalhava em outra direção. Ele não queria, como a sua mulher, que Gabrielle fosse para o xadrez ou para um manicômio. Ele queria Gabrielle para si. Queria que ela acreditasse em sua culpa e em sua responsabilidade a fim de prendê-la a ele; não queria que ela fosse embora. Então retirou o cadáver de Riese, enfiou-o num dos gabinetes ocultos e mandou o casal Fink limpar toda aquela joça. Tinha ouvido Collinson tentar me convencer a esconder as provas, por isso ele sabia que podia confiar que o garoto, a única testemunha propriamente sã, ficaria de bico calado caso eu fosse posto para escanteio.

"Porque, você sabe, comer, coçar e matar é só começar. Para aquele pirado do Joseph, me pôr para escanteio era uma simples questão de cometer mais um assassinato. Ele e o casal Fink — se bem que eu acho que não vamos conseguir provar a participação deles — foram engabelar a Minnie de novo com os seus fantasmas. Ela havia matado o Riese de um jeito bastante obediente: por que não faria o mesmo comigo? Veja, eles tinham a desvantagem de não estar preparados para aquele morticínio no atacado no qual se viram metidos de uma hora para outra. Por exemplo, a não ser a minha arma e a arma de uma criada, da qual eles nada sabiam, não havia arma de fogo naquele lugar; afora isso, o punhal era a única arma que havia, até que eles foram revirar os jogos de facas de trinchar e os apetrechos de encanadores. Então, imagino, foi preciso levar em conta também os clientes que dormiam, a provável chateação da senhora Rodman por ser acordada pela barulheira feita por seus guias espirituais na hora em que atacavam, em bando, um detetive casca-grossa. De todo jeito, a idéia era que Minnie poderia ser induzida a chegar até mim e me enfiar o punhal de um modo silencioso.

"Eles tinham encontrado o punhal outra vez, enrolado no robe, no lugar onde Aaronia o havia deixado; e Joseph começou a desconfiar que a esposa o estava passando para trás. Quando ele a pegou em flagrante ligando a engenhoca do cheiro de flor morta no quarto de Minnie com tanta força que deixou a garota totalmente fora de combate, num sono tão profundo que nem uma dúzia de fantasmas conseguiria fazê-la se mexer, Joseph teve certeza da traição da esposa; e então, já com a cabeça totalmente virada, resolveu matar Aaronia."

— A própria esposa? — perguntou Fitzstephan.

— É, mas que diferença faz? Podia muito bem ser qualquer um, dava na mesma. Espero que você não esteja tentando inventar um sentido bonito para essa maluquice na sua cabeça. Você sabe muito bem que essas coisas não acontecem.

— E então — perguntou com ar de espanto —, o que aconteceu?

— Não sei. Acho que ninguém sabe. Estou contando o que eu vi, mais a parte que Aaronia Haldorn me contou e que encaixa no que eu vi. Para encaixar no que eu vi, a maior parte deve ter acontecido de um jeito muito próximo do que lhe contei. Se você quer acreditar que aconteceu, tudo bem. Eu não acredito. Prefiro acreditar que vi coisas que não existiam.

— Agora não — protestou. — Mais tarde, depois que tiver terminado a história, você pode soltar todos os seus "ses" e "mas", pode torcer e desfigurar, e deixar a coisa bem nebulosa e confusa e, no geral, tão sem graça quanto você quiser. Mas primeiro, por favor, termine a história para que eu a veja pelo menos uma vez no seu estado original, antes que você comece a aperfeiçoá-la.

— Você acredita de fato no que lhe contei até agora? — perguntei.

Ele fez que sim com a cabeça, sorriu e disse que não só acreditava como até gostava.

— Que mente infantil a sua — falei. — Deixe-me contar a história do lobo que foi à casa da vovozinha de uma garota e...

— Sempre gostei dessa história também; mas agora termine a outra história. Joseph resolveu matar a esposa.

— Tudo bem. Não há muito mais depois disso. Enquanto Minnie estava sendo dopada, invadi o quarto dela na intenção de acordá-la e mandar que saísse para pedir ajuda. Antes que eu pudesse acordar a garota, eu mesmo comecei a precisar de ajuda: meus pulmões ficaram entupidos com aquele gás. O casal Fink deve ter soltado o tal fantasma em cima de mim, porque, naquela altura, Joseph provavelmente estava a caminho do térreo com a esposa. Ele tinha fé suficiente no escudo da própria divindade ou já estava doido o bastante para levar a esposa para baixo e amarrá-la no altar antes de trinchá-la. Ou talvez ele tivesse um jeito de encaixar aquela maluquice no seu esquema, ou talvez simplesmente tivesse um fraco por lances teatrais sangrentos. De todo modo, ele na certa levou a esposa lá para baixo enquanto eu estava lá em cima no quarto de Minnie rodando de um lado para o outro com o tal do fantasma.

"O fantasma me fez comer o pão que o diabo amassou e quando afinal consegui me livrar dele e saí aos trambolhões pelo corredor, o casal Fink pulou em cima de mim. Digo que fizeram isso, e sei que fizeram, mas estava escuro demais para que eu enxergasse. Distribuí pancada até me livrar dos dois, peguei uma arma e fui para o andar de baixo. Collinson e Gabrielle tinham sumido do lugar onde eu os havia deixado. Achei o Collinson: Gabrielle tinha posto o sujeito para fora e fechado a porta na cara dele. O filho dos Haldorn, um garoto de uns treze anos, veio nos dar a notícia de que o pai estava prestes a matar a mãe e que Gabrielle estava com eles. Matei Haldorn, mas foi por pouco. Meti sete balas nele. Balas de .32, de chumbo, penetram suave, sem uma grande pancada, é verdade; mas meti sete balas no sujeito, na cara e no corpo, de frente e de perto, à queima-roupa, e ele nem tomou conhecimento. Isso mostra a que ponto ele conseguia hipnotizar a si mesmo. Acabei por dar cabo dele dirigindo o punhal para dentro do seu pescoço."

Fiz uma pausa. Fitzstephan perguntou:

— E então?

— Então o quê?

— O que aconteceu depois?

— Nada — respondi. — É uma história desse tipo. Avisei você que não tinha sentido.

— Mas o que Gabrielle estava fazendo lá?

— Ficou agachada ao lado do altar, olhando para cima, para aquele belo refletor.

— Mas por que ela estava lá? Que motivo havia para ficar lá? Tinham chamado Gabrielle outra vez? Ou estava lá por livre e espontânea vontade? Como é que foi parar lá? Para que estava lá?

— Não sei. Ela não sabia. Perguntei a ela. Ela nem sabia que estava lá.

— Mas você sem dúvida conseguiu descobrir alguma coisa por meio dos outros, não foi?

— É — respondi. — Foi o que lhe contei, sobretudo de Aaronia Haldorn. Ela e o marido montaram um culto, ele ficou doido e começou a matar pessoas, e o que é que ela podia fazer? Fink não ia falar. Ele é um mecânico, sim; e pôs sua habilidade com as máquinas a serviço dos Haldorn, e operava tudo; mas não sabe o que aconteceu na noite passada. Ouviu uma porção de barulhos, mas não era da sua conta, não ia meter o bedelho para espiar o que era ou não era tudo aquilo: só percebeu que havia alguma coisa errada quando um policial entrou e começou a lhe infernizar a vida. A senhora Fink foi embora. Os outros empregados na certa não sabem mesmo de nada, se bem que poderiam arriscar uns bons palpites. Manuel, o rapazinho, está apavorado demais para falar, e sem dúvida não vai mesmo saber de nada depois que o medo passar. O que temos pela frente é: se Joseph ficou doido e cometeu alguns assassinatos por conta própria, os outros, mesmo tendo ajudado, não tinham consciência disso e estão limpos. O pior que qualquer um deles pode pegar é uma sentença leve por ter participado da falcatrua do culto. Mas, se algum deles admitir que sabia de alguma coisa, aí vai se meter em encrenca e ser considerado cúmplice de assassinato. Não é provável que alguém faça isso.

— Sei — disse Fitzstephan lentamente. — Joseph está morto, e Joseph fez tudo. Como é que você vai desvendar isso?

— Não vou — respondi. — Se bem que a polícia vai tentar, pelo menos. Minha parte está feita, foi o que Madison Andrews me disse algumas horas atrás.

— Mas se, como você diz, você não estiver satisfeito por não ter esclarecido o caso por inteiro, eu acho que você...

— Não depende de mim — respondi. — Ainda tem muita coisa que eu gostaria de fazer, mas desta vez fui contratado por Andrews para protegê-la enquanto estivesse no Templo. Ela não está mais lá agora e Andrews não acha que ainda haja alguma coisa para se descobrir sobre o que aconteceu ali. E, no caso de ser necessária alguma proteção, o marido dela deve ser perfeitamente capaz de fazer isso.

— O quê dela?

— O marido.

Fitzstephan bateu com a caneca na mesa de um modo que a cerveja escorreu pela borda.

— Você é fogo — disse em tom de acusação. — Não me contou nada sobre isso. Só Deus sabe quanta coisa ainda não me contou.

— Collinson aproveitou a confusão para levar Gabrielle para Reno, onde eles não precisavam esperar os três dias que a lei da Califórnia exige para obter a licença de casamento. Eu não sabia que eles tinham viajado, até que Andrews pulou no meu pescoço, três ou quatro horas mais tarde. Ele ficou meio insatisfeito com isso, e esse foi um dos motivos por que deixamos de ter uma relação de cliente e detetive.

— Eu não sabia que ele se opunha à idéia de Gabrielle se casar com Collinson.

— Não sei se é contra a idéia, mas não achou que fosse a hora, nem que aquela tenha sido a maneira correta de casar.

— Isso eu consigo entender — disse Fitzstephan, quando nos levantamos da mesa. — Andrews gosta que as coisas andem do jeito dele.

PARTE III
QUESADA

13

A ESTRADA DO PENHASCO

Eric Collinson me mandou um telegrama de Quesada:

VENHA IMEDIATO PONTO PRECISO VOCÊ PONTO ENCRENCA PERI-
GO PONTO ME ENCONTRE HOTEL PÔR DO SOL PONTO NÃO CO-
MUNIQUE PONTO GABRIELLE NÃO DEVE SABER AGORA PONTO
DEPRESSA

ERIC CARTER

O telegrama chegou à agência de detetives na sexta-feira de manhã.

Eu não estava em San Francisco naquela manhã. Estava em Martinez, pechinchando com a esposa divorciada de Phil Leach, vulgo uma porção de nomes. Estávamos atrás dele porque ele tinha posto em circulação um monte de documentos falsos de órfãos pela região noroeste, e queríamos muito pôr as mãos no cara. A tal ex-esposa — uma doçura de lourinha, telefonista — tinha uma foto bem recente do Phil e queria vendê-la.

— Ele nunca teve consideração de verdade por mim, por isso não se arriscou a me dar nem uns chequezinhos vagabundos para eu poder comprar umas coisas — queixou-se. — Tive de me virar sozinha. Então por que eu não vou conseguir alguma coisa à custa dele agora, se me aparece uma chance de pôr a mão numa boa grana? Quanto é que você vai pagar?

A garota tinha uma idéia exagerada de quanto a foto valia para nós, é claro, mas acabei fechando negócio com ela. Só que já passavam das seis da tarde quando voltei à cidade, tarde demais para pegar um trem que me levasse até Quesada naquela noite. Fiz a mala, tirei meu carro da garagem e fui pela estrada.

Quesada era um vilarejo que só tinha um hotel, colado na encosta rochosa de uma montanha que descia para o oceano Pacífico a uns cento e trinta quilômetros de San Francisco. A praia de Quesada era íngreme, difícil e pedregosa demais para banhos, por isso Quesada nunca fazia muito dinheiro com os banhistas no verão. Durante um tempo, foi um porto usado para o contrabando de rum, mas aquela falcatrua tinha terminado: os contrabandistas de bebida aprenderam que fabricar beberagem em casa dava mais lucro e menos preocupação do que importar. Quesada tinha voltado a dormir.

Cheguei lá às onze e pouco daquela noite, guardei o carro numa garagem e atravessei a rua para o Hotel Pôr do Sol. Era um prédio baixo, esparramado e amarelo. O porteiro da noite estava sozinho na recepção, um sujeito miúdo e afeminado, com bem mais de sessenta anos, que tinha penado um bocado para me mostrar como suas unhas eram rosadas e brilhantes.

Quando leu meu nome na ficha de registro, me entregou um envelope fechado — envelope do hotel — endereçado a mim com a caligrafia de Eric Collinson. Abri e li:

Não saia do hotel
antes que eu fale com você.
E. C.

— Há quanto tempo isto está aqui?

— Desde as oito horas. O senhor Carter esperou pelo senhor por mais de uma hora até depois do último trem.

— Ele não está hospedado aqui?

— Ah, meu caro, não. Ele e a noiva estão na casa do Tooker, lá na enseada.

Collinson não era o tipo de gente cujas instruções merecessem tanta atenção assim de minha parte. Perguntei:

— Como é que eu chego lá?

— Nunca vai conseguir encontrar o caminho à noite — declarou o porteiro. — A menos que faça a volta toda pela estrada do leste, e mesmo assim, eu garanto, só se conhecer bem a região.

— Ah, é? Como é que se faz para chegar lá de dia?

— Você desce por esta rua até o fim, dobra para a estrada da orla e daí sobe pelo penhasco. Na verdade, nem é uma estrada, é mais uma trilha. São uns cinco quilômetros até a casa, uma casa marrom, toda de madeira, em cima de um morrinho. É bem fácil de achar durante o dia, se a gente lembrar de seguir sempre pelo lado direito, o lado do mar, até o fim. Mas você não vai nunca, de jeito nenhum, conseguir achar...

— Obrigado — respondi, sem a menor vontade de ouvir aquela história toda outra vez.

Ele me levou até um quarto no andar de cima, prometeu me chamar às cinco da manhã e à meia-noite eu já estava dormindo.

A manhã estava feia, nublada, nevoenta e fria quando desci da cama para dizer "obrigado" ao telefone. O tempo não havia melhorado grande coisa na hora em que terminei de me vestir e desci. O porteiro disse que não havia a menor chance de arranjar alguma coisa para comer em Quesada antes das sete horas.

Saí do hotel, desci pela rua até que ela virou uma estrada lamacenta, avancei por ela até chegar a uma encruzilhada e dobrei no caminho que seguia para o lado do mar. Esse caminho, desde o início, estava longe de ser uma estrada de verdade, e pouco depois já não passava de uma trilha pedregosa que subia pela encosta de um rochedo, cada vez mais perto da beira do mar. A encosta do rochedo se tornou cada vez mais íngreme, até que a trilha nada mais era que uma simples aresta irregular na face de um penhasco — uma aresta de uns dois metros e meio ou três de largura em certos trechos, e não mais de um metro e vinte ou um metro e meio em outros. Acima e ao lado da trilha, o penhasco se erguia a uns vinte metros de altura; abaixo e na frente, ele descaía uns trinta metros ou mais até desembocar no mar. Uma brisa vinda da direção onde ficava a China empurrava a neblina por cima do penhasco, fazendo a espuma do mar trovejar lá embaixo.

Ao dobrar uma curva onde o penhasco ficava mais íngreme — de fato, ele descia em linha reta por mais ou menos cem metros —, parei para olhar um pequeno buraco malfeito na margem de fora da trilha. O buraco tinha, talvez, uns quinze centímetros de largura, terra solta e recente amontoada num semicírculo ao lado, e espalhada do outro. Nada havia de empolgante em olhar aquele buraco, mas ele dizia de forma bem clara, mesmo para um homem da cidade como eu: daqui retiraram um arbusto pela raiz não faz muito tempo.

Não havia, ao alcance da vista, nenhum arbusto arrancado pela raiz. Joguei fora o cigarro, fiquei de quatro, espichei a cabeça por cima da borda da trilha, olhei para baixo. Vi o arbusto a uns seis metros abaixo. Estava pendurado no alto de uma árvore seca que crescera quase paralela ao penhasco, havia terra marrom agarrada à raiz do arbusto. O que meus olhos viram em seguida também era marrom — um chapéu virado de boca para cima entre duas pedras pontudas e cinzentas, a meio caminho da água, lá embaixo. Olhei para o fundo do penhasco e vi os pés e as pernas.

Eram pés e pernas de um homem, de sapatos pretos e calça escura. Os pés jaziam no alto de uma pedra erodida pela água, de lado, afastados mais ou menos uns quinze centímetros um do outro, os dois virados para o lado esquerdo. A partir dos pés, as pernas vestidas numa calça escura descaíam para dentro da água, sumiam abaixo da superfície, alguns centímetros depois do joelho. Isso era tudo o que eu podia ver da estrada do penhasco.

Desci o penhasco, mas não naquele ponto. Era uma ladeira íngreme demais para ser vencida por um homem de meia-idade e gordo. Uns duzentos metros antes, a trilha havia cruzado com uma ravina em curva que fazia uma ruga no penhasco numa linha diagonal, de cima a baixo. Voltei àquela ravina e desci por ela, tropeçando, escorregando, suando e praguejando, mas cheguei inteiro ao fundo, sem nada mais sério do que dedos esfolados, roupa suja e sapatos avariados.

A beirada de pedra que ficava entre o penhasco e o mar não era própria para se andar, mesmo assim consegui caminhar em boa parte de sua extensão, só precisando entrar na água uma ou duas vezes, sem chegar, porém, a afundar além dos joelhos. No entanto, quando cheguei ao local onde estavam os pés e as pernas, tive de afundar até a cintura no mar do Pacífico a fim de levantar o corpo, que estava deitado de costas sobre a face inclinada de uma pedra em sua maior parte submersa, coberto pela água espumosa da coxa em diante. Meti as mão nas axilas do homem, achei um ponto de apoio para os meus pés e levantei.

Era o corpo de Eric Collinson. Os ossos estavam à mostra, através da carne e das roupas em suas costas despedaçadas. A parte de trás da cabeça — metade dela — estava esmagada. Arrastei-o para fora da água e coloquei-o sobre as pedras secas. Seus bolsos gotejantes continham cento e cinqüenta e quatro dólares e oitenta e dois centavos, um relógio de pulso, uma faca, uma caneta de ouro e um lápis, papéis, algumas cartas e uma agenda. Abri os papéis, as cartas e a agenda; li tudo; não obtive nenhuma informação, exceto que o que estava escrito nada tinha a ver com sua morte. Não consegui encontrar mais nada — nele ou perto dele — que me revelasse algo mais sobre sua morte, além do que me diziam o arbusto arrancado pela raiz, o chapéu caído entre as pedras e a posição do corpo.

Deixei-o ali mesmo e voltei pela ravina, arquejando enquanto escalava o caminho de volta até a trilha do penhasco e até o ponto onde o arbusto havia sido arrancado. Não achei nada ali que representasse sinais reveladores, pegadas ou coisas desse tipo. A trilha era quase toda feita de pedra nua. Avancei pela trilha. Logo adiante, o penhasco começou a se afastar do mar, enquanto a trilha descia pela encosta. Após uns oitocentos metros, não havia mais penhasco, apenas uma elevação coberta de arbustos em cuja base corria a trilha. Não havia sol ainda. Minhas calças grudavam em minhas pernas geladas de um modo desagradável. A água encharcava o interior dos meus sapatos arrebentados. Eu não havia comido nada de manhã. Meus cigarros estavam molhados. Meu joelho esquerdo doía por causa de uma torção sofrida na hora em que escorreguei pela ravina. Praguejei contra a profissão de detetive e continuei a descer pela trilha inclinada.

A trilha levou-me para longe do mar durante algum tempo, para o lado oposto a uma ponta de terra coberta de mata que empurrava o mar para trás. Segui para um pequeno vale e subi a encosta de um morro baixo; depois vi a casa que o porteiro da noite havia descrito.

Era uma construção bem grande, de dois andares, com telhado e paredes de ripas de madeira marrons, situada num outeiro perto do local onde o mar avançava para morder, em forma de U, uma fatia de quatrocentos metros do litoral. A casa dava de frente para a água. Eu estava atrás dela. Não havia ninguém à vista. As janelas do térreo estavam fechadas, com as persianas baixadas. As janelas do segundo andar estavam abertas. De um lado, havia algumas construções rurais menores.

Dei a volta para a frente da casa. Na varanda fechada, havia cadeiras de vime e uma mesa. A porta da varanda estava trancada por dentro. Sacudi a porta ruidosamente. Chacoalhei-a por pelo menos cinco minutos e não obtive resposta. Voltei aos fundos outra vez e bati na porta de trás. Ao bater, meus dedos dobrados fizeram a porta abrir uns quinze centímetros. Lá dentro, havia uma cozinha escura e silêncio. Abri a porta mais um pouco, ao mesmo tempo que batia nela com os dedos, bem alto. Mais silêncio.

Chamei:

— Senhora Collinson.

Como não recebi resposta, atravessei a cozinha e uma sala de jantar escura, contornei uma escada, subi os degraus e comecei a enfiar a cabeça pela porta dos quartos.

Não havia ninguém na casa.

Num dos quartos, uma pistola automática .38 jazia no centro do chão. Havia uma cápsula vazia perto dela, outra debaixo de uma cadeira no lado oposto do quarto e um leve cheiro de pólvora queimada no ar. Num canto do teto, um furo que a bala de um .38 poderia muito bem ter aberto e, abaixo do furo, no chão, pedaços de reboco. As roupas de cama estavam lisas e arrumadas. Roupas no armário, objetos na mesa e nas gavetas da cômoda diziam-me que aquele era o quarto de Eric Collinson.

Perto dele, a julgar pelo mesmo tipo de indícios, ficava o quarto de Gabrielle. A cama não tinha sido usada. No piso do armário, achei um vestido de cetim preto, um lenço que já tinha sido branco e um par de chinelas de camurça, bem molhadas e enlameadas — o lenço também molhado, de sangue. Dentro do banheiro — na banheira — havia uma toalha de banho e uma toalha de rosto, ambas manchadas com lama e sangue e ainda úmidas. Na penteadeira, um pedacinho de papel grosso e branco dobrado. Um pó branco estava grudado na dobra. Toquei-o com a ponta da língua — morfina.

Voltei para Quesada, troquei os sapatos e as meias, tomei o café-da-manhã, peguei cigarros secos e perguntei ao porteiro do hotel — um rapaz elegante dessa vez — quem era o responsável pela lei e pela ordem por ali.

— O chefe de polícia Dick Cotton — respondeu-me. — Mas ele foi à cidade na noite passada. Ben Rolly é o assistente do xerife. O senhor deve encontrá-lo no escritório do pai dele.

— Onde fica?

— Do lado da garagem.

Achei, era um prédio de tijolos de um andar, a vidraça larga da janela tinha a inscrição *J. King Rolly, Imobiliária, Hipotecas, Empréstimos, Ações e Títulos, Seguros, Promissórias, Agência de Empregos, Tabelião, Mudanças e Armazenagem* e mais uma porção de coisas que esqueci.

Havia dois homens lá dentro, sentados com os pés sobre uma escrivaninha surrada, atrás de um balcão surrado. Um deles tinha cinqüenta e poucos anos, cabelo, pele e olhos de matizes indefinidos de um castanho desbotado — um homem amável, de olhar sem direção, com roupas maltrapilhas. O outro era vinte anos mais jovem e dali a vinte anos ficaria igualzinho ao mais velho.

— Estou atrás do assistente do xerife — falei.

— Sou eu — respondeu o mais jovem, enquanto baixava os pés da escrivaninha para o chão. Não se levantou. Em vez disso, esticou uma perna, enganchou uma cadeira no pé, puxou-a da parede e pôs de novo os pés sobre a mesa. — Sente-se. Este é meu pai — brandiu o polegar na direção do outro. — Não ligue para ele.

— Conhece Eric Carter? — perguntei.

— O cara que está passando a lua-de-mel na casa do Tooker? Eu não sabia que o primeiro nome era Eric.

— Eric Carter — disse o Rolly mais velho. — Foi assim que registrei no recibo do aluguel dele.

— Está morto — falei. — Caiu da estrada do penhasco na noite passada ou nesta manhã. Pode ter sido um acidente.

O pai olhou para o filho com olhos castanhos arregalados. O filho olhou para mim com olhos castanhos questionadores e disse:

— Tch, tch, tch...

Dei-lhe um cartão. Leu-o com cuidado, virou-o para ver se não havia nada do outro lado e entregou ao pai.

— Vamos descer e dar uma olhada nele? — sugeri.

— Acho que terei de fazer isso — concordou o assistente do xerife, levantando-se da cadeira. Era um homem maior do que eu havia imaginado, tão grande quanto o falecido Collinson e, a despeito de sua moleza, tinha um corpo bastante musculoso.

Segui-o para fora, até um carro empoeirado estacionado na frente do escritório. Rolly pai não veio conosco.

— Alguém o avisou sobre isso? — perguntou-me o assistente do xerife, enquanto dirigia.

— Encontrei por acaso. Sabe quem são os Carter?

— Gente especial?

— Ouviu falar no assassinato de Riese num templo em San Francisco?

— Ahn-hã, li no jornal.

— A senhora Carter era Gabrielle Leggett e estava embrulhada na história, e Carter era Eric Collinson.

— Tch, tch, tch... — fez ele.

— E o pai e a madrasta dela foram mortos poucas semanas antes disso.

— Tch, tch, tch... — fez ele. — Qual é o problema com essa gente?

— Uma maldição na família.

— É mesmo?

Eu não sabia até que ponto ele tinha perguntado a sério, embora parecesse bastante sério. Eu ainda não tinha avaliado bem o sujeito. Porém, fosse um palhaço ou não, era o assistente do xerife de Quesada e ali era o seu território. Ele tinha o direito de saber dos fatos. Eu os transmiti a ele enquanto sacolejávamos pela estrada esburacada, contei tudo o que sabia, desde Paris em 1913 até a estrada do penhasco, duas horas antes.

— Quando voltaram da cerimônia de casamento em Reno, Collinson veio falar comigo. Eles precisavam ficar na área por causa do processo do bando dos Halborn e ele queria um lugar sossegado para levar a garota: ela ainda estava meio biruta. Você conhece Owen Fitzstephan?

— O tal escritor que andou por aqui no ano passado? Ahn-hã.

— Bom, ele sugeriu esse lugar.

— Eu sei. O velho me falou disso. Mas por que usaram nomes falsos?

— Para evitar publicidade e, em parte, para tentar evitar uma coisa como essa.

Ele franziu as sobrancelhas com ar vago e perguntou:

— Quer dizer que esperavam uma coisa assim?

— Bem, é fácil falar "eu avisei" depois que as coisas

acontecem, mas nunca achei que tivéssemos alcançado a solução de nenhuma das duas embrulhadas em que a garota se meteu. E sem a solução, como se pode saber o que esperar? Eu não achei lá muito boa idéia os dois se isolarem desse jeito, enquanto havia sei lá o quê pairando em volta dela, se é que havia mesmo alguma coisa, mas Collinson não queria saber de nada. Eu o fiz prometer que ia me telegrafar se visse algo meio estranho. Pois é, e ele me passou um telegrama.

Rolly fez que sim com a cabeça umas quatro vezes, depois perguntou:

— O que leva você a pensar que ele não caiu do penhasco?

— Ele me chamou. Tinha alguma coisa errada. Além disso, aconteceram coisas demais com a mulher dele para que eu acredite em acidentes.

— Tem a maldição, é claro — disse ele.

— É — concordei, enquanto examinava seu rosto indefinido e ainda tentava entender qual era a dele. — Mas o problema é que o troço funciona bem demais, com uma regularidade excessiva. É a primeira maldição que eu vejo funcionar desse jeito.

Ele franziu as sobrancelhas enquanto refletia por alguns minutos sobre a minha opinião e depois parou o carro.

— Vamos ter de descer: a estrada não é boa daqui para a frente. — Não era boa em trecho nenhum, na verdade. — De qualquer forma, a gente ouve falar de histórias como essa. Acontecem certas coisas que fazem a gente pensar que tem coisas neste mundo, na vida, que não sabemos explicar. — Franziu o rosto de novo, enquanto saíamos para seguir a pé, e encontrou uma palavra de que gostou: — É inescrutável — concluiu.

Deixei por isso mesmo.

Ele seguiu em frente, subiu pelo penhasco, parou por conta própria no local onde o arbusto tinha sido arrancado, um detalhe que eu não havia mencionado. Não falei nada enquanto ele olhava para baixo, para o corpo de Collinson, observando a encosta do penhasco com ar de quem procura alguma coisa, acima e abaixo, e também dos dois lados da trilha, curvando-se para baixo, os olhos castanhos bem fixos no chão.

Andou em redor por uns dez minutos ou mais, depois se aprumou e disse:

— Não há nada aqui para se descobrir. Vamos descer.

Comecei a voltar na direção da ravina, mas ele informou que havia um caminho melhor mais à frente. Havia mesmo. Descemos por ele até o defunto.

Rolly, junto ao cadáver, olhou para cima, até a beira da trilha acima de nós, e queixou-se:

— Não consigo entender como é que ele pode ter caído aqui desse jeito.

— Não caiu. Eu o puxei para fora da água — eu disse, e mostrei ao assistente do xerife exatamente onde havia encontrado o corpo.

— Assim faz mais sentido — concluiu.

Sentei-me numa pedra e fumei um cigarro, enquanto ele andava por ali, examinando, tocando, mexendo nas pedras, no cascalho e na areia. Não pareceu ter sorte.

14

O CHRYSLER AMASSADO

Escalamos o caminho de volta para a trilha e seguimos para a casa dos Collinson. Mostrei a Rolly as toalhas manchadas, o lenço, a roupa e as chinelas; o papel com a morfina grudada; a arma no chão do quarto de Collinson, o furo no teto e as cápsulas vazias no chão.

— Essa cápsula debaixo da cadeira está no lugar onde a encontrei — falei. — Mas a outra, a do canto, estava aqui, perto da arma, quando eu a vi pela primeira vez.

— Quer dizer que ela foi mexida depois que você esteve aqui?

— É.

— Mas por que alguém faria uma coisa dessas? — objetou.

— Para nada, que eu saiba, mas mexeram.

Ele perdeu o interesse. Olhava para o teto. Falou:

— Dois tiros e um furo. Não sei. Talvez o outro tiro tenha saído pela janela.

Voltou ao quarto de Gabrielle Collinson e examinou o vestido preto de veludo. Havia uns pontos rasgados — embaixo, perto da bainha —, mas nenhum buraco de bala. Pôs o vestido de lado e pegou o papel com morfina que estava sobre a penteadeira.

— O que você acha que isto está fazendo aqui? — perguntou.

— Ela usa. É uma das coisas que a madrasta lhe ensinou.

— Tch, tch, tch. Está com pinta de que ela fez isso.

— É?

— Você sabe que sim. Essa garota é uma tremenda de uma viciada, não é? Eles tiveram um problema, ele chamou você e... — Parou, franziu os lábios e perguntou: — A que horas você calcula que ele foi morto?

— Não sei. Talvez na noite passada, quando voltava para casa depois de esperar por mim.

— Você esteve no hotel a noite toda?

— Das onze e alguma coisa até as cinco da manhã. É claro que eu tive tempo suficiente para rodar por aí e cometer um assassinato nesse intervalo.

— Não estou pensando em nada disso. Só estava imaginando. Que tipo de mulher é essa tal senhora Collinson-Carter? Nunca vi a cara dela.

— Tem uns vinte anos; um metro e sessenta e pouco; parece mais magra do que é na verdade; cabelo castanho-claro, curto e cacheado; olhos grandes que às vezes ficam castanhos, outras vezes verdes; pele branca; quase não tem testa; boca e dentes pequenos, queixo pontudo; sem lóbulo nas orelhas, e elas são pontudas em cima; andou doente por uns meses e tem cara de doente.

— Não deve ser difícil de achar — disse ele, e começou a remexer nas gavetas, nos armários, nos baús, e assim por diante. Eu havia remexido naquilo tudo na minha primeira visita e também não encontrara nada de interessante.

— Não parece que ela tenha feito as malas nem levado muita coisa consigo — concluiu, quando voltou para onde eu estava sentado, junto à penteadeira. Apontou com o dedo grosso para o jogo de toalhas com monogramas prateados sobre a mesa. — O que significa esse G. D. L.?

— Antes de se casar, o nome dela era Gabrielle Não-Sei-o-Quê Leggett.

— Ah, sei. Ela foi embora no carro, eu aposto. Hã?

— Eles tinham um carro aqui? — perguntei.

— Ele ia à cidade num Chrysler conversível, quando não ia a pé. Ela só pode ter ido de carro pela estrada do leste. Vamos dar uma olhada naquela direção.

Lá fora, esperei enquanto ele andava em círculos em

torno da casa, sem achar nada. Na frente de um barracão onde um carro, obviamente, havia sido guardado, ele apontou para algumas marcas na terra e disse:

— Saiu esta manhã. — Achei que ele tinha razão.

Caminhamos por uma estrada de terra rumo a uma estrada de brita e seguimos talvez um quilômetro e meio por ela, em direção a uma casa de fazenda cinzenta que se erguia entre um grupo de construções vermelhas. Um homem pequeno, de ombros altos e levemente manco lubrificava uma bomba nos fundos da casa. Rolly chamou-o de Debro.

— Claro, Ben — respondeu Debro à pergunta de Rolly. — Ela passou por aqui lá pelas sete da manhã, parecia um morcego fugindo do inferno. Não tinha mais ninguém dentro do carro.

— Como estava vestida? — perguntei.

— Sem chapéu e com um casaco castanho.

Perguntei o que ele sabia sobre os Carter: era o vizinho mais próximo deles. Debro não sabia nada. Tinha falado com Carter duas ou três vezes e achou-o um jovem bastante simpático. Certa vez ele havia levado a patroa para visitar a sra. Carter, mas o sr. Carter disse que a esposa estava deitada, que não se sentia bem. Nem Debro nem a esposa tinham visto a mulher, a não ser de longe, caminhando ou andando de carro com o marido.

— Acho que ninguém por aqui chegou a falar com ela — concluiu. — Exceto, é claro, Mary Nunez.

— Mary trabalha para eles? — perguntou o assistente do xerife.

— Sim. O que foi que aconteceu, Ben? Aconteceu alguma coisa por lá?

— Ele caiu do penhasco ontem à noite e ela foi embora sem dizer nada para ninguém.

Debro soltou um assobio.

Rolly entrou na casa para usar o telefone e avisar o xerife. Fiquei do lado de fora com Debro, tentando arrancar dele mais informações — nem que fossem só opiniões. Obtive apenas expressões de surpresa.

146

— Vamos lá falar com a Mary — disse o assistente do xerife assim que voltou; e depois, quando se despediu de Debro, atravessou a estrada e saiu caminhando através de um campo, rumo a um bosque: — É engraçado ela não estar lá.

— Quem é ela?

— Uma mexicana. Mora lá embaixo, no vale, junto com o resto deles. O homem dela, Pedro Nunez, pegou prisão perpétua em Folsom por ter assassinado um contrabandista de bebidas chamado Dunne num assalto a um caminhão uns anos atrás.

— Um crime local?

— É. Aconteceu lá na enseada em frente à casa do Tooker.

Atravessamos as árvores do bosque e descemos uma ladeira até onde havia uma dúzia de barracões — do mesmo tamanho, do mesmo formato e pintados com zarcão de um jeito que lhes dava o aspecto de vagões de carga — perfilados junto a um riacho, com hortas espalhadas nos fundos. Na frente de um dos barracões, uma mulher mexicana sem forma, num vestido de bolinhas cor-de-rosa, estava sentada num caixote vazio de sopa enlatada, fumando um cachimbo feito de espiga de milho e amamentando um bebê pardo. Crianças sujas e esfarrapadas brincavam entre as casas, com vira-latas sujos e esfarrapados que as ajudavam a fazer mais barulho. Numa das hortas, um homem pardo, com um macacão que já tinha sido azul, mal movia uma enxada.

As crianças pararam de brincar para olhar para Rolly e para mim, enquanto atravessávamos o riacho, sobre pedras distribuídas em locais convenientes. Os cachorros vieram latindo ao nosso encontro, rosnaram e mostraram os dentes em torno de nós, até que um dos garotos os enxotou. Paramos diante da mulher com o bebê. O assistente do xerife deu um sorriso para o bebê e disse:

— Ora, ora, esse aí vai ser bem forte mesmo!

A mulher tirou o cachimbo da boca o tempo necessário para se queixar de modo sério:

— Cólica o tempo todo.

— Tch, tch, tch. Onde está Mary Nunez?

A haste do cachimbo apontou para o barracão vizinho.

— Pensei que ela estava trabalhando para o pessoal que está na casa do Tooker — disse ele.

— De vez em quando — respondeu a mulher com indiferença.

Fomos ao barracão vizinho. Uma velha de avental cinzento tinha vindo até a porta e olhava para nós enquanto mexia alguma coisa dentro de uma tigela amarela.

— Onde está Mary? — perguntou o assistente do xerife.

Ela falou por cima do ombro, voltada para dentro do barracão, e deslocou-se para o lado a fim de deixar que outra mulher tomasse o seu lugar ali no portal. A outra mulher era baixa, de corpo robusto, com uns trinta e poucos anos de idade, olhos escuros e inteligentes num rosto largo e chato. Segurava uma manta escura no pescoço. A manta pendia até o chão em volta dela.

— Como vai, Mary? — cumprimentou Rolly. — Por que não está lá na casa dos Carter?

— Estou doente, senhor Rolly. — Falava sem sotaque. — Calafrios... por isso fiquei em casa hoje.

— Tch, tch, tch. Isso é muito ruim. Foi ver o médico?

Ela respondeu que não. Rolly disse que era melhor ver o médico. Ela respondeu que não precisava do médico: tinha calafrios muitas vezes. Rolly disse que podia ser assim, mas que aquilo era um motivo ainda maior para ver um médico: melhor garantir e dar uma olhada para saber direito o que era. Ela respondeu que sim, mas que os médicos tomavam dinheiro demais dos outros e já era muito ruim estar doente e ainda por cima ter de pagar por causa disso. O assistente do xerife falou que a longo prazo era provável que fosse custar mais caro não ir ao médico do que pagar a consulta agora. Eu começava a achar que os dois iam ficar naquele papo o dia inteiro, quando Rolly finalmente trouxe a conversa de volta para os Carter e perguntou à mulher sobre o trabalho lá.

Mary Nunez contou que tinha sido contratada fazia duas semanas, quando alugaram a casa. Ia lá todo dia de manhã, às nove — eles nunca acordavam antes das dez —, cozinhava as refeições, cuidava da casa e ia embora depois de lavar os pratos do jantar, de noite — em geral por volta das sete e meia. Ela pareceu surpresa ao saber que Collinson — Carter, para ela — tinha sido morto e sua esposa havia ido embora. Contou-nos que Collinson tinha saído sozinho, para andar, disse ele, logo depois do jantar, na noite anterior. Isso foi mais ou menos às seis e meia, e o jantar, sem que houvesse nenhum motivo especial, tinha sido servido um pouco mais cedo. Quando Mary foi para casa, poucos minutos depois das sete, a sra. Carter estava lendo um livro no quarto da frente, no segundo andar.

Mary Nunez não podia, ou não queria, nos contar nada em que eu pudesse me basear para ter algum palpite razoável sobre o motivo de Collinson ter me chamado. Mary Nunez não sabia de nada, insistia em dizer, a respeito dos dois, exceto que a sra. Carter não parecia feliz — não estava feliz. Ela, Mary Nunez, tinha imaginado o seguinte, por conta própria: a sra. Carter amava outra pessoa, mas os pais tinham-na obrigado a casar com Carter; e assim, claro, Carter foi morto pelo outro homem, com quem agora a sra. Carter tinha fugido. Não consegui fazê-la entender que não existia nenhum fundamento para acreditar nisso, a não ser sua intuição feminina, portanto perguntei se os Carter recebiam visitas.

Respondeu que nunca vira ninguém.

Rolly perguntou se os Carter tinham discutido. Ela começou a dizer que não, e aí, depressa, disse que discutiam muitas vezes e que nunca estavam de acordo. A sra. Carter não gostava que o marido se aproximasse dela e várias vezes lhe disse, ao alcance dos ouvidos de Mary, que se ele não se afastasse e ficasse longe, ela o mataria. Tentei fazer Mary entrar em mais detalhes, perguntei o que havia provocado aquelas ameaças, que palavras tinham sido ditas, mas a mulher não dava detalhes. Só lembrava com certeza, pelo que nos contou, que a sra. Carter ameaçava matar o sr. Carter se ele não ficasse longe dela.

— Isso deixa as coisas bem claras — disse Rolly, com ar satisfeito, depois que atravessamos o riacho de novo e subíamos a ladeira rumo à casa de Debro.

— O que deixa claro o quê?

— A esposa o matou.

— Acha que ela o matou?

— E você também.

Eu disse:

— Não.

Rolly parou de andar e me encarou com olhos vagos e preocupados.

— Mas como é que você pode dizer uma coisa dessas? — censurou. — Ela não é uma tremenda de uma viciada? E ainda por cima meio biruta, como você mesmo contou? Ela não fugiu? As coisas que deixou para trás não estavam rasgadas, sujas e manchadas de sangue? Ela não ameaçou matar o marido, a tal ponto que ele ficou assustado e mandou chamar você?

— Mary não ouviu ameaças — falei. — Eram avisos sobre a maldição. Gabrielle Collinson acreditava de verdade nisso e, como se preocupava bastante com o marido, queria tentar salvá-lo da maldição. Já presenciei essa situação antes com ela. Gabrielle não teria se casado com ele se Collinson não a tivesse levado para longe enquanto ela estava com a cabeça atordoada, sem saber direito o que estava acontecendo. Por isso ela teve medo depois.

— Mas quem é que vai acreditar...?

— Não estou pedindo que ninguém acredite em nada — resmunguei, enquanto voltava a caminhar. — Estou dizendo a você aquilo em que eu acredito. E, no que me diz respeito, digo a você que acredito que Mary Nunez está mentindo quando diz que não foi à casa deles hoje de manhã. Talvez ela não tenha nada a ver com a morte de Collinson. Talvez apenas tenha ido lá, viu que os Collinson haviam partido, viu as coisas ensangüentadas e a arma, sem perceber chutou a cápsula para o outro lado, no chão, e depois voltou correndo para o barracão e inventou aquela história dos calafrios para se manter afastada de tudo, porque passou por muita encrenca desse tipo quando o marido foi preso. Talvez não. Seja como for, seria desse jeito que nove entre dez mulheres como ela e no lugar dela teriam agido; quero ter mais provas na mão antes de acreditar que ela foi ter os tais calafrios justamente hoje de manhã.

— Bom, se ela não teve nada a ver com o caso, que diferença faz tudo isso, afinal? — perguntou o assistente do xerife.

As respostas que imaginei dar eram sacrílegas e ofensivas. Guardei-as para mim.

Outra vez na casa de Debro, pegamos emprestado um grande carro de passeio meio desconjuntado, que misturava peças de pelo menos três marcas diferentes, e seguimos pela estrada Leste, na tentativa de encontrar o rastro da garota em seu Chrysler. Nossa primeira parada foi na casa de um homem chamado Claude Baker. Era um sujeito magricela e de ar doentio, cara angulosa, uns três ou quatro dias sem ver o barbeador. A esposa era, talvez, mais jovem do que ele, mas parecia mais velha — mulher magra, cansada, sem vida, que devia ter sido bonita algum dia. O mais velho dos seis filhos era uma garota sardenta de pernas arqueadas, de dez anos de idade; o mais jovem era um bebê barulhento e gordo, de menos de um ano. Alguns dos filhos intermediários eram meninos, havia algumas meninas, e todos estavam com o nariz escorrendo. A família Baker inteira veio nos receber na varanda. Não tinham visto Gabrielle, disseram; nunca levantavam tão cedo assim, sete da manhã. Conheciam os Carter de vista, mas nada sabiam sobre eles. Acabaram fazendo mais perguntas do que eu e Rolly.

Pouco depois da casa dos Baker, a estrada passava da brita para o asfalto. Pelo que conseguíamos ver do rastro deixado pelo Chrysler, foi ele o último carro a rodar pela estrada. Três quilômetros depois da casa dos Baker, paramos na frente de uma casinha verde-clara rodeada por roseiras. Rolly esbravejou:

— Harve! Ei, Harve!

Um homem comprido, de uns trinta e cinco anos, veio até a porta, disse "Oi, Ben" e caminhou no meio das roseiras na direção do nosso carro. Suas feições, assim como a voz, eram pesadas e ele se movia e falava devagar. Seu sobrenome era Whidden. Rolly perguntou se tinha visto o Chrysler.

— Vi, Ben, vi quando eles passaram — respondeu. — Eles passaram umas sete e quinze da manhã, pisando fundo.

— Eles? — perguntei enquanto Rolly perguntava:

— Eles?

— Tinha um homem e uma mulher, ou uma garota, lá dentro. Não consegui dar uma boa olhada neles, só vi os dois passando feito uma bala. Ela dirigia, um tipo de mulher miúda, me pareceu, vista daqui, de cabelo castanho.

— Como era o homem?

— Ah, tinha uns quarenta anos, talvez, e não parecia muito grande também. Um rosto rosado, paletó e chapéu cinzentos.

— Já viu alguma vez a senhora Carter? — perguntei.

— A noiva que mora lá no vale? Não, vi o marido, mas ela não. Essa daí era ela?

Respondi que achávamos que sim.

— O homem não era ele — disse Whidden. — Era alguém que eu nunca tinha visto.

— Reconhece se o vir de novo?

— Acho que sim, se eu vir o sujeito passando desse mesmo jeito.

Seis quilômetros e meio depois da casa de Whidden, achamos o Chrysler. Estava mais ou menos meio metro fora da estrada, à esquerda, parado sobre as quatro rodas, com o radiador esmagado de encontro a um eucalipto. Todos os vidros estavam quebrados e a terça parte frontal da lataria estava bem destruída. O carro estava vazio. Não havia sangue lá dentro. O assistente do xerife e eu parecíamos ser as únicas pessoas na redondeza.

Andamos em círculos, olhos atentos no chão, e quando terminamos sabíamos tanto quanto já sabíamos desde o início — o Chrysler tinha batido num eucalipto. Havia marcas de pneu na estrada e marcas, que podiam ser pegadas, na terra perto do carro; mas era possível ver o mesmo tipo de marca em cem lugares em volta, naquela estrada ou em qualquer outra. Entramos de novo em nosso carro emprestado e seguimos adiante, fazendo perguntas toda vez que achávamos alguém para perguntar; e todas as respostas eram: Não, não vimos a mulher nem vimos ninguém.

— E aquele tal de Baker? — perguntei a Rolly, quando fizemos a volta para retornar. — Debro viu a garota sozinha. Havia um homem com ela quando passou pela casa de Whidden. Os Baker não viram nada e foi no território deles que o homem deve ter se juntado à mulher.

— Bem — disse Rolly, em tom de quem pondera —, pode ter acontecido assim mesmo, não pode?

— É, mas talvez seja uma boa idéia falar mais um pouco com eles.

— Se você quiser mesmo — admitiu sem entusiasmo. — Mas não vá me meter em nenhuma discussão com eles. É o irmão da minha mulher.

Isso era importante. Perguntei:

— Que tipo de homem é ele?

— Claude é meio indolente, tudo bem. Como diz o velho, não consegue produzir mais nada naquela fazenda, a não ser crianças, mas nunca ouvi falar que ele tenha feito mal a alguém.

— Se você diz que ele é direito, para mim basta — menti. — Não vamos incomodá-lo.

15

EU O MATEI

O xerife Feeney, gordo, vulgar e com um baita bigode castanho, e o promotor público Vernon, de feições pronunciadas, agressivo e sedento de glória, vieram da sede da administração do condado. Ouviram nossas histórias, reuniram os dados e concordaram com Rolly que Gabrielle Collinson tinha matado o marido. Quando o chefe de polícia Dick Cotton — homem pomposo e de inteligência curta, aí por volta dos quarenta anos — voltou de San Francisco, acrescentou o seu voto ao dos demais. O juiz e o júri chegaram à mesma conclusão, embora oficialmente tenham se limitado à rotineira "pessoa ou pessoas desconhecidas", com recomendações a respeito da garota.

O horário da morte de Collinson foi situado entre oito e nove horas da noite de sexta-feira. Nele, não foi encontrado nenhum sinal aparentemente causado por outra coisa que não sua queda. A pistola achada no quarto foi reconhecida como sua. Não havia impressões digitais nela. Fiquei com a sensação de que alguns funcionários do condado desconfiavam de que eu havia me encarregado daquilo, se bem que ninguém tenha falado coisa alguma sobre o assunto. Mary Nunez fincou pé na sua história de ter ficado em casa com calafrios. Tinha um punhado de testemunhas mexicanas para lhe dar respaldo. Não consegui achar nada que mostrasse um furo em sua história. Não encontramos mais nenhum vestígio do homem visto por Whidden. Tentei falar com os Baker de novo, sozinho, mas não tive sorte. A esposa do chefe de polícia, uma garota muito jovem e frágil, com um rosto fraco e bonito e maneiras tímidas e gentis, que trabalhava na agência telegráfica, disse que Collinson tinha mandado seu telegrama para mim na manhã da sexta-feira, bem cedo. Estava pálido e trêmulo, contou, com olhos injetados de sangue e olheiras escuras. Ela imaginou que estivesse embriagado, apesar de não sentir cheiro de álcool em seu hálito.

O pai e o irmão de Collinson vieram de San Francisco. Hubert Collinson, o pai, era um homem grande e calmo, que parecia capaz de ganhar quantos milhões quisesse com a extração de madeira na costa do Pacífico. Laurence Collinson era um ou dois anos mais velho do que o falecido irmão e tinha uma aparência muito semelhante à dele. Os dois Collinson tomaram cuidado para não falar nada que pudesse ser interpretado como uma sugestão de que achavam que Gabrielle tinha sido a responsável pela morte de Eric, mas havia pouca dúvida de que pensavam assim.

Hubert Collinson me disse em tom tranqüilo:

— Vá em frente; chegue ao fundo disso tudo. — E assim se tornou o quarto cliente para quem a agência trabalhava por causa das complicações de Gabrielle.

Madison Andrews veio de San Francisco. Eu e ele conversamos no meu quarto de hotel. Sentou-se numa cadeira perto da janela, cortou um cubo de tabaco de um naco de fumo amarelado, colocou dentro da boca e concluiu que Collinson cometera suicídio.

Sentei-me na beira da cama, acendi um cigarro Fatima e o contradisse:

— Ele não teria arrancado o arbusto se tivesse pulado por vontade própria.

— Então foi um acidente. É uma estrada perigosa para se caminhar no escuro.

— Parei de acreditar em acidentes — respondi. — E ele me mandou um S.O.S. E havia a arma, disparada no quarto dele.

Madison Andrews inclinou-se para a frente na cadeira. Seus olhos estavam duros e vigilantes. Um advogado interrogando uma testemunha.

— Acha que Gabrielle foi a responsável?

Eu não chegaria tão longe. Falei:

— Ele foi assassinado. Ele foi assassinado por... Eu lhe disse, duas semanas atrás, que daquele jeito não iríamos dar cabo dessa maldição desgraçada e que o único modo de encerrar esse assunto era esquadrinhar a história do Templo até o último grão de areia.

— Sim, eu me lembro — disse ele, sem nenhum tom de zombaria. — Você aventou a teoria de que havia alguma ligação entre a morte dos pais dela e o problema por que ela passou com os Haldorn; mas, se bem me lembro, você não fazia a menor idéia de qual poderia ser essa ligação. Não acha que essa deficiência tende a tornar a sua teoria um pouco, digamos, vaporosa?

— Você acha? O pai dela, a madrasta, o médico e o marido foram assassinados, um depois do outro, em menos de dois meses; e a criada foi presa por assassinato. Todos muito próximos a ela. Por acaso isso não parece um programa? E — sorri forçado para Madison Andrews — você tem certeza de que vai parar por aqui? E se não parar, não é você a pessoa seguinte, entre aquelas mais próximas de Gabrielle?

— Absurdo! — Agora ele estava muito aborrecido. — Sabemos a respeito da morte dos pais dela, e da morte de Riese, e sabemos que não há nenhuma ligação entre elas. Sabemos que os responsáveis pelo assassinato de Riese agora estão ou mortos ou na prisão. Não há como contornar isso. Não passa de um absurdo dizer que há ligações entre esses crimes, quando sabemos que não há.

— Não sabemos nada disso — insisti. — Tudo o que sabemos é que não encontramos as ligações. Quem lucra, ou poderia almejar algum lucro, com o que aconteceu?

— Absolutamente ninguém, até onde sei.

— Imagine que ela morra. Quem ficaria com a herança?

— Não sei. Há uns parentes afastados na Inglaterra ou na França, eu suponho.

— Isso não nos leva muito longe — resmunguei. — De

todo modo, ninguém tentou matar Gabrielle. São os amigos dela que levam a pior.

O advogado me advertiu, em tom ácido, que não podíamos afirmar que ninguém havia tentado matar Gabrielle, ou que ninguém tinha conseguido, até que a encontrássemos. Contra isso, eu não podia argumentar com ele. O rastro de Gabrielle, por enquanto, terminava no ponto onde o eucalipto havia barrado o caminho do Chrysler.

Dei-lhe um conselho antes de ele ir embora:

— Não importa o que você pense, é bobagem correr riscos desnecessários: lembre que pode haver um programa e você pode ser o próximo. Não fará mal nenhum tomar cuidado.

Ele não me agradeceu. Sugeriu, em tom de desagrado, que sem dúvida eu achava que ele devia contratar detetives particulares para protegê-lo.

Madison Andrews havia oferecido mil dólares de recompensa em troca de informações que levassem ao paradeiro da garota. Hubert Collinson ofereceu mais mil, com um adicional de dois mil e quinhentos dólares pela prisão e condenação do assassino de seu filho. Metade da população do condado virou cão de caça. Em todo canto, havia gente caminhando, ou até rastejando, enquanto vasculhava campos, trilhas, morros e vales à cata de pistas, e nas matas era muito provável encontrar mais detetives amadores do que árvores.

As fotos dela foram distribuídas e publicadas amplamente. Os jornais, de San Diego a Vancouver, nos deram um tremendo destaque, fizeram o maior alarde com todas as tintas coloridas que tinham no estoque. Todos os detetives particulares da Agência Continental de San Francisco e Los Angeles que puderam ser arrancados de outros serviços estavam conferindo as saídas de Quesada, caçando, perguntando, sem achar nada. Programas de rádio ajudavam. A polícia de toda parte e todas as ramificações da segurança pública estavam na maior agitação.

E na segunda-feira toda essa baderna havia nos levado a rigorosamente nada.

157

Na segunda-feira à tarde, voltei a San Francisco e contei todos os meus problemas para o Velho. Ele ouviu com educação, como ouvimos uma história medianamente interessante que não nos diz respeito de forma direta, sorriu seu sorriso inexpressivo e, em vez de alguma ajuda, me ofereceu sua opinião, expressa de modo afável, de que mais cedo ou mais tarde eu conseguiria dar a tudo aquilo uma solução satisfatória.

Em seguida, contou-me que Fitzstephan havia telefonado, tentando falar comigo:

— Pode ser importante. Ele teria ido até Quesada atrás de você, se eu não tivesse dito que você estava a caminho daqui.

Liguei para o telefone de Fitzstephan.

— Venha aqui — disse ele. — Tenho uma coisa. Não sei se é um novo enigma ou a chave para a solução de um enigma; mas sei que é alguma coisa.

Parti para o alto de Nob Hill num táxi e em quinze minutos cheguei ao apartamento.

— Tudo bem, abra o jogo — falei, enquanto nos sentávamos na sala apinhada de revistas e livros.

— Algum sinal de Gabrielle? — perguntou.

— Nada. Mas me mostre o tal enigma. Não banque o literário comigo, preparando o clímax e toda essa lorota. Sou rude demais para essas coisas, isso só vai me dar dor de barriga. Apenas desenrole esse enigma para mim.

— Você vai ser sempre o que é — disse ele, tentando mostrar-se decepcionado e desgostoso, mas sem conseguir, porque por dentro estava empolgado demais com alguma coisa. — Alguém, um homem, ligou para cá sábado de madrugada, à uma e meia. Perguntou: "É o Fitzstephan?". Falei: "Sou". Então a voz disse: "Bem, eu o matei". Falou isso mesmo. Tenho certeza de que as palavras foram exatamente essas, embora não fossem muito claras. Havia um bocado de ruído no telefone e a voz parecia distante.

"Eu não sabia quem era, do que ele estava falando. Perguntei: 'Matou quem? Quem fala?'. Não consegui entender

158

nenhuma das respostas, exceto a palavra 'dinheiro'. Falou algo a respeito de dinheiro, repetiu várias vezes, mas eu só consegui entender essa palavra. Havia mais gente aqui em casa, os Marquards, Laura Joines com um homem que ela trouxe, Ted e Sue Van Slack, e estávamos no meio de um bate-boca literário. Eu tinha um bom gracejo na ponta da língua, algo sobre Cabell ser um romancista no mesmo sentido em que o cavalo feito de madeira era um cavalo de Tróia, e eu não queria que outra pessoa roubasse a minha oportunidade de formular esse gracejo só por causa daquele gozador embriagado ao telefone, fosse lá quem fosse. Eu não conseguia dar nenhum sentido ao que ele dizia, por isso desliguei e voltei aos convidados.

"Jamais passou pela minha cabeça que a conversa ao telefone pudesse ter algum significado, até ontem de manhã, quando li sobre a morte de Collinson. Eu estava na casa dos Coleman, lá em Ross. Cheguei lá no sábado de manhã para passar o fim de semana, depois de afinal ter conseguido convencer o Ralph." Sorriu, maroto. "E ele ficou bem contente por me ver ir embora hoje de manhã." Tornou-se sério outra vez. "Mesmo depois de saber da morte de Collinson, eu ainda não estava convencido de que o meu telefonema tinha alguma importância, algum significado. Não passava de uma bobagem. Mas é claro que eu tinha a intenção de contar para você. Agora, olhe aqui, isto estava na minha correspondência quando cheguei em casa hoje de manhã."

Pegou um envelope no bolso e jogou-o na minha direção. Era um envelope branco, barato e lustroso, do tipo que se compra em qualquer lugar. Os cantos estavam escuros e encurvados, como se tivesse ficado dentro de um bolso durante um bom tempo. O nome e o endereço de Fitzstephan foram inscritos em cima, com um lápis bem duro, por alguém que tinha uma letra horrível, ou que queria que os outros pensassem assim. Tinha sido postado em San Francisco, às nove horas da manhã do sábado. Dentro, havia um pedaço de papel de embrulho marrom enxovalhado e rasgado, com uma frase — tão toscamente escrita a lápis quanto o endereço no envelope:

QUEM QUISER A SRA. CARTER
PODE CONSEGUIR PAGANDO 10 000 DÓLARES

Não tinha data, cumprimentos, assinatura.

— Ela foi vista dirigindo um carro sozinha às sete da manhã do sábado — falei. — Isto foi postado aqui, a quase cento e trinta quilômetros de distância, a tempo de ser carimbado às nove horas e ser despachado na primeira remessa matutina do correio, eu acho. São coisas como essa que dão rugas na nossa cara. Mas nem mesmo isso é tão curioso quanto o fato de ter vindo para você e não para Andrews, que é quem está encarregado dos assuntos de Gabrielle, ou para o sogro dela, que é quem tem o grosso do dinheiro.

— É curioso e não é — retrucou Fitzstephan. Seu rosto descarnado estava ansioso. — Pode haver um ponto de luz nisso. Você sabe que fui eu quem recomendou Quesada ao Collinson, pois passei lá alguns meses, na última primavera, para terminar de escrever *O muro de Ashdod*, e lhe dei o cartão de um corretor de imóveis de lá chamado Rolly, o pai do assistente do xerife, apresentando-o como Eric Carter. Em Quesada podiam não saber que ela era Gabrielle Collinson, que em solteira se chamava Leggett. Nesse caso, só poderiam entrar em contato com os parentes dela por meu intermédio, pois fui eu quem mandou o marido e ela para lá. Portanto, a carta foi enviada para mim, mas se dirige a quem quiser, para que eu a transmita às pessoas interessadas.

— Alguém de Quesada pode ter feito isso — falei lentamente. — Ou um seqüestrador que deseja que nós pensemos que ele é de Quesada e que não quer que nós pensemos que ele já conhecia os Collinson.

— Exatamente. E, até onde eu sei, ninguém lá em Quesada sabe o meu endereço aqui.

— E o Rolly?

— Ele não sabe, a menos que Collinson tenha lhe dado. Limitei-me a rabiscar uma apresentação no verso de um cartão.

— Não disse nada a mais ninguém sobre o telefonema e esta carta? — perguntei.

— Comentei do telefonema com as pessoas que estavam aqui na sexta-feira à noite, achando que era uma brincadeira ou um engano. Não mostrei isso a mais ninguém. Na verdade, fiquei um pouco em dúvida se devia mostrar a alguém, e ainda estou em dúvida. Será que isso vai me criar problemas?

— É, vai, sim. Mas não devia se importar com isso. Pensei que você gostava de encrencas em primeira mão. É melhor me dar o nome e o endereço dos seus convidados. Se eles e os Coleman confirmarem o seu paradeiro na sexta-feira à noite e no fim de semana, nada de sério vai acontecer com você; mas terá de ir até Quesada e deixar que as autoridades do condado o interroguem com firmeza e dêem uma boa prensa em você.

— Temos de ir agora mesmo?

— Vou voltar lá esta noite. Encontre-me lá no Hotel Pôr do Sol amanhã de manhã. Isso vai me dar tempo para amaciar as autoridades. Assim eles não jogarão você direto nas masmorras.

Voltei ao escritório e dei um telefonema para Quesada. Não consegui achar Vernon nem o xerife, mas Cotton estava disponível. Dei a ele a informação que havia recebido de Fitzstephan e prometi levar o romancista para ser interrogado na manhã seguinte.

O chefe de polícia disse que as buscas pela garota continuavam sem resultado. Chegaram informações de que tinha sido vista, quase simultaneamente, em Los Angeles, Eureka, Carson City, Denver, Portland, Tijuana, Ogden, San Jose, Vancouver, Porterville e Havaí. Exceto as informações mais ridículas, todas estavam sendo checadas.

A companhia telefônica pôde me informar que o telefonema recebido por Owen Fitzstephan no sábado de madrugada não tinha sido interurbano e que ninguém em

Quesada havia telefonado para San Francisco nem na sexta à noite nem no sábado de madrugada.

Antes de sair do escritório, fui falar com o Velho de novo, perguntei se ia tentar convencer o promotor público a soltar Aaronia Haldorn e Tom Fink sob fiança.

— Na prisão, eles não estão nos ajudando em nada — expliquei — e soltos podem nos levar a algum ponto, se ficarmos na cola dos dois. Ele não devia se importar: sabe que não tem a menor chance de meter em cima deles uma condenação por assassinato ou seqüestro no pé em que estão as coisas.

O Velho prometeu fazer o possível e colocar um detetive na cola dos dois suspeitos, caso eles fossem mesmo para a rua.

Dali segui para o escritório de Madison Andrews. Quando contei a ele a respeito das mensagens recebidas por Fitzstephan e lhe dei nossas explicações para elas, o advogado fez que sim com a cabeça ossuda e coroada de branco e falou:

— E, seja essa explicação verdadeira ou não, as autoridades do condado agora terão de desistir da absurda teoria de que Gabrielle matou o marido.

Balancei a cabeça para os lados, numa negativa.

— Por quê? — indagou em tom explosivo.

— Eles vão pensar que as mensagens foram forjadas para livrar as costas dela — previ.

— É o que você acha? — Sua boca se contraiu até a altura das orelhas e as sobrancelhas emaranhadas baixaram sobre os olhos.

— Espero que não seja assim — falei. — Porque, se for um truque, é um truque um bocado infantil.

— Como é possível? — perguntou em voz bem alta. — Não diga disparates. Nenhum de nós sabia de nada, então. O corpo não tinha sido encontrado quando...

— É — concordei. — E é por isso que, se ficar claro que foi uma fraude, vão levar Gabrielle à forca.

— Não entendo você — disse ele com um tom de voz

aborrecido. — Numa hora fala de alguém que persegue a garota e depois fala como se achasse que ela é a assassina. Afinal, o que é que você pensa?

— As duas coisas podem ser verdadeiras — retruquei, com um tom de voz não menos aborrecido. — E que diferença faz o que eu penso ou não penso? O júri é que vai decidir, quando ela for encontrada. A questão agora é: o que você vai fazer com o pedido de dez mil dólares, se essa história for para valer?

— O que vou fazer é aumentar a recompensa pela descoberta do seu paradeiro, com uma recompensa adicional pela prisão do seqüestrador.

— É um lance errado — falei. — Já há uma recompensa suficiente em dinheiro. O único jeito de lidar com um seqüestro é pagar o que estão pedindo. Não gosto disso mais do que você, mas é o único jeito. Incerteza, nervosismo, medo, frustração podem transformar mesmo um seqüestrador manso num desvairado. Pague o resgate da garota e depois vá à luta. Pague o que pedirem, quando pedirem.

Ele repuxou o bigode esfiapado, o queixo endureceu de modo obstinado, os olhos ficaram aflitos. Mas o queixo venceu.

— Não sou palhaço para me pôr de joelhos — disse ele.

— Isso é com você. — Levantei e peguei meu chapéu. — A mim cabe encontrar o assassino de Collinson e, se a garota for morta, isso tem mais chance de me ajudar do que de me atrapalhar.

Ele nada respondeu.

Fui até o escritório de Hubert Collinson. Ele não estava, mas contei a minha história para Laurence Collinson, e rematei:

— Você vai pressionar seu pai para conseguir o dinheiro? E para que o dinheiro esteja disponível assim que chegarem as instruções do seqüestrador?

— Não vai ser necessário pressionar — respondeu na mesma hora. — Claro que vamos pagar o que for necessário para garantir a segurança dela.

16

A CAÇADA NOTURNA

Peguei o trem das 17h25 para o sul. Ele me deixou em Poston, uma cidade poeirenta duas vezes maior do que Quesada, às 19h30; e um ônibus chacoalhante, cujo único passageiro era eu, levou-me ao meu destino meia hora depois. A chuva começava a cair na hora em que desci do ônibus do outro lado da rua, em frente ao hotel.

Jack Santos, um repórter de San Francisco, saiu da agência telegráfica e disse:

— Oi. Alguma novidade?

— Talvez, mas vou ter de falar primeiro com o Vernon.

— Ele está no quarto do hotel, ou estava lá há dez minutos. Você se refere à carta de resgate que alguém recebeu?

— É. Ele já divulgou a história?

— Cotton começou, mas Vernon forçou-o a cair fora e nos disse para deixá-lo em paz.

— Por quê?

— Por nenhum motivo, só porque foi Cotton quem nos contou. — Santos puxou para baixo os cantos dos lábios finos. — A história toda virou uma disputa entre Vernon, Feeney e Cotton, para ver quem tem o nome e a foto mais vezes na imprensa.

— Eles têm feito alguma coisa além disso?

— Como poderiam? — perguntou com ar de repulsa. — Passam dez horas por dia tentando aparecer na primeira página, outras dez tentando evitar que os outros apareçam na primeira página e ainda precisam arranjar tempo para dormir.

No hotel, falei "nada de novo" para alguns repórteres, registrei-me outra vez na recepção, deixei minha mala no quarto e segui pelo corredor até o quarto 204. Vernon abriu a porta quando bati. Estava sozinho e aparentemente lendo os jornais, que formavam uma pilha cor-de-rosa, verde e branca sobre a cama. O quarto estava cinza-azulado por causa da fumaça de charuto.

O promotor público era um homem de trinta anos, de olhos escuros, que empinava e projetava o queixo para a frente de um modo que o deixava mais proeminente do que a natureza havia planejado, que exibia todos os dentes quando falava e que tinha perfeita consciência de ser um carreirista. Apertou minha mão de modo brusco:

— Estou contente que tenha voltado. Entre. Sente-se. Houve algum novo desdobramento?

— Cotton já lhe passou a dica que dei a ele?

— Sim. — Vernon fez uma pose à minha frente, mãos nos bolsos, pés afastados. — Como você avalia o caso?

— Recomendei a Andrews que providenciasse logo o dinheiro. Ele não quer. Os Collinson vão fazer isso.

— Vão fazer isso — repetiu ele, como se confirmasse uma hipótese que eu tinha formulado. — E aí? — Esticou os lábios para trás, de modo que os dentes continuaram à mostra.

— Aqui está a carta. — Entreguei a ele. — Fitzstephan vai vir de manhã.

Ele fez que sim com a cabeça, enfaticamente, chegou a carta mais perto da luz e examinou-a em minúcia, bem como o envelope. Quando terminou, jogou a carta sobre a mesa com desprezo.

— Com certeza uma fraude — disse. — Agora, qual é exatamente essa história do tal Fitzstephan, é esse o nome?

Contei-lhe, palavra por palavra. Quando acabei, ele estalou os dentes, virou-se para o telefone e disse a alguém para avisar ao Feeney que ele, o sr. Vernon, promotor público, queria vê-lo imediatamente. Dez minutos depois, o xerife chegou, enxugando a chuva grudada em seu grande bigode castanho.

165

Vernon brandiu o polegar na minha direção e ordenou:

— Conte a ele.

Repeti o que Fitzstephan havia me contado. O xerife ouviu com uma atenção que fez seu rosto corado ficar roxo e a respiração arquejante. Quando a última palavra saiu de minha boca, o promotor público estalou os dedos e disse:

— Muito bem. Ele alega que havia gente no apartamento dele na hora do telefonema. Tome nota dos nomes de todos. Ele diz que estava em Ross no fim de semana, com os... quem são? Ralph Coleman? Muito bem. Xerife, trate de checar essas informações. Vamos saber quanto de verdade existe nisso tudo.

Dei ao xerife os nomes e os endereços que Fitzstephan me dera. Feeney anotou-os no verso de uma lista de lavanderia e se mandou logo para movimentar a máquina da investigação do condado no encalço de todos eles.

Vernon não tinha nada a me dizer. Deixei-o com os seus jornais e desci. O porteiro noturno afeminado me chamou com um aceno até o balcão da recepção e disse:

— O senhor Santos me pediu para lhe dizer que nesta noite haverá função no quarto dele.

Agradeci ao porteiro e subi para o quarto de Santos. Ele, outros três caçadores de notícias e um fotógrafo estavam lá. O jogo era o pôquer. À meia-noite e meia eu tinha um lucro de dezesseis dólares, quando me chamaram ao telefone para atender a voz agressiva do promotor público:

— Pode vir ao meu quarto imediatamente?

— Certo. — Peguei o chapéu e o paletó e disse a Santos:

— Pague minhas fichas. Ligação importante. Sempre acontece isso quando estou levando um pouquinho de vantagem no jogo.

— Vernon? — perguntou ele, enquanto contava minhas fichas.

— É.

— Não pode ser grande coisa — falou com desdém —, senão ele teria mandado chamar o Red também — acenou para o fotógrafo —, para que os leitores de amanhã o vissem com a mão na massa.

Cotton, Feeney e Rolly estavam com o promotor público. Cotton — homem de estatura mediana, cara redonda e estúpida, com uma covinha no queixo — calçava botas pretas de borracha, capa impermeável e chapéu, tudo molhado e enlameado. Estava de pé no meio do quarto, e seus olhos redondos pareciam muito orgulhosos de seu dono. Feeney, escarranchado numa cadeira, remexia no bigode, e seu rosto corado tinha um ar de poucos amigos. Rolly, de pé a seu lado, enrolava um cigarro e parecia vagamente amistoso, como de costume.

Vernon fechou a porta atrás de mim e disse em tom irritado:

— Cotton acha que descobriu alguma coisa. Ele acha...

Cotton adiantou-se, peito erguido, e interrompeu:

— Não acho nada. Sei para valer...

Vernon estalou os dedos no intervalo entre mim e o chefe de polícia e disse, também como num estalido:

— Não se preocupe com isso. Nós mesmos iremos até lá e veremos.

Parei no meu quarto para pegar a capa de chuva, a arma e a lanterna. Descemos até o térreo e entramos num carro enlameado. Cotton ao volante. Vernon a seu lado. O restante de nós sentou no banco de trás. A chuva batia no teto e nos vidros por trás das cortinas, gotejando através das frestas.

— Que noite dos infernos para sair atrás de maluquices — resmungou o xerife, enquanto tentava se esquivar de uma goteira.

— Dick não tinha nada que se meter no que não é da sua conta — concordou Rolly. — O que é que ele tem a ver com o que não acontece em Quesada?

— Se ele tomasse mais cuidado com o que acontece aqui, não teria de se preocupar com o que aconteceu lá na beira do mar — disse Feeney, e ele e o assistente do xerife deram uma risadinha juntos.

Qualquer que fosse o sentido daquela conversa, eu fiquei atento. E perguntei:

— O que foi que ele achou?

— Nada — respondeu o xerife. — Você vai ver que não é nada e, Deus do céu!, ainda vou arrancar o couro dele. Não sei o que é que deu no Vernon para dar atenção a esse cara.

Aquilo não fazia nenhum sentido para mim. Espiei para fora, entre as cortinas do carro. Chuva e escuridão bloqueavam o cenário, mas eu tinha uma idéia de que rumávamos para algum ponto na estrada Leste. Uma viagem terrível — molhada, barulhenta e sacolejante. Terminou num lugar tão molhado, escuro e enlameado quanto todos os outros por onde havíamos passado.

Cotton apagou as luzes e saiu, e todos nós fomos atrás dele, escorregando e chapinhando no barro molhado até as canelas.

— Isso é demais, não dá — reclamou o xerife.

Vernon começou a falar alguma coisa, mas o chefe de polícia saiu andando pela estrada. Caminhamos com esforço atrás dele, ficamos juntos uns dos outros, mais pelo barulho de nossos pés que afundavam na lama do que pela visão. Estava tudo preto.

Logo saímos da estrada, lutamos para passar por cima de uma cerca alta de arame e fomos em frente com menos lama debaixo dos pés, mas sobre um capim escorregadio. Subimos um morro. O vento soprava a chuva de cima do morro bem na nossa cara. O xerife arquejava. Eu suava. Chegamos ao topo e descemos pelo outro lado, com o rumor da água do mar contra as pedras à nossa frente. Pedregulhos começaram a atulhar o capim e a bloquear a passagem na nossa trilha à medida que a ladeira se tornava mais íngreme. A certa altura, Cotton escorregou e caiu de joelhos, arrastando Vernon no caminho, que se safou segurando-se em mim. A respiração arquejante do xerife soava agora como um grunhido. Viramos à esquerda, seguindo em fila indiana, as ondas atrás de nós, bem perto. Viramos à esquerda de novo, subimos uma ladeira e paramos ao pé de um barracão baixo, sem paredes — um telhado de madeira escorado numa dúzia de colunas. À nossa frente, uma construção maior formava um borrão negro contra o fundo do céu quase negro.

Cotton sussurrou:

— Esperem até eu ver se o carro dele está aqui.

Ele se foi. O xerife soltou um bufo e resmungou:

— Maldita expedição!

Rolly suspirou.

O chefe de polícia voltou exultante.

— Não está lá, quer dizer que ele não está aqui — falou. — Vamos, assim pelo menos a gente fica livre da chuva.

Fomos atrás dele, subimos uma trilha lamacenta entre arbustos até a casa negra, pela varanda dos fundos. Ficamos ali parados, enquanto ele abria uma janela, saltava através dela e destrancava a porta. Nossas lanternas, usadas agora pela primeira vez, revelaram uma cozinha pequena e limpa. Entramos, enlameando o chão.

Cotton era o único que demonstrava algum entusiasmo. Seu rosto, desde a aba do chapéu até o queixo com uma covinha, era o rosto de um mestre-de-cerimônias que está prestes a revelar aquilo que tem certeza de que será uma surpresa deliciosa. Vernon olhava para ele com ar descrente, Feeney com ar contrariado, Rolly com ar indiferente e eu — que não sabia por que estávamos ali — com um ar certamente curioso.

Revelou-se que estávamos ali para revistar a casa. Fizemos isso, ou pelo menos Cotton fez isso, enquanto nós fingíamos ajudá-lo. Era uma casa pequena. Só havia um cômodo no térreo, além da cozinha, e só mais um — um dormitório inacabado — no andar de cima. Uma conta de mercearia e o recibo de uma conta na gaveta de uma mesa me mostraram de quem era a casa — Harvey Whidden. Era o homem vagaroso e comprido que tinha visto o desconhecido passar no Chrysler ao lado de Gabrielle Collinson.

Terminamos a busca no térreo com o placar em branco e fomos para o andar de cima. Lá, após dez minutos de bisbilhotice, encontramos uma coisa. Rolly puxou algo entre as ripas do estrado da cama e o colchão. Era uma trouxa pequena e chata, embrulhada numa toalha branca de linho.

Cotton largou o colchão que estava segurando no alto para que o assistente do xerife olhasse por baixo e veio juntar-se a nós, que nos amontoávamos em volta do pacote encontrado por Rolly. Vernon tomou-o do assistente do xerife e desembrulhou-o sobre a cama. Dentro da toalha, havia um pacote de prendedores de cabelo, um lenço branco bordado nas beiradas, uma escova de cabelo prateada, um pente com a inscrição G. D. L. e um par de luvas pretas de criança, pequenas e femininas.

Fiquei mais surpreso do que qualquer um poderia ficar.

— G. D. L. — falei, só para dizer alguma coisa — pode ser Gabrielle Alguma-Coisa Leggett, o nome da senhora Collinson antes de se casar.

Cotton disse, triunfante:

— Não tem nem dúvida de que pode ser isso mesmo.

Uma voz pesada falou da porta:

— Vocês têm um mandado de busca? Que diabo estão fazendo aqui, se não têm um mandado? É um assalto com arrombamento, e vocês sabem muito bem disso.

Harvey Whidden estava ali. Seu corpo grande, de capa impermeável amarela, ocupava todo o espaço da porta. O rosto de traços pesados estava sombrio e irritado.

Vernon começou:

— Whidden, eu...

O chefe de polícia gritou:

— É ele! — E sacou uma arma do paletó.

Empurrei o braço dele na hora em que atirava contra o homem no portal. A bala acertou na parede.

O rosto de Whidden agora estava mais espantado do que irritado. Saltou para trás, pela porta, e correu escada abaixo. Contrariado com o meu empurrão, Cotton ajeitou o corpo, me xingou e correu atrás de Whidden. Vernon, Feeney e Rolly ficaram parados, olhando enquanto eles saíam.

Falei:

— Isto aqui está bastante animado, mas não faz nenhum sentido para mim. Que história é esta, afinal?

Ninguém me explicou. Prossegui:

— Esse pente e essa escova estavam na penteadeira da senhora Collinson quando revistamos a casa dela, Rolly.

O assistente do xerife fez que sim com a cabeça, com ar indeciso, ainda olhando fixo para a porta. Nenhum ruído vinha por ela agora. Perguntei:

— Haveria algum motivo especial para Cotton acusar Whidden?

O xerife disse:

— Eles não são amigos. — Eu já tinha percebido isso. — O que acha, Vern?

O promotor público afastou o olhar da porta, enrolou os objetos de novo na toalha e enfiou o embrulho no bolso.

— Vamos — disparou, e desceu a escada em largas passadas.

A porta da frente estava aberta. Não víamos nada, não ouvíamos nada, nem de Cotton nem de Whidden. Um Ford — de Whidden — estava parado na porta da frente, encharcando na chuva. Entramos nele. Vernon se pôs ao volante e dirigiu até a casa no vale. Esmurramos a porta até ela ser aberta por um velho em roupas de baixo cinzentas que o xerife havia instalado ali como zelador.

O velho nos contou que Cotton estivera ali às oito da noite só para dar mais uma olhada. O zelador não sabia de nenhum motivo para vigiar o chefe de polícia, portanto não o incomodou, deixou-o fazer o que desejava e, até onde sabia, o chefe de polícia não havia retirado nenhum dos pertences de Collinson, embora pudesse ter feito isso, é claro.

Vernon e Feeney passaram o maior esculacho no velho e voltamos a Quesada.

Rolly estava comigo no banco de trás. Perguntei-lhe:

— Quem é esse Whidden? Por que Cotton quer pegar o sujeito?

— Bem, tem um motivo. Harve tem o nome meio sujo na praça porque andou metido no contrabando de rum que antigamente rolava solto por aqui e também porque se mete numa encrenca ou outra de vez em quando.

— É? E o que mais?

O assistente do xerife franziu as sobrancelhas, hesitou, procurou as palavras; e antes que as encontrasse paramos diante de um chalé coberto por uma trepadeira numa esquina escura. O promotor público seguiu até a varanda da frente e tocou a campainha.

Depois de um intervalo, uma voz de mulher soou no andar de cima:

— Quem é?

Tivemos de recuar até a escada para vê-la — a sra. Cotton, numa janela do segundo andar.

— Dick já voltou para casa? — perguntou Vernon.

— Não, senhor Vernon, ainda não. Já estou ficando preocupada. Espere um instante, vou descer.

— Não se preocupe — respondeu ele. — Não vamos ficar. Falo com ele de manhã.

— Não. Espere — disse ela, ansiosa, e sumiu da janela.

Logo depois abriu a porta da frente. Seus olhos azuis estavam escuros e agitados. Vestia um roupão de banho cor-de-rosa.

— A senhora não precisa se incomodar — disse o promotor público. — Não aconteceu nada de especial. Nós nos separamos dele agora há pouco e só queríamos saber se tinha voltado para cá. Ele está bem.

— Estava...? — As mãos dela recolheram as dobras do roupão de banho por cima dos seios magros. — Ele estava atrás... atrás do Harvey... Harvey Whidden?

Vernon não olhou para ela quando respondeu:

— Sim — e disse isso sem mostrar os dentes. Feeney e Rolly pareciam tão sem graça quanto Vernon.

O rosto da sra. Cotton ficou rosado. Seu lábio inferior tremeu, embrulhando suas palavras.

— Não acredite nele, senhor Vernon. Não acredite em nada que ele lhe disser. Harve não tinha nada a ver com os tais de Collinson, com nenhum deles. Não deixe que Dick lhe diga que ele tinha. Ele não tinha.

Vernon olhava para os próprios pés e não disse nada. Rolly e Fenney olhavam fixamente para fora, pela porta aberta, para a chuva — estávamos parados junto à porta, no lado de dentro. Ninguém parecia ter a menor intenção de falar.

Perguntei:

— Não? — pondo na minha voz mais dúvida do que eu de fato sentia.

— Não, ele não tinha — gritou ela, virando o rosto para mim. — Ele não podia. Não podia ter nada a ver com o caso. — A cor rosada sumiu de seu rosto, deixou-o branco e desesperado. — Ele... ele estava aqui naquela noite... a noite inteira... desde as sete até o raiar do dia.

— Onde estava o seu marido?

— Na cidade, na casa da mãe.

— Qual é o endereço dela?

Deu-me o endereço, um número na rua Noe.

— E alguém...?

— Ah, vamos embora — protestou o xerife, ainda olhando fixo para a chuva. — Será que já não chega?

A sra. Cotton desviou o rosto de mim e virou-o de novo para o promotor público enquanto segurava um braço dele.

— Não me denuncie, por favor, senhor Vernon — implorou ela. — Eu nem sei o que sou capaz de fazer se as pessoas souberem. Mas eu precisava contar ao senhor. Eu não podia deixar que ele pusesse a culpa em Harve. Por favor, não vão contar a mais ninguém?

O promotor público jurou que, em nenhuma circunstância, nem ele nem nenhum de nós repetiria a ninguém o que ela havia nos contado; e o xerife e o assistente do xerife concordaram com vigorosos acenos de suas cabeças vermelhas.

Mas quando estávamos de novo dentro do Ford, longe dela, esqueceram seu constrangimento e tornaram-se de novo caçadores de homens. Em dez minutos, concluíram que Cotton, em vez de ir para San Francisco passar a noite de sexta-feira com a mãe, como fazia de costume, tinha permanecido em Quesada, havia matado Collinson, tinha ido à cidade para telefonar para Fitzstephan e pôr a carta no correio e depois voltado para Quesada a tempo de seqüestrar a sra. Collinson; desde o início, havia planejado plantar uma prova contra Harvey Whidden, com quem tinha uma rixa pessoal havia muito tempo, sempre desconfiado daquilo que todo mundo já sabia — que Whidden era o amante da sra. Cotton.

O xerife — cujo cavalheirismo me impedira de interrogar a mulher de modo mais completo minutos antes — agora ria de sacudir a barriga para cima e para baixo.

— Essa é demais — gorgolejava. — Ele estava por aí, na moita, tentando meter o Harve numa enrascada, enquanto o Harve arranjava um álibi perfeito na cama *dele*. A cara do Dick vai cair no chão quando a gente jogar essa em cima dele. Vamos achar o Dick esta noite.

— Melhor esperar — aconselhei. — Não faz mal nenhum conferir se Cotton fez a viagem até San Francisco antes de a gente pular no pescoço dele. Tudo o que temos contra Cotton até agora é que tentou incriminar Whidden. Se é ele o assassino e o seqüestrador, parece ter cometido um bocado de besteiras desnecessárias.

Feeney me olhou com cara feia e defendeu sua teoria:

— Talvez ele estivesse mais interessado em incriminar o Harve do que qualquer outra coisa.

Feeney era contra. Queria apanhar o chefe de polícia sem mais demora; mas Vernon me apoiou, com relutância. Deixamos o Rolly na casa dele e voltamos ao hotel.

No meu quarto, dei um telefonema para a agência de detetives em San Francisco. Enquanto eu esperava a conclusão da chamada, soaram batidas na minha porta. Abri e deixei entrar Jack Santos, de pijama, roupão de banho e chinelos.

— O passeio foi bom? — perguntou, bocejando.

— Maravilha.

— Algum furo?

— Nada para ser publicado, mas, por baixo do pano, o novo enfoque é que o nosso chefe de polícia está tentando jogar a culpa em cima do namorado da mulher dele, com provas montadas de qualquer maneira. Os outros altos funcionários acham que o próprio Cotton fez todo o serviço.

— Isso podia levar todos eles de uma só vez para a primeira página. — Santos sentou-se no pé da minha cama e acendeu um cigarro. — Você já tinha ouvido falar que Feeney era o rival do Cotton na disputa pela mão telegrafadora da atual senhora Cotton, até que ela escolheu o chefe de polícia, o triunfo de covinhas e de bigodeiras?

— Não — admiti. — Tem alguma coisa a ver?

— Como é que eu vou saber? Só soube disso por acaso. Um cara na garagem me contou.

— Há quanto tempo?

— Que foram pretendentes rivais? Menos de dois anos.

Consegui minha ligação para San Francisco e pedi ao Field — o agente de plantão à noite na agência de detetives — que alguém checasse a visita do chefe de polícia ao endereço na rua Noe. Santos deu um bocejo e saiu enquanto eu falava ao telefone. Fui para a cama quando terminei.

17

ABAIXO DE DULL POINT

A campainha do telefone me arrancou do sono antes das dez horas na manhã seguinte. Mickey Linehan, telefonando de San Francisco, contou-me que Cotton chegara à casa da mãe entre sete e sete e meia da manhã de sábado. O chefe de polícia dormiu durante cinco ou seis horas — disse à mãe que tinha ficado acordado a noite inteira à espreita de um assaltante de residências — e voltou para casa às seis da tarde.

Cotton estava chegando da rua quando entrei no saguão do hotel. Tinha os olhos vermelhos e estava exausto, mas ainda com ar resoluto.

— Pegou o Whidden? — perguntei.

— Não, que desgraçado, mas vou pegar. Escute, estou contente por você ter empurrado meu braço, mesmo que isso tenha dado chance para ele escapar. Eu... bem, às vezes o entusiasmo faz a gente perder a cabeça.

— É. Na volta, demos um pulo na sua casa atrás de você para ver o que tinha acontecido.

— Ainda não fui para casa — respondeu. — Passei toda essa noite desgraçada à caça daquele sujeito. Onde estão Vernon e Feeney?

— Com as orelhas enfiadas no travesseiro. É melhor você também ir dormir um pouco — sugeri. — Acordo você, caso aconteça alguma coisa.

Ele foi para casa. Eu fui para o café tomar meu desjejum. Estava no meio da refeição quando Vernon veio ao meu encontro. Recebera telegramas da polícia de San Francisco e do escritório do xerife do condado de Marin, confirmando os álibis de Fitzstephan.

— Obtive informações sobre Cotton — falei. — Chegou à casa da mãe às sete horas, ou pouco depois disso, na manhã de sábado, e saiu de lá às seis daquela tarde.

— Sete horas ou um pouco depois? — Vernon não gostou disso. Se o chefe de polícia tinha estado em San Francisco naquele horário, dificilmente poderia ter seqüestrado a garota. — Tem certeza?

— Não, mas é o melhor que conseguimos apurar por enquanto. Agora, lá vem o Fitzstephan. — Através da porta, eu avistara as costas magricelas do romancista no balcão da recepção do hotel. — Desculpe-me, um momento.

Fui até Fitzstephan, trouxe-o comigo para a mesa do café e apresentei-o a Vernon. O promotor público levantou-se para apertar a mão dele, mas estava muito atarefado com suas idéias a respeito de Cotton para preocupar-se com qualquer outra coisa. Fitzstephan disse que já tinha tomado o café-da-manhã antes de partir da cidade e só pediu uma xícara de café. Nesse instante, fui chamado ao telefone.

A voz de Cotton, agitada a ponto de soar quase irreconhecível:

— Pelo amor de Deus, chame o Vernon e o Feeney e venham para cá.

— Qual é o problema? — perguntei.

— Depressa! Aconteceu uma coisa horrível. Depressa! — gritou e desligou.

Voltei para a mesa e contei a Vernon. Ele ergueu-se de um salto, sacudindo o café de Fitzstephan. Este também se levantou, mas hesitou, olhando para mim.

— Vamos lá — convidei. — Talvez seja uma dessas coisas que você gosta de ver.

O carro de Fitzstephan estava na frente do hotel. A casa do chefe de polícia ficava a apenas sete quarteirões dali. A porta da frente estava aberta. Vernon bateu na porta na hora em que entramos, mas não esperamos que alguém viesse atender.

Cotton nos recebeu na sala. Tinha os olhos arregalados e injetados de sangue, num rosto branco e duro feito mármore. Tentou falar alguma coisa, mas não conseguiu arrancar as palavras através dos dentes cerrados. Fez um gesto na direção da porta atrás de si com a mão que apertava com força um papel pardo.

Através da porta, vimos a sra. Cotton. Ela jazia no chão, sobre um tapete azul. Usava um vestido azul-claro. A garganta estava coberta por hematomas escuros. Os lábios e a língua — a língua, inchada, pendia para fora — estavam mais escuros do que os hematomas. Os olhos estavam arregalados, protuberantes, voltados para cima e sem vida. A mão, quando a toquei, ainda estava quente.

Cotton nos seguiu para dentro do quarto e entregou o papel pardo que tinha na mão. Era um pedaço de papel de embrulho rasgado de forma irregular, coberto de palavras em ambos os lados — rabiscadas a lápis de forma nervosa, afobada e desalinhada. Fora usado um lápis mais macio do que o utilizado na mensagem recebida por Fitzstephan, e o papel tinha um tom pardo mais escuro.

Era eu quem estava mais perto de Cotton. Peguei o papel e li em voz alta, depressa, saltando as palavras desnecessárias:

Whidden veio na noite passada... falei que o marido estava atrás dele... incriminá-lo na encrenca dos Collinson... eu o escondi no sótão... ele disse que o único jeito de salvá-lo era dizer que sexta-feira à noite ele esteve aqui... disse que se eu não fizesse isso ele seria enforcado... quando veio o senhor Vernon, Harve disse que ia me matar se eu não falasse isso... então falei... mas ele não esteve aqui naquela noite... eu não sabia que ele era culpado naquela altura... contou-me depois... tentou raptá-la na quinta-feira à noite... o marido quase o apanhou... veio à agência depois que o Collinson passou o telegrama e viu o telegrama... seguiu-o e matou-o... foi a San Francisco, bebendo uísque... resolveu levar adiante o rapto, de um jeito ou de outro... telefonou

*para um homem que conhecia a garota para tentar desco-
brir de quem ele poderia arrancar algum dinheiro... bêbado demais para falar direito... escreveu uma carta e voltou... encontrou a mulher na estrada... levou-a para um velho esconderijo dos contrabandistas de bebidas em algum
lugar abaixo de Dull Point... vai de bote... tenho medo que
me mate... trancado no sótão... escrevendo enquanto ele
está fora pegando comida... assassino... não vou ajudá-lo...
Daisy Cotton.*

O xerife e Rolly chegaram enquanto eu lia. O rosto de
Feeney estava tão branco e tão duro quanto o de Cotton.

Vernon mostrou os dentes para o chefe de polícia e
rosnou:

— Você escreveu isso.

Feeney agarrou o papel das minhas mãos, olhou para ele,
balançou a cabeça e falou com voz rouca:

— Não, é a letra dela, está certo.

Cotton balbuciava.

— Não, em nome de Deus, não fui eu. Plantei as provas contra ele, reconheço, mas foi só isso o que eu fiz. Cheguei em casa e encontrei-a desse jeito. Juro por Deus!

— Onde esteve na sexta-feira à noite? — perguntou
Vernon.

— Aqui, vigiando a casa. Pensei... pensei que podia...
mas ele não estava aqui naquela noite. Vigiei até o raiar do
dia e depois fui para a cidade. Eu não...

O berro do xerife sufocou o restante das palavras de
Cotton. O xerife brandia a carta da mulher morta. Berrava:

— Abaixo de Dull Point! O que estamos esperando?

Precipitou-se para fora da casa e nós fomos atrás. Cotton e Rolly seguiram para a beira-mar no carro do assistente
do xerife. Vernon, o xerife e eu fomos no carro de Fitzstephan.
O xerife chorava durante o breve trajeto, as lágrimas salpi-
cavam a pistola automática que ele levava no colo.

Ao chegar à beira-mar, passamos dos carros para um
barco a motor verde e branco conduzido por um jovenzi-

nho de bochechas rosadas e cabelos louros bem claros chamado Tim. Tim disse que não sabia de nenhum esconderijo de contrabandistas de bebidas abaixo de Dull Point, mas, se existisse algum esconderijo lá, ele iria encontrá-lo. Nas suas mãos, o barco alcançou grande velocidade, mas não o bastante para Feeney e Cotton. Ficaram de pé na proa, a postos, de armas em punho, e dividiam o tempo em esticar-se para a frente e virar-se para trás a fim de, aos berros, pedir mais velocidade.

A meia hora do cais, contornamos um promontório abrupto que os outros chamavam de Dull Point e Tim reduziu nossa velocidade, enquanto conduzia o barco para mais perto das pedras que apontavam altas e pontiagudas na margem. Nós éramos agora só olhos — olhos que logo começaram a doer de tanto que olhávamos fixamente sob o sol do meio-dia, mas continuamos a olhar. Por duas vezes, vimos fendas na muralha de pedras da costa, avançamos esperançosos na direção delas, mas vimos que não tinham saída, que não levavam a parte alguma, que não iam dar em nenhum esconderijo.

A terceira fenda tinha um aspecto ainda mais desanimador à primeira vista, mas, agora que Dull Point já tinha ficado a certa distância de nós, não podíamos deixar de verificar nada. Deslizamos o barco na direção da fenda, chegamos perto o bastante para concluir que era mais um caminho sem saída, desistimos e dissemos ao Tim que voltasse. Ainda fomos arrastados mais um metro à frente antes que o garoto louro conseguisse dar a volta com o barco.

Na proa, Cotton inclinou-se para a frente, dobrando a cintura, e gritou:

— Aqui está.

Apontou a arma para um lado da fenda. Tim deixou o barco flutuar mais meio metro. Espichando o pescoço, pudemos ver que aquilo que havíamos tomado pela linha da praia do outro lado era na verdade uma rocha alta, fina e denteada, separada do rochedo por uns seis metros de água.

— Avance o barco — ordenou Feeney.

Tim franziu as sobrancelhas, olhando para a água, hesitou e disse:

— O barco não pode passar.

O barco lhe deu razão ao estremecer subitamente sob nossos pés com um som desagradável e áspero.

— Não pode uma conversa! — esbravejou o xerife. — Avance!

Tim deu uma olhada para a cara desvairada do xerife e tocou o barco adiante.

O barco estremeceu debaixo de nossos pés novamente, agora com mais violência, e dessa vez houve o barulho de um rasgão misturado com o mesmo som áspero, mas fomos adiante, cruzamos a abertura e fizemos a curva atrás da saliência denteada.

Estávamos numa cavidade em forma de V com seis metros de largura, onde havíamos entrado, e, digamos, uns vinte e cinco metros de comprimento, de paredes altas, inacessível por terra, acessível por mar apenas pelo caminho por onde tínhamos chegado. A água que nos fazia flutuar — e que entrava cada vez mais rápido para nos afundar — cobria um terço do caminho até a cavidade. Areia branca pavimentava os outros dois terços. Um barco pequeno repousava o bico na beira da areia. Estava vazio. Ninguém à vista. Não parecia haver nenhum lugar para alguém se esconder. Havia pegadas na areia, grandes e pequenas, latas vazias e vestígios de uma fogueira.

— É do Harve — disse Rolly, acenando com a cabeça na direção do barco.

Nosso barco encostou ao lado. Saltamos para a margem, pisamos na água — Cotton foi na frente, os outros se espalharam atrás dele.

De repente, como se tivesse caído do céu, Harvey Whidden apareceu na extremidade do V, parado de pé sobre a areia, um fuzil nas mãos. Raiva e total espanto misturavam-se em seu rosto pesado e em sua voz, quando esbravejou:

— Seus traidores desgraçados... — O barulho que seu fuzil fez cobriu o restante de suas palavras.

Cotton jogou-se no chão, de lado. A bala do fuzil não o atingiu por centímetros, zuniu entre mim e Fitzstephan, lascou a aba do chapéu dele e espirrou nas pedras mais atrás. Quatro de nossas armas dispararam ao mesmo tempo, algumas mais de uma vez.

Whidden caiu para trás, seus pés voaram para o ar. Estava morto quando chegamos perto dele — três balas no peito, uma na cabeça.

Achamos Gabrielle Collinson agachada e encostada no canto de uma gruta de boca estreita na parede de rocha — uma caverna comprida e triangular cuja abertura estava oculta de nossa vista por causa do ângulo em que ela estava situada. Havia cobertores lá dentro, espalhados em cima de um monte de algas secas, alguns alimentos enlatados, uma lanterna e outro fuzil.

O rosto pequeno da garota estava ruborizado e febril e sua voz soava rouca: tinha se resfriado. Ficou assustada demais, de início, para nos dizer qualquer coisa coerente e parecia não reconhecer nem Fitzstephan nem a mim.

O barco em que tínhamos vindo agora estava imprestável. O bote de Whidden não podia ser usado com segurança para transportar mais de três pessoas através da arrebentação. Tim e Rolly partiram no bote para Quesada, a fim de providenciar uma embarcação maior para nós. Uma viagem de uma hora e meia, de ida e volta. Enquanto eles percorriam o trajeto, voltamos a atenção para a garota, a acalmamos, garantimos que ela estava entre amigos, que não havia o que temer agora. Aos poucos, seus olhos foram ficando menos apavorados, sua respiração se tornou mais fácil e as unhas deixaram de apertar tanto a palma das mãos. Ao cabo de uma hora, ela respondia nossas perguntas.

Disse que nada sabia sobre a tentativa de Whidden de raptá-la na quinta-feira à noite nem do telegrama que Eric me mandara. Ficou acordada durante toda a noite de sexta-feira esperando Eric voltar de sua caminhada e, à luz do dia, perturbada por Eric não ter voltado, saiu para procurá-lo. Encontrou-o — assim como eu. Depois voltou para a casa e tentou se suicidar — pôr um fim à maldição dando um tiro em si mesma.

— Tentei duas vezes — sussurrou ela —, mas não consegui. Não consegui. Fui covarde demais. Não consegui manter a pistola apontada para mim enquanto atirava. Tentei atirar em mim mesma pela primeira vez na têmpora e depois no peito; mas não tive coragem. Todas as vezes desviei a arma com um safanão, um segundo antes de atirar. E depois da segunda tentativa, não tive coragem nem para tentar outra vez.

Então ela trocou de roupa — roupas de noite, agora enlameadas e rasgadas por causa de sua busca — e saiu de carro, afastando-se da casa. Não disse aonde tencionava ir. Não parecia saber. Provavelmente não tinha nenhum destino — estava apenas indo embora do lugar onde a maldição recaíra sobre seu marido.

Não havia se afastado muito quando viu um carro vindo em sua direção, dirigido pelo homem que a trouxera onde agora estava. Ele atravessou o carro no meio da estrada, na sua frente, bloqueando-lhe o caminho. Na tentativa de evitar o choque com o outro carro, ela bateu contra uma árvore — e não lembrava de mais nada até despertar dentro da caverna. Ficou ali desde então. O homem deixou-a sozinha a maior parte do tempo. Ela não tinha nem forças nem coragem para fugir a nado, e não havia outra forma de sair dali.

O homem não lhe disse nada, não lhe pediu nada, não lhe dirigiu nenhuma palavra, exceto para dizer "Aqui tem um pouco de comida" ou "Até eu trazer água, você vai ter de se virar com tomates em lata quando sentir sede", ou coisas desse tipo. Ela não se lembrava de tê-lo visto antes. Não sabia seu nome. Foi o único homem que viu desde a morte do marido.

— Como ele chamava você? — perguntei. — Senhora Carter? Ou senhora Collinson?

Ela franziu as sobrancelhas com ar pensativo, depois balançou a cabeça e disse:

— Acho que ele nunca me chamou por um nome. Ele só falava o necessário e não ficava aqui muito tempo. Em geral, eu ficava sozinha.

— Fazia quanto tempo que ele estava aqui desta vez?

— Desde antes do nascer do dia. O barulho do bote dele me acordou.

— É mesmo? Isso é importante. Tem certeza de que ele estava aqui desde o raiar do dia?

— Tenho.

Eu estava sentado sobre os calcanhares na frente dela. Cotton estava de pé à minha esquerda, ao lado do xerife. Olhei para cima, para o chefe de polícia, e falei:

— Isso complica a sua situação, Cotton. Sua esposa ainda estava quente quando a encontramos... depois das onze horas.

Ele me encarou de olhos arregalados e gaguejou:

— O q-que você quer dizer?

Do meu outro lado, ouvi os dentes de Vernon estalarem de modo brusco.

Falei:

— Sua esposa estava com medo de que Whidden fosse matá-la e escreveu aquela declaração. Mas ele não a matou. Esteve aqui desde o raiar do dia. Você achou o papel com a declaração de sua esposa, soube por ele que os dois tinham sido mais que amigos. Pois bem, o que foi que você fez então?

— Isso é mentira — gritou ele. — Não há nenhuma palavra de verdade nisso. Ela estava morta quando a encontrei, eu nunca...

— Você a matou — urrou Vernon para ele, por cima da minha cabeça. — Você a estrangulou, confiando que aquela declaração lançaria as suspeitas sobre Whidden.

— É mentira — gritou de novo o chefe de polícia, e cometeu o erro de tentar sacar a arma.

Feeney deu-lhe um murro, derrubou-o e algemou seus pulsos antes que ele pudesse levantar-se outra vez.

18

A GRANADA

— Não faz sentido — falei. — É maluquice. Quando pusermos as mãos no nosso homem, ou mulher, vamos ver que é um biruta, e ele vai para o manicômio de Napa em vez de ir para a forca.

— Isso — disse Owen Fitzstephan — é típico de você. Está perplexo, atônito, estupefato. Por acaso vai admitir que encontrou um adversário superior a você, que esbarrou com um criminoso astuto demais para você? Não, você não. Ele passou a perna em você: portanto só pode ser um idiota ou um lunático. Puxa, francamente. Claro que há uma inesperada modéstia nessa sua atitude.

— Mas ele só pode ser um biruta — insisti. — Veja bem: Mayenne se casa...

— Será que vai recitar esse catálogo inteiro outra vez? — perguntou, aborrecido.

— Você tem uma cabeça caprichosa. Neste ramo de atividade, isso não presta para nada. A gente não pega assassinos se entretendo com idéias divertidas. A gente tem de se ater a todos os fatos que conseguiu reunir e revirar tudo mil vezes, até que eles se encaixem.

— Se essa é a sua técnica, você vai ter que se contentar com ela — disse Fitzstephan —, mas não vejo nem sombra de razão para eu aturar isso. Você recitou a história de Mayenne-Leggett-Collinson passo a passo ontem à noite pelo menos meia dúzia de vezes. E não fez outra coisa desde o café-da-manhã de hoje. Já estou cheio. Não existe mistério mais chato no mundo do que esse que você está querendo inventar.

— Diabos — falei. — Fiquei acordado metade da noite depois que você foi dormir e repeti tudo pra mim mesmo. Precisamos revirar tudo mil vezes, meu filho, até que as coisas se encaixem.

— Prefiro a escola de Nick Carter. Será que você não se sentiu ameaçado por alguma das conclusões a que chegou com essa sua mania de revirar mil vezes a mesma coisa?

— Sim, uma, sim. A de que Vernon e Feeney estão enganados quando pensam que Cotton agiu em conluio com Whidden no caso do rapto e depois o traiu. Segundo eles, Cotton elaborou o plano e persuadiu Whidden a fazer o trabalho pesado, enquanto usava sua posição de chefe de polícia para acobertá-lo. Collinson se meteu no caminho dos dois e foi morto. Depois Cotton obrigou a esposa a escrever aquela declaração, que é uma fraude, não há dúvida, aquilo foi ditado para ela, e aí Cotton matou a mulher e nos levou até onde estava Whidden. Cotton foi o primeiro a desembarcar quando chegamos ao esconderijo, a fim de ter certeza de que Whidden seria morto ao resistir à prisão, antes que pudesse falar.

Fitzstephan correu os dedos compridos pelo cabelo cor de canela e perguntou:

— Não acha que os ciúmes já eram um motivo suficiente para Cotton?

— Certo. Mas onde está o motivo para Whidden se pôr nas mãos de Cotton? Além do mais, como é que esse esquema se encaixa na falcatrua do Templo?

— Tem certeza — perguntou Fitzstephan — de que é correto pensar que tem de haver alguma ligação?

— Sim. O pai de Gabrielle, a madrasta, o médico e o marido foram chacinados em poucas semanas, todas pessoas próximas a Gabrielle. Basta isso para ligar tudo, a meu ver. Se quiser mais nexos, posso apontá-los para você. Upton e Ruppert aparentemente instigaram a primeira encrenca, e foram mortos. Haldorn, a segunda, e foi morto. Whidden, a terceira, foi morto. A senhora Leggett matou o marido; Cotton aparentemente matou a esposa; e Haldorn teria matado a esposa, se eu não o impedisse. Gabrielle, quando criança, foi levada a matar a mãe; a criada de Gabrielle foi levada a matar Riese, e quase a mim. Leggett deixou uma declaração em que explica tudo, de modo nada satisfatório, e foi morto. O mesmo fez a senhora Cotton e o mesmo lhe aconteceu. Pode chamar todos esses pares de coincidência. Pode chamar todas essas duplas de pares de coincidência. Mesmo assim, ainda vai sobrar o bastante para apontar alguém que criou uma sistemática, alguém que gosta disso e se aferra a isso.

Fitzstephan fitou-me pensativo, com os olhos entrecerrados, e concordou:

— Pode haver algo aí. De fato, da maneira como você apresenta parece criação da mente de alguém.

— De alguém muito biruta.

— Pode teimar à vontade — disse ele. — Mas mesmo o seu biruta precisa ter um motivo.

— Por quê?

— Mas que cabeça desgraçada a sua — exclamou, com impaciência bonachona. — Se ele não tivesse nenhum motivo relacionado com Gabrielle, por que os crimes dele teriam ligação com ela?

— Não sabemos se todos eles têm alguma ligação com ela — sublinhei. — Só conhecemos os que têm ligação com ela.

Fitzstephan sorriu de leve e disse:

— Você é capaz de tudo para discordar, não é? Respondi:

— Ou, ainda, talvez os crimes do tal biruta tenham ligação com Gabrielle porque ele tem ligação com ela.

Fitzstephan deixou que seus olhos cinzentos remoessem isso com ar sonolento, enquanto franzia a boca e olhava para a porta fechada entre o meu quarto e o de Gabrielle.

— Muito bem — disse, olhando outra vez para mim. — Quem é o seu louco próximo a Gabrielle?

— A pessoa mais biruta e mais próxima de Gabrielle é a própria Gabrielle.

Fitzstephan levantou-se e atravessou o quarto do hotel — eu estava sentado na beirada da cama — para apertar a minha mão com um entusiasmo solene.

— Você é maravilhoso — disse. — Você me espanta. Tem tido suores noturnos? Ponha a língua para fora e diga "Aaaa..."

— Imagine — comecei, mas fui interrompido por uma leve batida na porta que dava para o corredor.

Fui até a porta e a abri. Um homem magro da minha idade e altura, com roupas pretas amassadas, estava parado no corredor. Respirava pesado através do nariz de veias vermelhas, e seus pequenos olhos castanhos eram tímidos.

— O senhor me conhece — disse em tom de quem se desculpa.

— Sim. Entre. — Apresentei-o a Fitzstephan: — Este é Tom Fink, um dos ajudantes dos Haldorn no Templo do Cálice Sagrado.

Fink olhou-me com ar desabonador, depois arrancou o chapéu amarrotado da cabeça e atravessou o quarto para apertar a mão de Fitzstephan. Feito isso, voltou-se para mim e disse, quase num sussurro:

— Vim aqui para lhe contar uma coisa.

— É?

Ele ficou nervoso, rodando o chapéu nas mãos, para um lado e para o outro. Pisquei para Fitzstephan e saí com Fink. No corredor, fechei a porta e parei, dizendo:

— Pode falar.

Fink esfregou os lábios com a língua e depois com as costas da mão magricela. Falou, num meio sussurro:

— Vim aqui para lhe contar uma coisa que achei que o senhor precisava saber.

— É?

— É sobre esse cara, o Whidden, que mataram.

— É?

— Ele era...

A porta do meu quarto explodiu. O chão, as paredes e o teto contorceram-se embaixo, em volta e acima de nós.

Havia barulho demais para ouvir — um bramido que se fez sentir de forma corpórea. Tom Fink foi arrastado para longe de mim, para trás. Tive sensatez bastante para me jogar para baixo na hora em que fui lançado na direção oposta, e graças a isso não sofri nada pior do que uma contusão no ombro quando bati contra a parede. Uma porta deteve Fink e a parte de trás de sua cabeça acertou brutalmente na ombreira da porta. Ele virou para a frente, o corpo dobrado ao meio, e em seguida tombou de cara no chão, imóvel, exceto pelo sangue que escorria da cabeça.

Levantei-me e corri para o quarto. Fitzstephan era um monte de roupas e carnes laceradas no chão. Minha cama estava em chamas. Não havia restado nem vidro nem tela de arame na janela. Vi essas coisas mecanicamente, enquanto cambaleava na direção do quarto de Gabrielle. A porta que ligava nossos quartos estava aberta — talvez rompida pela explosão.

Ela estava de quatro em cima da cama, virada ao contrário, com os pés em cima dos travesseiros. A camisola estava rasgada no ombro. Os olhos verdes e castanhos — brilhantes por trás dos cachos castanhos que haviam tombado para encobrir a testa — eram os olhos de um animal apanhado numa armadilha, desesperado. Saliva brilhava no queixo pontudo. Não havia mais ninguém no quarto.

— Onde está a enfermeira? — Minha voz estava engasgada.

A garota não falou nada. Os olhos continuaram a me olhar com seu terror louco.

— Vá para baixo do cobertor — ordenei. — Está querendo pegar uma pneumonia?

Ela não se mexeu. Fui até a beira da cama, levantei a ponta das cobertas com a mão, enquanto com a outra mão eu a ajudava:

— Vamos, entre aqui embaixo do cobertor.

Ela fez um barulho esquisito no fundo do peito, tombou a cabeça para trás e cravou os dentes com força nas costas da minha mão. Doeu. Coloquei-a embaixo das cobertas, voltei para o meu quarto e estava empurrando meu colchão em chamas pela janela quando as pessoas começaram a chegar.

— Chamem um médico — gritei para o primeiro que vi —, e fiquem longe daqui.

Eu tinha me livrado do colchão na hora em que Mickey Linehan abriu caminho na multidão que agora se amontoava no corredor. Mickey olhou desconcertado para o que restara de Fitzstephan, para mim e perguntou:

— Que diabo é isso?

Sua grande boca mole arqueou nas pontas, parecia um sorriso virado de cabeça para baixo.

Lambi os dedos queimados e perguntei, irritado:

— Que diabo está parecendo que é?

— Mais encrenca, está na cara. — O sorriso virou e ficou na posição direita em seu rosto vermelho. — Claro, você está aqui.

Ben Rolly entrou.

— Tch, tch, tch — fez, enquanto olhava em volta. — O que acha que aconteceu?

— Granada — respondi.

— Tch, tch, tch.

O dr. George entrou e ajoelhou-se ao lado das ruínas de Fitzstephan. George era o médico de Gabrielle desde seu regresso da caverna, no dia anterior. Era baixo, atarracado, de meia-idade, com um bocado de cabelo preto em toda parte, menos nos lábios, nas bochechas, no queixo e no nariz. As mãos peludas moveram-se na direção de Fitzstephan.

— O que o Fink andou fazendo? — perguntei ao Mickey.

— Nada de mais. Fiquei na cola dele quando foi solto ontem ao meio-dia. Foi da cadeia para um hotel na rua Kearny e se hospedou num quarto. Passou a maior parte da tarde na Biblioteca Pública, lendo arquivos de jornais sobre as encrencas da garota desde o início até agora. Depois foi comer e voltou ao hotel. Ele pode ter escapulido sem eu ver, mas se não fez isso ficou enfiado no quarto a noite inteira. Estava escuro à meia-noite, quando caí fora para poder estar de pé no trabalho às seis da matina. Ele apareceu às sete e pouco, tomou o café-da-manhã e se meteu num trem para Poston, entrou em um ônibus que vinha para cá e veio direto para o hotel, perguntando logo por você. A história é essa.

— Com mil diabos! — o médico ajoelhado exclamou: — O homem não morreu.

Não acreditei. O braço direito de Fitzstephan tinha ido para o espaço, assim como a maior parte da perna direita. Seu corpo estava retorcido demais para que se pudesse ver o que havia sobrado, mas só havia um lado do rosto. Falei:

— Tem mais um caído no corredor, com a cabeça quebrada.

— Ah, aquele está bem — resmungou o médico, sem erguer os olhos. — Mas este aqui... com mil diabos!

Levantou-se com esforço e começou a ordenar várias coisas. Estava agitado. Dois homens entraram, vindos do corredor. A mulher que era a enfermeira de Gabrielle Collinson — uma certa sra. Herman — uniu-se a eles, e mais um homem com uma manta. Levaram Fitzstephan embora.

— O cara lá no corredor é o Fink? — perguntou Rolly.

— É. — Contei a ele o que Fink havia me dito e acrescentei: — Ele não tinha terminado quando ocorreu a explosão.

— Acha que a bomba era para ele, para que ele não terminasse de contar? — perguntou Mickey. — Ninguém o seguiu desde a cidade até aqui, a não ser eu.

— Pode ser — falei. — É melhor ver o que estão fazendo com ele, Mick.

Mickey saiu.

— Essa janela estava fechada — eu disse a Rolly. — Não houve nenhum barulho antes da explosão, como o de alguma coisa sendo jogada através do vidro: e não há cacos de vidro no quarto. A tela de arame estava abaixada também, portanto podemos afirmar que a granada não foi atirada pela janela.

Rolly fez que sim com a cabeça, de modo vago, enquanto olhava para a porta que dava para o quarto de Gabrielle.

— Fink e eu estávamos no corredor, conversando — prossegui. — Voltei correndo para cá e fui logo ao quarto dela. Ninguém poderia ter saído de lá depois da explosão sem que eu visse ou ouvisse. Houve só um piscar de olhos entre o momento em que perdi de vista a porta do quarto dela que dava para o corredor e o momento em que a vi de novo, de dentro do meu. A tela de arame na janela do quarto dela ainda está no lugar.

— A senhora Herman não estava com ela? — perguntou Rolly.

— Deveria estar, mas não estava. Vamos apurar o que houve. Não faz sentido pensar que a senhora Collinson arremessou a bomba. Esteve na cama desde que a trouxemos de Dull Point ontem. Ela não poderia ter escondido a bomba lá, porque não tinha como saber que ia ocupar aquele quarto. Ninguém entrou lá depois disso, exceto você, Feeney, Vernon, o médico, a enfermeira e eu.

— Eu não quis dizer que ela tem alguma coisa a ver com isso — resmungou o assistente do xerife. — O que é que ela diz?

— Nada ainda. Vamos tentar falar com ela agora, se bem que eu duvido que vá adiantar grande coisa.

Não adiantou. Gabrielle estava deitada no meio da cama, os cobertores puxados para perto do queixo, como se estivesse preparada para se enfiar debaixo deles ao primeiro sinal de alarme, e balançou a cabeça para dizer não a tudo o que perguntamos, mesmo quando essa resposta não se encaixava na pergunta.

Entrou a enfermeira, de peitos grandes, cabelo vermelho, quarenta e poucos anos, com um rosto que parecia honesto porque era afável, sardento e de olhos azuis. Jurou sobre a Bíblia Sagrada que havia se ausentado do quarto por menos de cinco minutos; enquanto a paciente dormia tinha descido ao térreo para pegar papéis de carta, no intuito de escrever uma carta para um sobrinho que estava em Vallejo; esse foi o único momento em que esteve fora do quarto durante todo o dia. Não encontrou ninguém no corredor, disse.

— Deixou a porta destrancada? — perguntei.

— Sim, para não acordá-la quando voltasse.

— Onde estão os papéis de carta que você foi buscar?

— Não cheguei a pegá-los. Ouvi a explosão e voltei correndo para cima. — O temor surgiu em seu rosto, transformou as sardas em pintas horrendas. — O senhor não está pensando que...

— É melhor ir cuidar da senhora Collinson — falei, ríspido.

19

O DEGENERADO

Rolly e eu voltamos ao meu quarto e fechamos a porta de conexão. Ele disse:

— Tch, tch, tch. E eu que achava que a senhora Herman era a última pessoa no mundo que...

— É bom mesmo que continue achando — grunhi. — Foi você que a recomendou. Quem é ela?

— É a mulher de Tod. Ele trabalha na garagem. Ela era enfermeira formada antes de casar com Tod. Pensei que fosse correta.

— Ela tem um sobrinho em Vallejo?

— Ahn-hã; deve ser o filho do Schultz, que trabalha na Ilha Mare. Como é que você acha que ela foi se meter com...?

— Provavelmente não se meteu, senão teria pegado o papel de carta que foi apanhar lá embaixo. Ponha alguém aqui para manter esse pessoal longe até que a gente consiga trazer de San Francisco um perito em bombas para examinar o local.

O assistente do xerife chamou um dos homens que estavam no corredor e nós o deixamos no quarto com uma pose imponente. Mickey Linehan estava no saguão quando lá chegamos. — Fink fraturou o crânio. Está a caminho do hospital do condado junto com o outro ferrado.

— Fitzstephan ainda não morreu? — perguntei.

— Que nada, e o médico acha que, se conseguirem chegar a um lugar onde existam os equipamentos necessários, vão conseguir evitar que morra. Deus sabe para quê...

do jeito que ele está! Mas esse é o tipo de coisa que um sujeito mórbido adora ficar falando.

— Aaronia Haldorn foi solta junto com Fink? — perguntei.

— Foi. Al Mason está na cola dela.

— Ligue para o Velho e veja se Al deu alguma notícia sobre ela. Conte ao Velho o que aconteceu aqui e veja se eles acharam o Andrews.

— Andrews? — perguntou Rolly, enquanto Mickey se dirigia ao telefone. — O que há com ele?

— Nada, que eu saiba; só que não conseguimos localizá-lo para lhe contar que a senhora Collinson foi resgatada. O pessoal do escritório dele não o vê desde ontem de manhã e ninguém sabe dizer onde ele está.

— Tch, tch, tch. Existe algum motivo especial para querer falar com ele?

— Não quero ficar com a garota nas minhas mãos pelo resto da vida — respondi. — Andrews está encarregado dos negócios dela, é o responsável por ela e eu quero devolvê-la a ele.

Rolly fez que sim com a cabeça, de modo vago.

Fomos para fora e a todo mundo que encontramos fizemos todas as perguntas que conseguimos imaginar. Nenhuma das respostas levou a parte alguma, exceto à repetida certeza de que a bomba não foi jogada através da janela. Encontramos seis pessoas que tinham aquele lado do hotel ao alcance da vista, nos instantes imediatamente anteriores à explosão e na hora da explosão, e nenhuma delas viu nada que pudesse ser confundido com o lançamento de uma bomba.

Mickey voltou do telefone com a informação de que Aaronia Haldorn, quando libertada da prisão municipal, foi para a casa de uma família chamada Jeffries, em San Mateo, e desde então ficou lá; e que Dick Foley, que estava à caça de Andrews, tinha esperança de encontrá-lo em Sausalito.

O promotor público Vernon e o xerife Feeney, com um

bando de repórteres e fotógrafos na cola dos dois, chegaram da sede do condado. Tomaram uma série de providências investigativas que não os levaram a parte alguma, exceto às primeiras páginas dos jornais de San Francisco e Los Angeles — o lugar de que mais gostavam.

Transferi Gabrielle Collinson para outro quarto do hotel, plantei Mickey Lineham junto à porta e deixei a porta de conexão destrancada. Dessa vez Gabrielle conversou com Vernon, Feeney, Rolly e comigo. O que disse não ajudou grande coisa. Estava dormindo, contou; foi acordada por um barulho terrível e por um terrível abalo na cama; e então eu entrei. É tudo o que ela sabia.

Depois, naquela tarde, chegou McCracken, um perito em bombas do departamento de polícia de San Francisco. Após examinar todos os fragmentos de tudo o que conseguiu juntar, deu-nos um veredicto preliminar: a bomba era pequena, de alumínio, com uma carga de nitroglicerina de baixo poder explosivo, e detonou por efeito de um dispositivo de fricção.

— Trabalho de amador ou de profissional? — perguntei.

McCracken cuspiu uns fiapos soltos de tabaco — era um desses sujeitos que mascam o cigarro — e disse:

— Eu diria que foi feita por um cara que entendia do riscado, mas teve de trabalhar com o material que tinha à mão. Vou lhe dizer mais coisas depois que tiver examinado essa tralha no laboratório.

— Nenhum relógio na bomba? — perguntei.

— Não há sinal.

O dr. George voltou da sede do condado com a notícia de que o que restara de Fitzstephan ainda respirava. O médico estava vermelho de tão contente. Tive de gritar para que ele escutasse minhas perguntas sobre Fink e Gabrielle. Então me disse que a vida de Fink não corria perigo e que o resfriado da garota já estava bom o suficiente para que ela saísse da cama, se quisesse. Perguntei sobre seus nervos, mas o médico estava tão afobado para voltar a Fitzstephan que não conseguia prestar atenção em mais nada.

196

— Hm-m-m, sim, sem dúvida — murmurou, enquanto passava ao meu lado e seguia rumo a seu carro. — Sossego, repouso, nada de agitação — e foi embora.

Jantei com Vernon e Feeney no café do hotel naquela noite. Eles achavam que eu não tinha lhes contado tudo o que sabia a respeito da explosão da bomba e me mantiveram no banco de testemunhas durante toda a refeição, embora nenhum dos dois me acusasse à queima-roupa de esconder o jogo.

Depois do jantar, subi para o meu novo quarto. Mickey estava esparramado na cama, lendo o jornal.

— Vá se alimentar — falei. — Como anda a nossa criança?

— Está acordada. O que você acha dela... a garota está escondendo algumas cartas do baralho?

— Por quê? — perguntei. — O que ela fez?

— Nada. Eu só estava pensando.

— É no que dá ficar de barriga vazia. É melhor ir comer.

— Certo, certo, senhor Continental — disse ele, e saiu.

O quarto vizinho estava em silêncio. Escutei na porta e depois bati de leve. A voz da sra. Herman falou:

— Entre.

Ela estava sentada ao lado da cama fazendo borboletas vistosas num pano amarelado, preso e esticado nuns arcos. Gabrielle Collinson estava sentada numa cadeira de balanço na extremidade oposta do quarto, de cara fechada, os punhos cerrados sobre o colo — cerrados com força suficiente para branquear os nós dos dedos e esticar as pontas. Ela vestia as roupas de tweed com que tinha sido seqüestrada. Ainda estavam amarrotadas, mas a lama tinha sido limpa com uma escova. Não levantou os olhos quando entrei. A enfermeira sim, e repuxou as sardas num sorriso nervoso.

— Boa noite — falei, tentando fazer uma entrada alegre. — Parece que vamos ficar com falta de inválidos no mercado.

Isso não despertou nenhuma reação na garota, mas reação de sobra na enfermeira.

— É, sim, de fato — exclamou a sra. Herman, com um entusiasmo exagerado. — Agora não podemos mais chamar a senhora Collinson de inválida, ela está de pé e bem-disposta, e eu quase lamento que esteja assim, he, he, he, porque sem dúvida eu nunca tive um paciente tão bom, em todos os aspectos; mas é o que nós, garotas, dizíamos no hospital quando estudávamos enfermagem: quanto mais gentil era o paciente, mais curto o tempo que ficávamos com ele, mas quando pegávamos um paciente antipático ele ia viver, quero dizer, ia ficar ali para sempre, a vida toda, essa era a nossa impressão. Lembro de uma vez que...

Fiz uma cara feia para ela e meneei a cabeça na direção da porta. A enfermeira deixou o resto de suas palavras morrer na boca aberta. O rosto ficou vermelho, depois branco. Largou seu bordado e levantou-se, enquanto dizia, num tom idiota:

— Sim, sim, é sempre assim. Bom, vou ver aqueles, o senhor sabe, os que o senhor chama de "eles". Queiram me desculpar por alguns minutos, por favor. — Saiu depressa, andando de lado, como se tivesse medo de que eu pulasse sorrateiramente atrás dela e lhe desse um chute.

Quando a porta se fechou, Gabrielle ergueu os olhos de suas mãos e disse:

— Owen morreu.

Ela não perguntou, ela afirmou; mas a única maneira de tratar aquilo era como uma pergunta.

— Não. — Sentei na cadeira da enfermeira e fisguei uns cigarros. — Está vivo.

— Vai viver? — Sua voz ainda estava rouca por causa do resfriado.

— Os médicos acham que sim — exagerei.

— Se viver, ele vai...? — Deixou a pergunta inacabada, mas a voz rouca parecia bastante impessoal.

— Vai ficar gravemente mutilado.

Ela falou, mais para si do que para mim:

— Isso seria ainda mais satisfatório.

Sorri. Se eu fosse um ator tão bom quanto pensava ser,

não haveria nada mais em meu sorriso que uma diversão bem-humorada.

— Ria — disse ela em tom sério. — Eu bem que gostaria que você pudesse acabar com isso rindo. Mas não pode. Ela existe. Sempre vai existir. — Baixou os olhos para as mãos e sussurrou: — Amaldiçoada.

Dita naquele tom, a última palavra deveria soar melodramática, ridiculamente teatral. Mas ela falou de forma automática, sem nenhum sentimento, como se pronunciá-la tivesse se tornado um hábito. Eu podia vê-la deitada na cama no escuro, sussurrando aquela palavra para si horas a fio, sussurrando aquela palavra para o seu corpo enquanto se vestia, para o seu rosto refletido nos espelhos, dia após dia.

Eu me remexi na cadeira e resmunguei:

— Deixe disso. Só porque uma mulher de cabeça quente dá vazão ao seu ódio e à sua raiva num discurso sem pé nem cabeça...

— Não, não; minha madrasta apenas pôs em palavras aquilo que eu sempre soube. Eu não sabia que estava no sangue dos Dain, mas sabia que estava no meu. Como poderia ignorar? Não trago comigo os sinais físicos da degeneração? — Atravessou o quarto para se pôr de pé na minha frente, virou a cabeça para o lado, puxou para trás os cachos do cabelo com as duas mãos. — Olhe as minhas orelhas... sem lóbulos, pontudas em cima. Gente não tem orelhas desse jeito. Bichos, sim. — Virou o rosto para mim outra vez, ainda segurando o cabelo para trás. — Olhe a minha testa... o tamanho pequeno, o formato... de animal. Meus dentes. — Mostrou os dentes, brancos, pequenos, pontudos. — O formato do meu rosto. — Suas mãos soltaram o cabelo e deslizaram pelas bochechas, uniram-se embaixo do queixo pequeno e estranhamente pontudo.

— Só isso? — perguntei. — Você não tem cascos fendidos ao meio? Tudo bem. Falar coisas assim é tão extravagante quanto você parece achar que são essas coisas. E daí? Sua madrasta era uma Dain, e era veneno puro, mas onde estavam nela os sinais físicos de degeneração? Ela não era normal, tão saudável quanto qualquer mulher neste mundo?

— Mas isso não é uma resposta. — Balançou a cabeça com impaciência. — Ela não tinha os sinais físicos, talvez. Eu tenho, e os mentais também. Eu... — Sentou-se na beira da cama perto de mim, os cotovelos sobre os joelhos, o rosto branco e aflito entre as mãos. — Nunca fui capaz sequer de pensar com clareza, como fazem os outros, mesmo os pensamentos mais simples. Tudo está sempre muito confuso na minha cabeça. Não importa o que eu tente pensar, uma neblina se levanta entre mim e o assunto, e outros pensamentos se intrometem, e aí eu mal consigo vislumbrar a idéia que eu tinha, antes de perdê-la de novo, e preciso sair numa caçada no meio da neblina, até que afinal eu a encontro, só para que a mesma coisa aconteça outra vez, e outra vez, e outra vez. Você consegue entender como isso pode se tornar terrível? Passar a vida desse jeito, ano após ano, sabendo que vai ser sempre assim, ou pior?

— Não consigo — respondi. — Para mim, parece perfeitamente normal. Ninguém pensa com clareza, por mais que finja isso. Pensar é um negócio atordoante, uma questão de conseguir o máximo possível desses vislumbres nebulosos e combiná-los do melhor jeito que puder. Por isso as pessoas se aferram tanto às suas convicções e opiniões; porque, em comparação com a maneira acidental como foram obtidas, até a opinião mais cretina parece maravilhosamente clara, lúcida e evidente. E se a pessoa deixar que ela vá embora, terá de mergulhar de novo naquela barafunda nebulosa e fazer das tripas coração para conseguir uma substituta.

Ela retirou o rosto das mãos e sorriu para mim com timidez, dizendo:

— É engraçado que eu não tenha gostado de você antes. — Seu rosto ficou sério de novo. — Mas...

— Mas nada... — falei. — Você já é bem crescidinha para saber que todo mundo, menos os doidos varridos e gente muito burra, desconfia de si mesmo de vez em quando, ou toda vez que pára para pensar no assunto, e acha que pode não ser perfeitamente são. Indícios de maluquice são muito fáceis de encontrar: quanto mais a gente escava em si mesmo, mais coisa aparece. Nenhuma cabeça consegue sair ilesa do tipo de investigação que você anda fazendo na sua cabeça. O tempo todo você quer provar a si mesma que é maluca! É de admirar que não tenha ficado mesmo doida.

— Talvez eu tenha.

— Não. Acredite no que estou dizendo, você é sadia. Ou então não acredite na minha palavra. Veja só. Você teve um começo de vida tumultuado demais. Caiu em mãos ruins logo no início. Sua madrasta era veneno puro e fez tudo o que pôde para destruir você, e no final conseguiu convencê-la de que trazia a marca de uma maldição familiar muito especial. Nos últimos meses, desde que a conheço, todas as calamidades conhecidas pela humanidade se empilharam sobre você, e a sua crença em sua maldição fez você assumir a responsabilidade por todos os itens dessa pilha. Tudo bem. Como foi que isso a afetou? Você andou zonza na maior parte do tempo, histérica noutra parte, e quando seu marido foi morto você tentou se matar, mas não ficou desequilibrada o bastante para aceitar o choque de uma bala rasgando a sua carne.

"Bem, Deus do Céu, minha irmã! Não passo de um empregado contratado que tem apenas um interesse profissional nos seus problemas, mas alguns deles me deixaram tonto. Eu não tentei morder um fantasma lá naquele Templo? E olhe que eu já devia estar bem calejado na seara do crime. Nesta manhã, depois de tudo por que você passou, vem alguém e detona uma carga de nitroglicerina quase do lado da sua cama. E aqui está você nesta noite, firme, fora da cama e vestida normalmente, conversando comigo sobre a sua sanidade.

"Se você não é normal, é porque você é mais resistente, mais sadia, mais calma do que o normal. Pare de pensar no seu sangue dos Dain e pense no sangue Mayenne

201

que corre em você. De onde acha que veio a sua firmeza senão de seu pai? É a mesma firmeza que o fez sobreviver à Ilha do Diabo, à América Central e ao México, e o manteve de pé até o fim. Você tem mais dele do que da única Dain que eu vi. Fisicamente, você puxou a seu pai e, se tem algum sinal físico de degeneração, seja lá o que isso quer dizer, você herdou isso do seu pai."

Ela pareceu gostar do que ouviu. Seus olhos ficaram quase felizes. Mas por ora eu havia esgotado meu estoque de palavras e, enquanto procurava mais algumas atrás de um cigarro, o brilho se apagou de seus olhos.

— Fico feliz, sou agradecida a você pelo que disse, se falou a sério. — A falta de esperança estava de novo em seu tom de voz e o rosto voltou a ficar seguro entre as mãos. — Mas, seja lá o que eu for, ela tinha razão. Não se pode dizer que não tinha. Não há como negar que minha vida foi amaldiçoada, enegrecida, e a vida de todos os que tocaram em mim.

— Isso cabe a mim responder — falei. — Tenho andado muito ligado a você ultimamente, me meti um bocado nos seus assuntos pessoais e não aconteceu nada comigo que uma boa noite de sono não pudesse consertar.

— Mas é diferente — protestou ela devagar, franzindo a testa. — Não existe uma relação pessoal entre nós. É só profissional, com o seu... trabalho. Isso faz uma grande diferença.

Ri e falei:

— Isso não explica. Tem o Fitzstephan. Ele conhecia a sua família, claro, mas veio para cá por meu intermédio, por minha causa, e na verdade estava ainda mais distante de você do que eu. Por que não fui eu a pessoa atingida primeiro? Será que a bomba se destinava a mim? Talvez. Mas isso nos leva a uma mente humana por trás dessas ações, alguém que pode falhar, e não a uma maldição infalível.

— Você está enganado — disse ela, fitando os joelhos. — Owen me amava.

Resolvi não me mostrar surpreso.

— Vocês...?

— Não, por favor! Por favor, não me peça para falar sobre isso. Não agora... depois do que aconteceu esta manhã. — Empurrou os ombros para cima, deixou-os retos e disse em tom incisivo: — Você falou algo sobre uma maldição infalível. Não sei até que ponto me compreendeu mal ou está fingindo a fim de fazer que eu pareça uma tola. Mas não acredito numa maldição infalível, que venha do demônio ou de Deus, como diz Jó. — Agora ela estava séria, não falava só para tocar a conversa adiante. — Mas será que não pode existir... não existem pessoas que são tão completamente... essencialmente... más que seu veneno... desperte o pior que existe... em todo mundo em quem elas tocam? E será que isso não pode...?

— Tem gente que pode — concordei em parte —, quando quer.

— Não, não! Queiram ou não queiram. Mesmo quando elas desesperadamente não querem. É assim. Acontece. Eu amava Eric porque ele era puro e correto. Você sabe que era. Você o conheceu bem e conhece bastante as pessoas para saber que ele era assim. Eu o amava daquele jeito, eu o queria daquele jeito. E então, quando nos casamos...

Estremeceu e estendeu as mãos para mim. As palmas estavam secas e quentes, as pontas dos dedos frias. Tive de segurá-las com força para impedir que as unhas se cravassem em minha carne. Perguntei:

— Você era virgem quando se casou?

— Sim, era. Sou. Eu...

— Não é motivo para ficar agitada — falei. — Você é, e tem as suas idéias bobas de costume. E toma drogas, não toma?

Fez que sim com a cabeça. Continuei:

— Isso reduz o seu interesse por sexo a um nível abaixo do normal, portanto um interesse perfeitamente natural em sexo da parte de outra pessoa acaba parecendo anormal. Eric era jovem demais, estava apaixonado demais por você, talvez fosse inexperiente demais para não ser também um pouco atrapalhado. Não se pode deduzir disso nada de horrível.

— Mas não foi só o Eric — explicou. — É todo homem que conheço. Não pense que sou presunçosa. Sei que não sou bonita. Mas não quero ser má. Não quero. Por que os homens...? Por que todos os homens que eu...?

— Você está — perguntei — falando de mim?

— Não... você sabe que não. Não brinque comigo, por favor.

— Então existem exceções? Quantos mais? Madison Andrews, por exemplo?

— Se você o conhece, por pouco que seja, ou se sabe um pouco a respeito dele, nem precisa me perguntar isso.

— É — concordei. — Mas você não pode culpar a maldição no caso dele... é o hábito. Ele foi muito mau?

— Ele foi muito engraçado — respondeu em tom amargo.

— Há quanto tempo aconteceu?

— Ah, talvez um ano e meio atrás. Não contei nada ao meu pai e à minha madrasta. Estava... estava envergonhada de que os homens agissem daquele jeito comigo e isso...

— Como sabe — rosnei — que a maioria dos homens não age assim com a maioria das mulheres? O que leva você a pensar que o seu caso é tão fora do comum? Se os seus ouvidos fossem mais aguçados, poderiam agora mesmo ouvir mil mulheres em San Francisco fazendo a mesma queixa e, por Deus, talvez metade delas se julgue sincera.

Ela afastou as mãos de mim e sentou-se na cama com as costas retas. Seu rosto ficou um pouco rosado.

— Agora você me fez sentir como uma tola — disse.

— Não muito mais tolo do que eu me sinto. Para todos os efeitos, eu sou o detetive. Desde que este caso começou, tenho andado em círculos num carrossel, sempre atrás da sua maldição, à mesma distância dela, imaginando que aspecto ela teria se eu conseguisse ficar cara a cara com ela, mas jamais consigo chegar perto. Mas vou chegar lá. Você consegue agüentar mais uma ou duas semanas?

— Você quer dizer...?

— Vou mostrar a você que a sua maldição não passa de um monte de asneira, mas isso vai levar alguns dias, talvez umas duas semanas.

Ela estava de olhos arregalados e trêmula, com vontade de acreditar em mim e com medo disso. Falei:

— Está fechado. O que vai fazer agora?

— Eu... eu não sei. Você está falando sério? Que isso pode ter um fim? Que eu não vou mais ter...? Você pode...?

— Sim. Poderia voltar para a casa na enseada por um tempo? Isso pode ajudar a encaminhar as coisas, e lá você estaria segura. Podíamos levar conosco a senhora Herman e talvez um ou dois detetives particulares.

— Eu vou — respondeu.

Olhei para o relógio e me levantei:

— É melhor voltar para a cama. Vamos fazer a mudança amanhã. Boa noite.

Ela mascou um pouco o lábio inferior, querendo falar alguma coisa, sem querer falar, mas enfim pôs tudo para fora de supetão:

— Vou ter de levar morfina para lá.

— Claro. Qual é a sua dose diária?

— Cinco... dez grãos.

— Dose suave — falei, e depois, em tom descontraído: — Gosta de tomar isso?

— Receio que seja tarde demais para que gostar ou não tenha alguma importância.

— Você andou lendo os jornais de Hearst — eu disse. — Se quiser largar a droga, e vamos ter uns dias à toa por lá, vamos usá-los para tirar esse hábito de você. Não é tão difícil assim.

Ela se sacudiu toda com uma risada e a boca se torceu de um jeito estranho.

— Vá embora — gritou. — Não me ofereça mais nenhuma garantia, mais nenhuma de suas promessas, por favor. Nesta noite, eu não agüento mais. Já estou embriagada dessas coisas agora. Por favor, vá embora.

— Está bem. Boa noite

— Boa noite... e obrigada.

Fui para o meu quarto, fechei a porta. Mickey estava desrosqueando a tampa de uma garrafa. Seus joelhos estavam empoeirados. Virou o sorriso apalermado para mim e disse:

— Que tremendo malandro você é, hein? O que está querendo fazer? Arranjar uma casa para você?

— Pssssiu. Alguma novidade?

— Os gênios da investigação voltaram para a sede do condado. A enfermeira de cabelo vermelho estava dando uma espiada pelo buraco da fechadura quando voltei do meu jantar. Corri com a mulher.

— E tomou o lugar dela? — perguntei, apontando para os seus joelhos empoeirados com um meneio de cabeça.

Era impossível deixar o Mickey embaraçado. Respondeu:

— Não, o que é isso? Ela estava na outra porta, a do corredor.

20

A CASA NA ENSEADA

Tirei o carro de Fitzstephan da garagem e levei Gabrielle e a sra. Herman até a casa na enseada no fim da manhã seguinte. A garota estava de moral baixo. Mal conseguia sorrir quando alguém falava com ela e nada tinha a dizer por conta própria. Pensei que talvez estivesse deprimida por estar de volta à casa que tinha dividido com Collinson, mas quando chegamos ela entrou sem o menor sinal de relutância, e estar lá não pareceu aumentar em nada sua depressão.

Depois do almoço — a sra. Herman revelou-se uma boa cozinheira —, Gabrielle resolveu que queria andar ao ar livre, portanto ela e eu caminhamos até o povoado dos mexicanos para ver Mary Nunez. A mexicana prometeu voltar a trabalhar no dia seguinte. Pareceu gostar de Gabrielle, mas não de mim.

Voltamos para casa pelo caminho à beira-mar, pegamos uma trilha entre pedras espalhadas. Andávamos devagar. A testa da garota estava franzida entre as sobrancelhas. Nem eu nem ela falamos nada até chegarmos a uns quatrocentos metros da casa. Então Gabrielle sentou-se em uma pedra redonda que estava aquecida pelo sol.

— Lembra o que me disse na noite passada? — perguntou, atropelando as palavras em sua pressa de dizê-las. Parecia assustada.

— Sim.

— Fale de novo — implorou, deslocando-se para a outra ponta da pedra. — Sente-se aqui e me diga de novo... tudo.

Fiz isso. A meu ver, era bobagem tentar interpretar a personalidade com base no formato das orelhas, assim como na posição das estrelas, nas folhas de chá ou em uma cusparada na areia; todo mundo que procura sinais de insanidade mental em si mesmo sem dúvida vai acabar achando uma porção, porque todos nós, exceto os espíritos imbecis, somos uma tremenda confusão; ela, até onde eu podia ver, era parecida demais com o pai para ter muito sangue dos Dain, ou para ter sido muito afetada pelo sangue dos Dain que tivesse, se alguém por acaso ainda acreditasse que coisas desse tipo podiam ser transmitidas; não havia nada que mostrasse que a influência dela sobre as pessoas fosse pior do que a de qualquer outra mulher, e era duvidoso que muitas pessoas tivessem uma influência positiva em pessoas do sexo oposto e, como quer que fosse, ela era jovem demais, inexperiente demais e autocentrada demais para avaliar até que ponto se desviava do normal nesse aspecto; eu ia mostrar a ela, em poucos dias, que existiam para as suas dificuldade soluções bem mais tangíveis, lógicas e passíveis de serem metidas na cadeia do que qualquer maldição; e que ela não teria grandes problemas em se desfazer da morfina, pois era uma usuária muito leve e tinha um temperamento favorável à cura.

Passei quarenta e cinco minutos desenvolvendo essas idéias para ela e não me saí nada mal. O medo foi embora de seus olhos enquanto eu falava. No fim, Gabrielle sorria consigo mesma. Quando terminei, ela ergueu-se de um pulo, rindo, com os dedos entrecruzados.

— Obrigada. Obrigada — balbuciou. — Por favor, nunca deixe que eu pare de acreditar em você. Faça-me acreditar em você, mesmo que... Não. Isso é verdade. Faça-me acreditar sempre em você. Venha. Vamos andar mais um pouco.

Ela quase me fez correr no resto do caminho para a casa, e não parou de falar. Mickey Linehan estava na varanda. Parei ali ao lado dele enquanto a garota entrava.

— Tch, tch, tch, como diz o Rolly. — Balançou a cabeça sorridente para mim. — Eu devia contar a ela o que aconteceu com aquela pobre garotinha lá na Venenolândia, que acreditou que podia confiar em você.

— Trouxe alguma nova da cidade? — perguntei.

— Andrews apareceu. Estava na casa dos Jeffries, em San Mateo, onde Aaronia Haldorn está hospedada. Ela ainda está lá. Andrews ficou lá desde a tarde de terça-feira até a noite de ontem. Al vigiou a casa e viu o cara entrar, e não o viu mais até ele sair. Os Jeffries estão fora, em San Diego. Dick está na cola do Andrews agora. Al diz que a vadia Haldorn não saiu da casa. Rolly me diz que Fink voltou a si, mas que não sabe nada sobre a bomba. Fitzstephan continua por um fio.

— Acho que vou dar um pulo lá e bater um papo com o Fink hoje à tarde — falei. — Não saia daqui. E, ah é, você vai ter de me tratar com todo o respeito quando a senhora Collinson estiver por perto. É importante que ela continue a pensar que eu sou a maravilha das maravilhas.

— Traga um pouco de bebida — disse Mickey. — Não consigo fazer tudo isso sóbrio.

Fink foi soerguido na cama quando fui visitá-lo, e me olhou por trás das ataduras. Repetiu que não sabia nada sobre a bomba, que só tinha vindo me dizer que Harvey Whidden era seu enteado, filho de um casamento anterior daquele verdadeiro ferreiro de aldeia que era a mulher dele, agora desaparecida.

— Sei, mas e daí? — perguntei.

— E daí eu não sei, só sei que ele era isso e achei que você ia querer saber.

— Por que eu ia querer saber?

— Os jornais disseram que você falou que havia um tipo de ligação entre o que aconteceu aqui e o que aconteceu lá, e aquele detetive gordão falou que você disse que eu sabia mais coisas sobre o assunto do que eu havia contado. Como eu não queria mais saber de encrenca, pensei que era melhor vir aqui contar para você, assim não iam poder dizer que eu não tinha contado tudo o que sabia.

— Ah, é? Então me conte o que sabe sobre Madison Andrews.

— Não sei nada sobre ele. Nem conheço. É o guardião dela ou algo assim, não é? Li no jornal. Mas não conheço.

— Aaronia Haldorn conhece.

— Talvez conheça, patrão, mas eu não. Eu trabalhava para os Haldorn, só isso. Para mim, aquilo não passava de um serviço, mais nada.

— E para a sua esposa, o que era?

— A mesma coisa, um serviço.

— Onde ela está?

— Não sei.

— Por que ela fugiu do Templo?

— Já lhe disse, eu não sei. Não queria se meter em confusão, eu... Quem é que não ia fugir se tivesse uma chance?

A enfermeira, que havia ficado ali em volta, começou a me aporrinhar, portanto saí do hospital e fui ao escritório do promotor público no Fórum. Vernon empurrou um maço de papéis para o lado com um gesto que dizia que o mundo podia esperar.

— Que bom ver você, sente-se — disse, enquanto assentia com a cabeça num movimento vigoroso e me mostrava todos os dentes.

Sentei e disse:

— Bati um papo com o Fink. Não consegui arrancar nada, mas ele é o nosso alvo. A bomba só pode ter entrado lá por intermédio dele.

Vernon franziu as sobrancelhas por um momento, depois sacudiu o queixo na minha direção e disparou:

— E qual é o motivo dele? Você estava lá. Você mesmo contou que ficou olhando para Fink todo o tempo em que ele esteve no quarto. Você disse que não viu nada.

— E daí? — perguntei. — Ele podia estar ali me enganando. Ele foi mecânico de mágicos. Deve saber como se faz uma bomba e como instalá-la sem que eu a visse. É a especialidade dele. Não sabemos o que Fitzstephan viu.

Disseram-me que ele vai sobreviver. Vamos ficar de olho no Fink até ele melhorar.

Vernon estalou os dentes:

— Muito bem, vamos segurar o Fink.

Desci pelo corredor até o escritório do xerife. Feeney não estava, mas seu ajudante — um magricela com marcas de varíola chamado Sweet — disse que, pela maneira como Feeney havia falado a meu respeito, sabia que ele queria que eu recebesse toda a ajuda que pedisse.

— Que ótimo — falei. — Meu interesse agora é arranjar umas garrafas de... bem, gim, uísque... o que houver de melhor nesta parte do país.

Sweet coçou o pomo-de-adão e disse:

— Não sei como arranjar isso. Talvez o rapaz que trabalha no elevador. Acho que o gim dele é o mais seguro. Escute, Dick Cotton está enchendo o saco da gente para falar com você. Quer falar com ele?

— Tudo bem, mas não sei para quê.

— Bom, volte daqui a alguns minutos.

Saí e chamei o elevador. O rapaz — ele tinha as costas curvadas de um velho e um bigode comprido e amarelo acinzentado — estava sozinho no elevador.

— Sweet me disse que você talvez soubesse dizer onde eu posso arranjar um bom garrafão da branquinha — falei.

— Ele está maluco — resmungou o rapaz, e depois, quando fiquei quieto: — Você vai sair por esse lado?

— É, daqui a pouco.

Ele fechou a porta. Voltei para o Sweet. Ele me conduziu a uma área reservada que ligava o fórum à cadeia situada nos fundos e me deixou sozinho com Cotton numa pequena cela de paredes de aço. Dois dias na cadeia não tinham feito bem nenhum ao chefe de polícia de Quesada. Tinha o rosto cinzento e sobressaltado e a covinha no queixo não parava de se contorcer enquanto ele falava. Não tinha nada a me dizer, só que era inocente.

A única coisa que consegui pensar em dizer foi:

— Talvez, mas foi você que provocou isso. Todos os

indícios são contra você. Não sei se é o suficiente para condená-lo, vai depender do seu advogado.

— O que é que ele queria? — perguntou Sweet quando voltei.

— Dizer que é inocente.

O ajudante coçou de novo o pomo-de-adão e perguntou:

— Isso tem alguma importância para você?

— Tem, vou ficar sem dormir a noite inteira. Depois a gente se fala.

Fui para o elevador. O rapaz empurrou na minha direção uma garrafa embrulhada em jornal e disse:

— Dez pratas.

Paguei, enfiei a botija no carro de Fitzstephan, achei a agência telefônica local e fiz uma ligação para a drogaria de Vic Dallas no bairro de Mission, em San Francisco.

— Quero — disse ao Vic — cinco grãos de M, e oito daquelas injeções de calomelano-ipecacuanha-atropina-estricnina-cáscara. Vou mandar alguém da agência pegar a mercadoria esta noite ou amanhã cedo. Está certo?

— Se você quer, tudo bem, mas se matar alguém com isso não diga onde conseguiu o bagulho.

— Certo — respondi. — Eles vão morrer só porque não tenho a porcaria de um diploma de enrolador de pílulas.

Fiz mais uma ligação para San Francisco, para a agência de detetives, e falei com o Velho.

— Pode me dar mais um agente? — perguntei.

— MacMan está disponível, ou ele pode trocar com o Drake. Qual dos dois você prefere?

— MacMan serve. Mande ele dar um pulo na drogaria do Dallas e pegar uma encomenda antes de vir para cá. Ele sabe onde fica.

O Velho disse que não havia novidades sobre Aaronia Haldorn e Andrews.

Voltei de carro para a casa na enseada. Tínhamos companhia. Três carros desconhecidos estavam parados e vazios na entrada, e havia meia dúzia de caçadores de notícias sentados ou de pé ao redor de Mickey na varanda. Voltaram suas perguntas para mim.

— A senhora Collinson está aqui para descansar — falei. — Nada de entrevistas, nada de fotos. Deixem-na em paz. Se alguma coisa acontecer por aqui, mando logo avisar vocês, pelo menos aqueles que a deixarem sossegada. A única coisa que posso dizer agora é que Fink vai ficar detido por causa do atentado a bomba.

— Por que o Andrews veio para cá? — perguntou Jack Santos.

Aquilo não me surpreendeu: eu já esperava que ele aparecesse, agora que tinha saído de seu isolamento.

— Pergunte para ele — sugeri. — Está cuidando da herança da senhora Collinson. Vocês não vão conseguir inventar nenhuma novela sobre sua vinda para ver a garota.

— É verdade que há um desentendimento entre eles?

— Não.

— Então por que ele não apareceu antes... ontem ou anteontem?

— Pergunte para ele.

— É verdade que ele está enterrado em dívidas até o pescoço, ou estava, antes de a herança dos Leggett ir para as mãos dele?

— Pergunte para ele.

Santos sorriu com os lábios finos e disse:

— Não é preciso: já perguntamos para alguns dos credores dele. Existe algum fundamento no boato de que a senhora Collinson e o marido tiveram uma briga uns dois dias antes de o marido ser morto porque ela se mostrou amiga demais de Whidden?

— Fundamento nenhum — respondi. — Caramba. Vocês podiam fazer um tremendo barulho com uma história dessa.

— Talvez a gente faça — observou Santos. — É verdade que ela e a família do marido estão em conflito, que o velho Hubert se disse disposto a gastar tudo o que tem para ver a garota pagar caro por qualquer parcela de responsabilidade que ela tenha na morte do seu filho?

213

Eu não sabia. Respondi:

— Não seja burro. Agora estamos trabalhando para o Hubert, cuidando dela.

— É verdade que a senhora Haldorn e Tom Fink foram soltos porque ameaçaram contar tudo o que sabiam se fossem levados a julgamento?

— Agora você está querendo gozar da minha cara, Jack — falei. — Andrews ainda está aqui?

— Sim.

Entrei e chamei Mickey para que entrasse, e perguntei:

— Viu o Dick?

— Passou de carro alguns minutos depois que o Andrews chegou.

— Saia de fininho e veja se o encontra. Diga para não deixar que a gangue dos jornais o apanhe, mesmo que com isso corra o risco de perder Andrews de vista por um tempo. Eles vão ficar doidinhos e fazer a maior zoeira nas primeiras páginas se souberem que estamos seguindo o Andrews, e eu não quero que esses caras fiquem tão doidos assim.

A sra. Herman vinha descendo a escada. Perguntei onde estava Andrews.

— Lá em cima, no quarto da frente.

Subi até lá. Vestida com um roupão de seda escuro e curto, Gabrielle estava sentada, tensa e ereta, na beiradinha de uma cadeira de balanço forrada de couro. Seu rosto estava branco e soturno. Olhava para um lenço esticado entre as mãos. Ergueu os olhos para mim, como se estivesse contente por eu ter chegado.

Falei:

— Oi — e achei o canto de uma mesa para me escorar. Ele disse:

— Vim para levar a senhora Collinson de volta a San Francisco.

Ela nada falou. Eu falei:

— Não é para San Mateo?

— O que quer dizer com isso? — O emaranhado branco das sobrancelhas de Andrews baixou para esconder tudo, menos a metade inferior dos olhos azuis.

— Só Deus sabe. Talvez minha mente tenha se deteriorado com as perguntas que os jornalistas me fizeram.

Ele não se mostrou muito sobressaltado. Falou devagar, de maneira estudada:

— A senhora Haldorn me chamou em caráter profissional. Fui vê-la para explicar que seria impossível que eu, nessas circunstâncias, lhe desse conselhos ou a representasse perante a Justiça.

— Por mim, tudo bem — respondi. — E se você levou trinta horas para explicar isso para ela, também não é da conta de ninguém.

— Exatamente.

— Mas... acho melhor tomar cuidado quando contar isso aos repórteres que estão lá embaixo. Sabe como eles são desconfiados... mesmo sem ter nenhum motivo.

Ele se virou de novo para Gabrielle, falou tranqüilo, mas com certa impaciência:

— Bem, Gabrielle, você vem comigo?

— Devo ir? — perguntou para mim.

— Não, a menos que você queira muito.

— Eu... eu não quero.

— Então está resolvido — falei.

Andrews fez que sim com a cabeça e avançou para pegar a mão dela, enquanto dizia:

— Lamento, mas preciso voltar agora para a cidade, minha cara. Deve pedir a instalação de um telefone, para que possa me chamar em caso de necessidade.

Ele recusou o convite para ficar para o jantar e me disse "boa noite" sem nenhuma antipatia e foi embora. Pela janela, logo depois, pude vê-lo entrar no carro, dando a menor atenção possível aos jornalistas que se aglomeravam à sua volta.

Gabrielle franziu as sobrancelhas para mim quando dei as costas para a janela.

— O que quis dizer com essa história de San Mateo? — perguntou.

— Até que ponto ele e Aaronia Haldorn são amigos? — perguntei.

— Não tenho a menor idéia. Por quê? Por que falou com ele daquele jeito?

— Negócios de detetive. Um dos motivos é que corre o boato de que ter o controle da sua herança pode ter ajudado Andrews a não se afogar em dívidas. Talvez não seja nada disso. Mas não faz mal nenhum dar um susto nele, assim ele já vai cuidando de ajeitar as coisas até o dia de prestar contas, se tiver feito mesmo alguma falcatrua. Só faltava você ainda perder dinheiro, além de todos os problemas por que está passando.

— Então ele...? — começou a sra. Collinson.

— Ele tem uma semana, ou pelo menos vários dias, para desfazer a falcatrua. Deve ser o bastante.

— Mas...

A sra. Herman nos chamou para jantar e pôs fim à conversa.

Gabrielle comeu muito pouco. Ela e eu tivemos de preencher a maior parte da conversa, até que consegui fazer Mickey se soltar e contar um caso em que ele tinha trabalhado em Eureka, onde se fez passar por um estrangeiro que não sabia falar inglês. Como o inglês era a única língua que ele de fato sabia e Eureka em geral abrigava pelo menos um espécime de todas as nacionalidades, ele teve um trabalho tremendo para evitar que as pessoas descobrissem o que ele era afinal. Ele transformou isso numa história comprida e engraçada. Talvez uma parte fosse verdade: ele sempre se divertia bastante em se fazer de bobo enquanto fazia os outros de bobos.

Depois do jantar, ele e eu fomos dar uma volta ao ar livre, enquanto a noite de primavera escurecia o jardim.

— MacMan vai chegar de manhã — eu lhe disse. — Vocês dois terão de fazer o papel de cão de guarda. Dividam o trabalho do jeito que preferirem, mas sempre um de vocês terá de ficar de serviço.

— Você nunca pega a pior parte — reclamou. — O que é que está vindo por aí... uma armadilha?

— Pode ser.

— Pode ser. Ahn-hã. Você não tem a menor idéia do que está fazendo. Fica nesse teatro todo, se fazendo disso e daquilo, só à espera de que a pata de coelho dentro do seu bolso funcione.

— O fruto de um planejamento bem-sucedido sempre parece um lance de sorte aos olhos dos patetas. O Dick contou alguma novidade?

— Não. Seguiu o Andrews desde a casa dele até aqui.

A porta da frente se abriu, lançando uma luz amarela através da varanda. Gabrielle, com uma capa escura sobre os ombros, entrou no facho de luz amarela, fechou a porta e desceu pela vereda de cascalho.

— Vá tirar um cochilo agora, se quiser — falei para Mickey. — Chamo você quando eu for dormir. Vai ter de ficar de vigia até de manhã.

— Você é terrível — e riu no escuro. — Puxa, você é mesmo terrível.

— Tem uma garrafa de gim no carro.

— Ahn? Por que não me falou antes, em vez de gastar meu tempo com papo furado? — A grama chiava debaixo dos sapatos enquanto ele se afastava.

Avancei na direção da vereda de cascalho, ao encontro da garota.

— Não está uma noite linda? — comentou ela.

— É. Mas você não deve sair andando sem rumo no escuro, mesmo que seus problemas tenham praticamente terminado.

— Não tenho a intenção de ficar andando — disse ela, segurando meu braço. — E o que significa esse "praticamente terminado"?

— Que há alguns detalhes que ainda precisam ser acertados... a morfina, por exemplo.

Ela estremeceu e disse:

— Só tenho o suficiente para esta noite. Você prometeu...

— Cinqüenta grãos vão chegar amanhã de manhã.

217

Ela ficou calada, como se esperasse que eu dissesse alguma coisa. Não falei mais nada. Seus dedos se retorceram na minha manga.

— Você disse que não seria difícil me curar. — Falava num tom meio interrogativo, como se esperasse que eu fosse negar que tinha dito alguma coisa daquele tipo.

— E não seria mesmo.

— Você disse que talvez... — deixou que as palavras morressem.

— Que faríamos isso enquanto estivéssemos aqui?

— Sim.

— Você quer? — perguntei. — Se não quiser, não adianta nem tentar.

— Se eu quero? — Ficou parada no meio do caminho, de frente para mim. — Eu daria... — Um soluço cortou sua frase. A voz voltou, mais aguda, fina: — Está sendo honesto comigo? Está? O que me disse, tudo o que me disse na noite passada e nesta tarde, é mesmo verdade, como me fez acreditar? Será que acredito em você porque você é sincero? Ou porque você aprendeu, como um truque do seu ramo de trabalho, a fazer as pessoas acreditarem em você?

Talvez ela fosse maluca, mas não era nada burra. Dei a resposta que parecia melhor nas circunstâncias:

— A sua confiança em mim se baseia na minha confiança em você. Se a minha não tem justificativa, a sua também não tem. Assim, deixe que eu lhe faça uma pergunta primeiro: você estava mentindo quando disse "Eu não quero ser má"?

— Ah, não. Eu não quero.

— Então, está certo — falei num tom conclusivo, como se isso encerrasse o assunto. — Agora, se você quer mesmo se livrar da droga, vamos safar você disso.

— Quanto... quanto tempo vai demorar?

— Digamos uma semana, para ser mais garantido. Talvez menos.

— Está falando sério? Não vai demorar mais?

— No que importa mesmo, é só isso. Depois você vai

ter de se cuidar durante algum tempo, até que o seu sistema esteja todo em forma outra vez, mas você vai ficar livre da droga.

— Vou sofrer... muito?

— Alguns dias bem ruins; mas não vão ser tão ruins quanto você está pensando, e a firmeza do seu pai vai ajudar você a resistir.

— Se — disse ela devagar — eu descobrir, no meio do caminho, que não vou conseguir chegar ao fim, posso...?

— Você não vai poder fazer nada — prometi, com animação. — Você vai continuar firme até sair do outro lado.

Ela estremeceu de novo e perguntou:

— Quando vamos começar?

— Depois de amanhã. Tome a sua dose habitual amanhã, mas não tente fazer um estoque. E também não se preocupe. Vai ser mais difícil para mim do que para você: eu é que vou ter de agüentar você até o fim.

— E você vai fazer concessões... vai compreender... se eu não for sempre boa enquanto estiver passando por isso? Mesmo se eu for ruim?

— Não sei. — Eu não queria incentivá-la a ser abusada comigo. — Não gosto tanto assim de uma bondade que pode virar maldade só por causa de uma dorzinha à-toa.

— Ah, mas... — Parou, franziu a testa e disse: — Não podemos mandar a senhora Herman embora? Não quero que... não quero que ela fique olhando para mim.

— Vou me livrar dela amanhã de manhã.

— E se eu... você não vai deixar mais ninguém me ver... se eu não... se eu ficar horrível demais?

— Não vou deixar — prometi. — Mas escute aqui: você está se preparando para me oferecer um espetáculo? Pare de pensar nessa parte do problema. Você vai se comportar direito. Não quero saber de você ficar fazendo molecagens comigo.

Ela soltou uma gargalhada de repente.

— Vai me bater se eu me comportar mal?

Respondi que ela talvez ainda fosse jovem o bastante para levar umas palmadas pelo seu próprio bem.

21

AARONIA HALDORN

Mary Nunez chegou às sete e meia da manhã seguinte. Mickey Linehan levou a sra. Herman de carro para Quesada e a deixou lá, voltando com MacMan e uma boa carga de comestíveis.

MacMan era um ex-soldado parrudo, de costas retas. Dez anos na Califórnia tostaram num tom de carvalho escuro o seu rosto cinzento, de boca tensa e queixo duro. Era um perfeito soldado: ia para onde o mandavam, ficava onde diziam que ficasse e não tinha nenhuma idéia própria capaz de impedi-lo de fazer o que lhe ordenavam.

Entregou-me a encomenda do farmacêutico. Levei dez grãos de morfina para cima, para Gabrielle. Ela estava tomando o café-da-manhã na cama. Tinha os olhos molhados, o rosto úmido e cinzento. Quando viu as trouxinhas na minha mão, empurrou a bandeja para o lado e estendeu as mãos com ansiedade, enquanto remexia os ombros:

— Pode voltar daqui a cinco minutos? — perguntou.

— Pode tomar seu negócio na minha frente. Não vou ficar ruborizado.

— Mas eu vou — retrucou, e ficou ruborizada.

Saí, fechei a porta, encostei o ouvido nela e escutei o papel ser rasgado e o tilintar de uma colher num copo d'água. Logo depois, ela chamou:

— Tudo bem.

Entrei de novo. Uma bola de papel branco amassado sobre a bandeja era tudo o que havia restado de uma das trouxinhas. As outras não estavam à vista. Ela estava recostada nos travesseiros, os olhos meio fechados, satisfeita como um gato cheio de peixinhos dourados. Sorria para mim com ar preguiçoso e disse:

— Você é um anjo. Sabe o que eu gostaria de fazer hoje? Almoçar e ir dar um passeio de barco, passar o dia inteiro flutuando sob o sol.

— Isso podia ser mesmo bom para você. Leve o Linehan ou o MacMan. Não deve sair sozinha.

— O que você vai fazer?

— Vou até Quesada, na sede do condado, talvez vá até a cidade.

— Não posso ir com você?

Balancei a cabeça, dizendo:

— Tenho um trabalho para fazer e você precisa descansar.

Ela respondeu:

— Ah — e estendeu a mão para pegar o café. Virei-me para a porta. — O resto da morfina... — ela falou por cima da borda da xícara. — Você colocou num lugar seguro, onde ninguém pode pegar?

— Sim — respondi com um sorriso, e dei palmadinhas no bolso do meu paletó.

Em Quesada, passei meia hora conversando com Rolly e lendo os jornais de San Francisco. Estavam começando a bisbilhotar o Andrews, a lançar insinuações e a levantar perguntas que beiravam a calúnia. Até que era bom. O assistente do xerife não tinha nada para me contar.

Fui à sede do condado. Vernon estava no tribunal. Vinte minutos de conversa com o xerife não aumentaram em nada o meu grau de instrução. Telefonei para a agência de detetives e falei com o Velho. Contou que Hubert Collinson, o nosso cliente, havia manifestado certa surpresa com o fato de continuarmos agindo, pois achou que a morte de Whidden havia esclarecido o mistério do assassinato de seu filho.

— Diga a ele que não esclareceu — falei. — O assassinato de Eric estava ligado aos problemas de Gabrielle e não podemos chegar ao fundo de uma questão senão por meio da outra. Vai levar mais uma semana, talvez. Collinson é correto — tranqüilizei o Velho. — Vai bancar o nosso trabalho quando você explicar a ele.

O Velho disse:

— Espero que sim — num tom bastante frio, sem o menor entusiasmo por ter cinco agentes trabalhando num serviço pelo qual o suposto cliente talvez não quisesse pagar.

Fui de carro até San Francisco, jantei no St. Germain, parei em casa para pegar outra mala e uma sacola com camisas limpas e coisas desse tipo, e voltei para a casa na enseada um pouco depois da meia-noite. MacMan saiu da escuridão enquanto eu estacionava o carro embaixo do abrigo — ainda usávamos o carro de Fitzstephan. Falou que nada havia acontecido durante a minha ausência. Entramos juntos na casa. Mickey estava na cozinha, bocejava e preparava um drinque para tomar, antes de render Mac-Man na função de vigia.

— A senhora Collinson foi para a cama? — perguntei.

— A luz ainda está acesa. Ficou no quarto o dia inteiro.

MacMan e eu tomamos um drinque com Mickey e depois fomos para o primeiro andar. Bati na porta do quarto da garota.

— Quem é? — perguntou. Respondi. Ela disse: — Sim?

— Nada de café-da-manhã quando acordar.

— É mesmo? — Depois, como se fosse algo que tivesse quase esquecido: — Ah, resolvi não lhe dar mais toda essa trabalheira de me curar. — Abriu a porta e ficou parada na soleira, sorrindo para mim de modo simpático demais, enquanto um dedo marcava a página de um livro. — Fez boa viagem?

— Tudo certo — respondi, retirando o resto da morfina do bolso e oferecendo a ela. — Não há motivo para eu ficar carregando isto.

Ela não pegou. Riu na minha cara e disse:

— Você é mesmo um *bruto*, não é?

— Bem, a cura é sua, não minha. — Pus a mercadoria

de volta no meu bolso. — Se você... — Parei para escutar. Uma tábua havia rangido no vestíbulo, lá embaixo. Depois veio um barulho suave, como o de um pé nu se arrastando no chão.

— É a Mary tomando conta de mim — sussurrou Gabrielle num tom alegre. — Ela fez uma cama no sótão e se recusa a ir para casa. Acha que não estou a salvo aqui com você e os seus amigos. Disse para eu tomar cuidado com vocês, disse que vocês... como era mesmo?... ah, sim... são lobos. São?

— Quase. Não esqueça, nada de comer quando acordar.

Na tarde seguinte, eu lhe dei a primeira dose da mistura do Vic Dallas, e depois mais três, em intervalos de duas horas. Ela passou o dia no quarto. Era sábado.

No domingo, tomou três grãos de morfina e ficou bem animada o dia inteiro, considerando-se já curada.

Na segunda-feira, tomou o que restava do coquetel do Vic Dallas e o dia foi muito parecido com o sábado. Mickey Linehan voltou da sede do condado com a notícia de que Fitzstephan estava consciente, mas fraco demais e enrolado demais em ataduras para poder falar, mesmo se os médicos deixassem; Andrews tinha ido a San Mateo para ver Aaronia Haldorn de novo; e ela foi ao hospital visitar o Fink, mas não obteve autorização do xerife.

Terça-feira foi um dia mais animado.

Gabrielle estava de pé e vestida quando levei ao seu quarto o suco de laranja do desjejum. Estava com os olhos brilhantes, agitada, falante, e riu fácil e muitas vezes, até que mencionei, de passagem, que ela não ia mais tomar morfina.

— Você quer dizer nunca mais? — O rosto e a voz eram de pânico. — Não, você não está falando sério.

— Estou.

— Mas vou morrer. — Lágrimas encheram seus olhos, escorreram pelo pequeno rosto branco e ela retorceu as mãos. Era infantilmente patético. Tive de me recordar de que lágrimas eram um dos sintomas da abstinência de morfina. — Você sabe que não é assim. Não pretendo tomar tanto como costumo tomar. Sei que vou receber menos a cada dia. Mas você não pode parar desse jeito. Está brincando comigo. Isso me mataria. — Gritou mais um pouco sobre a idéia de que aquilo ia matá-la.

Obriguei-me a rir, como se eu estivesse solidário com ela, mas achasse graça.

— Que absurdo — falei em tom alegre. — O problema principal que você vai ter é ficar viva até demais. Uns dois dias desse jeito e depois tudo se resolve.

Ela mordeu os lábios e afinal conseguiu dar um sorriso, enquanto estendia as duas mãos para mim.

— Vou acreditar em você. Acredito em você. Vou acreditar em você, diga o que disser.

Suas mãos estavam pegajosas. Apertei-as e disse:

— Vai ser ótimo. Agora, de volta para a cama. Vou vir dar uma espiada em você de vez em quando e, se quiser alguma coisa nesse intervalo, é só soltar a voz.

— Não vai sair de casa hoje?

— Não — prometi.

Ela agüentou o tranco muito bem durante a tarde inteira. Claro, não havia muita sinceridade na maneira como ria de si mesma entre um ataque e outro, quando os espirros e os bocejos a dominavam, mas o fato é que ela tentava rir.

Madison Andrews veio entre cinco e cinco e meia. Como eu o vi na hora em que chegou de carro, fui ao seu encontro na varanda. O rubor de seu rosto tinha desbotado para um laranja-claro.

— Boa tarde — disse em tom educado. — Eu quero falar com a senhora Collinson.

— Transmitirei a ela qualquer recado — propus.

Ele abaixou as sobrancelhas brancas e um pouco do seu rubor normal voltou ao rosto:

— Quero falar com ela. — Era uma ordem.

— Ela não quer falar com você. Tem algum recado?

Todo o seu rubor voltou dessa vez. Os olhos estavam ardentes. Eu estava parado entre ele a porta. Andrews não poderia entrar enquanto eu estivesse ali. Por um instante, pareceu prestes a me tirar do caminho com um empurrão. Isso não me preocupava: ele tinha uma desvantagem de dez quilos e vinte anos.

Puxou o queixo para dentro do pescoço e falou com voz autoritária:

— A senhora Collinson deve voltar comigo para San Francisco. Não pode ficar aqui. É um arranjo absurdo.

— Ela não vai para San Francisco — respondi. — Se necessário, o promotor público pode detê-la aqui como testemunha-chave. Tente contrariar isso com alguma de suas ordens de tribunal e nós vamos dar a você mais algumas coisinhas com que se preocupar. Estou falando isso para que saiba em que pé estão as coisas. Vamos provar que, com você, ela pode estar em risco. Como podemos saber se você não andou fazendo falcatruas com a herança? Como podemos saber se você não tem a intenção de tirar proveito do estado de perturbação em que Gabrielle se encontra para defender-se de qualquer encrenca relacionada à herança? Caramba, você pode até ter um plano de mandá-la para um hospício para que a herança fique sob seu controle.

Havia uma fera dentro de seus olhos, embora o resto tenha agüentado muito bem aquela enxurrada de acusações. Depois que retomou o fôlego normal e engoliu em seco, perguntou:

— Gabrielle acredita nisso? — Seu rosto estava magenta.

— Quem disse que alguém acredita? — Tentei maneirar as coisas. — Só estou falando o que vamos apresentar à Justiça. Você é advogado. Sabe que não existe ligação necessária entre o que é verdadeiro e o que é apresentado num tribunal... ou nos jornais.

A ferocidade transbordou de seus olhos, empurrou para trás a cor de seu rosto, a rigidez dos ossos; mas ele se manteve firme e ereto, e encontrou uma voz equilibrada.

— Pode dizer à senhora Collinson que vou devolver à Justiça esta semana a minha carta de testamenteiro, junto com um relatório sobre a herança e uma solicitação para que eu seja dispensado.

— Isso vai ser ótimo — respondi, mas tive pena do sujeito ao vê-lo arrastar os pés até o seu carro e entrar nele devagar.

Não contei a Gabrielle que ele tinha estado lá.

Agora ela gemia um pouco entre os bocejos e os espirros, e de seus olhos escorria água. O rosto, o corpo e as mãos estavam úmidos de suor. Não conseguia comer. Eu a mantinha cheia de suco de laranja. Barulhos e cheiros — por mais fracos que fossem, por mais agradáveis que fossem — tornavam-se penosos e Gabrielle contraía-se e sacudia-se o tempo todo sobre a cama.

— Vai piorar muito ainda? — perguntou.

— Não muito. Não vai acontecer nada que você não consiga suportar.

Mickey Linehan estava à minha espera quando desci.

— A chicana pegou um canivete — falou em tom divertido.

— Ah, é?

— É. O que eu estava usando para arrancar umas casquinhas de limão para diminuir o cheiro ruim daquele gim de fundo de quintal que você comprou... ou será que você só pegou emprestado, porque o dono sabia que você ia devolver tudo já que ninguém ia agüentar beber? É uma faca de descascar, uma lâmina de dez ou doze centímetros, de aço inoxidável, portanto você não vai ficar com manchas de ferrugem na sua camiseta de baixo quando ela cravar o canivete nas suas costas. Não consegui achar e aí perguntei a ela, e a mulher não olhou para mim como se eu fosse um envenenador de poços quando respondeu que não sabia nada sobre o assunto, e, como essa foi a primeira vez que ela olhou para mim desse jeito, eu sei que está com ela.

— Como você é sabido — falei. — Bem, fique de olho nela. A mulher não gosta muito da gente.

— Tenho de fazer isso? — sorriu Mickey. — Meu plano era cada um cuidar de si, já que você é o cara para quem ela olha com mais raiva, e o mais provável é que você seja o premiado com a facada. O que foi que você fez com ela? Não foi tão besta a ponto de brincar com os sentimentos de uma senhora mexicana, não é?

Não achei graça nenhuma, embora ele pudesse estar sendo engraçado.

Aaronia Haldorn estava parada ao lado da limusine, conversando com MacMan, quando saí. Na penumbra, o rosto dela era uma máscara oval e sombreada entre o cabelo preto e o casaco preto de pele — mas seus olhos luminosos eram bastante reais.

— Como vai? — perguntou, estendendo-me a mão. Sua voz era uma coisa que fazia umas ondas quentes subir pelas costas da gente. — Estou feliz pela senhora Collinson que você esteja aqui. Ela e eu tivemos provas muito boas da sua competência protetora, ambas devemos a vida a isso.

Aquilo era muito bom, mas já tinham falado a mesma coisa antes. Reagi com um gesto que devia indicar um modesto desagrado com o assunto e trouxe a conversa de volta ao que interessava:

— Desculpe, ela não pode falar com você. Não está bem.

— Ah, mas eu gostaria tanto de vê-la, nem que fosse apenas por um momento. Não acha que podia ser bom para ela?

Respondi que eu lamentava. Ela pareceu aceitar isso como a última palavra, porém falou:

— Viajei da cidade até aqui só para vê-la.

Aproveitei a deixa e soltei:

— Por acaso o senhor Andrews não lhe disse...? — E deixei a frase se desfazer sozinha.

Ela não respondeu se ele tinha dito ou não. Deu as costas e começou a caminhar lentamente pela grama. Eu não tinha mais o que fazer senão caminhar ao lado dela. A escuridão total ia chegar em poucos minutos. Quando estávamos a uns nove, dez metros do carro, ela disse:

— O senhor Andrews acha que você desconfia dele.

— Ele tem razão.

— De que você desconfia?

— De que ele fez algumas falcatruas com a herança. Escute, eu não sei direito, mas desconfio dele.

— Verdade?

— Verdade — respondi. — E de mais nada.

— Ah, acho que isso já é mais do que o suficiente.

— É o suficiente para mim. Eu não achava que fosse o suficiente para você.

— Como assim?

Eu não gostava do clima que havia entre mim e aquela mulher. Eu sentia medo dela. Empilhei os fatos que tinha à mão, acrescentei alguns palpites e lá de cima da pilha dei um salto no espaço:

— Quando você saiu da prisão, mandou chamar o Andrews, arrancou dele tudo o que sabia e depois, quando entendeu que ele andava brincando com os trocadinhos da garota, você viu o que lhe pareceu uma oportunidade de embaralhar as coisas lançando suspeitas sobre ele. O bode velho mulherengo: o cara seria uma moleza para uma mulher como você. Não sei o que anda planejando fazer com ele, mas já pôs o sujeito na roda, e já pôs os jornais nos calcanhares dele. Imagino que foi você quem lhes deu a dica da situação financeira do Andrews, não foi? Não é bonito, senhora Haldorn. Pare com isso. Não vai dar certo. Pode até perturbar o Andrews, tudo bem, e levá-lo a cometer alguma espécie de crime, meter o sujeito numa baita confusão: ele está bastante desesperado, agora que anda levando uns trancos. Mas o que quer que ele faça agora não vai servir para esconder o que outra pessoa fez no passado. Ele prometeu pôr a herança em ordem e devolvê-la. Deixe-o em paz. Não vai dar certo.

Ela não disse nada enquanto dávamos mais uma dúzia de passos. Uma trilha surgiu embaixo de nossos pés. Falei:

— Esta é a trilha que vai dar no alto do rochedo de onde Eric Collinson foi empurrado. Você o conhecia?

Ela inspirou com força, quase com um soluço na garganta, mas sua voz estava firme, serena e musical quando respondeu:

— Você sabe que sim. Por que pergunta?

— Detetives gostam de perguntas cuja resposta já sabem. Por que veio até aqui, senhora Haldorn?

— É outra dessas perguntas cuja resposta você já sabe?

— Sei que veio por uma de duas razões, ou pelas duas.

— Ah, é?

— Primeiro, para saber até que ponto estamos perto da resposta para o nosso enigma. Certo?

— Tenho a minha dose de curiosidade, naturalmente — confessou.

— Não me importo de fazer a sua viagem ser bem-sucedida nesse aspecto. Sei qual é a resposta.

Ela parou na trilha, me encarando, os olhos fosforescentes na penumbra profunda. Colocou a mão em meu ombro: era mais alta do que eu. A outra mão estava no bolso do casaco. Pôs o rosto mais perto do meu. Falou bem devagar, como se fizesse um grande esforço para se fazer entender:

— Diga-me com sinceridade. Não finja. Não quero fazer algo desnecessário. Espere, espere... pense antes de falar... e acredite quando eu lhe digo que não é hora para fingir, para mentir, para blefar. Diga-me a verdade: você sabe qual é a resposta?

— Sei.

Ela deu um sorriso frouxo enquanto retirava a mão do meu ombro e disse:

— Então não adianta continuarmos desconversando.

Pulei em cima dela. Se ela tivesse dado o tiro de dentro do bolso, teria metido uma azeitona no meu bucho. Mas, em vez disso, tentou sacar a arma do bolso. Nessa altura, eu já estava com a mão em seu pulso. A bala se enterrou no chão entre nossos pés. As unhas de sua mão livre abriram três faixas vermelhas no lado da minha cara, de cima para baixo. Enfiei a cabeça sob seu queixo, virei meu quadril para ela antes que seu joelho subisse, puxei com força seu corpo contra o meu, com o braço em volta dela, e dobrei o braço que segurava a arma por trás de seu corpo. Ela deixou a arma cair quando tombamos. Fiquei por cima. Permaneci nessa posição até localizar a arma. Estava me levantando quando MacMan chegou.

— Tudo em cima — falei para ele com a voz meio enrolada.

— Teve de meter uma azeitona nela? — perguntou, vendo a mulher estirada no chão.

— Não, ela está bem. Vá ver se o motorista não está querendo bancar o engraçadinho.

MacMan afastou-se. A mulher sentou-se, dobrou as pernas embaixo do corpo e esfregou o pulso. Falei:

— Essa é a segunda razão para você vir aqui, embora eu ache que o seu alvo era a senhora Collinson.

Ela se levantou sem dizer nada. Não a ajudei, queria que soubesse como eu estava aborrecido. Falei:

— Como você já chegou a este ponto, não vai fazer mal nenhum conversar, e pode até fazer algum bem.

— Não acho que nada possa fazer algum bem agora.

— Corrigiu a posição do chapéu. — Você disse que sabe. Então mentiras são inúteis, e só mentiras poderiam ajudar. — Ela deu de ombros. — Bem, e agora?

— E agora, nada, se você prometer lembrar que a hora para agir com desespero já passou. Esse tipo de coisa se divide em três partes: ser preso, ser condenado e ser punido. Admita que é tarde demais para fazer qualquer coisa quanto ao primeiro item, e... bem, você sabe o que são os tribunais e a administração das prisões da Califórnia.

Olhou para mim com uma expressão de curiosidade e perguntou:

— Por que está falando isso?

— Porque levar um tiro não me mete medo e porque, quando um serviço está feito, gosto que tudo fique em pratos limpos. Não estou interessado em condenar você por sua participação na tramóia e é um absurdo que você fique agora se intrometendo, tentando embaralhar as coisas. Vá para casa e trate de se comportar direito.

Nenhum de nós falou mais nada até voltarmos para a limusine. Então ela se virou, estendeu a mão para mim e disse:

— Acho... ainda não sei... acho que agora devo a você ainda mais do que antes.

Não falei nada e não segurei sua mão. Talvez por estar com a mão estendida ela perguntou:

— Pode me devolver a pistola agora?

— Não.

— Vai transmitir os meus bons votos para a senhora Collinson e dizer a ela que eu lamento não poder vê-la?

— Vou.

Falou:

— Até logo — e entrou no carro; tirei meu chapéu e ela se foi.

22

CONFESSIONÁRIO

Mickey Linehan abriu a porta da frente para mim. Olhou minha cara arranhada e riu:

— Você arranja muita confusão com as suas mulheres. Por que não pede a elas, em vez de tentar tomar à força? Ia poupar um bocado da sua pele. — Apontou para o teto com o polegar. — É melhor dar uma subida e enquadrar aquela lá de cima. Está fazendo a maior baderna.

Subi até o quarto de Gabrielle. Estava sentada no meio da cama bagunçada. Tinha as mãos enfiadas nos cabelos e os puxava. Sua cara ensopada era a de uma mulher de trinta e cinco anos. Com a garganta, fazia barulhos de um bicho ferido.

— É uma guerra, não é? — falei da porta.

Afastou as mãos dos cabelos.

— Não vou morrer? — A pergunta era uma lamúria entre dentes cerrados.

— Não há a menor possibilidade.

Ela soluçou e deitou-se. Arrumei as cobertas sobre ela. Queixou-se de que havia uma bola na garganta, de que seus maxilares e a cavidade atrás dos joelhos doíam.

— Sintomas normais — assegurei. — Não vão incomodar muito, e você não vai sentir as câimbras.

Unhas arranharam a porta. Gabrielle sentou-se de um pulo na cama e gritou:

— Não vá embora de novo.

— Só vou até a porta — prometi, e fui até lá.

MacMan estava na porta.

— A mexicana, Mary — sussurrrou —, estava escondida no meio das moitas à espera de você e da mulher. Eu a avistei quando ela saiu de lá e a segui pela estrada. Ela fez a limusine parar e falou com a mulher por uns cinco ou dez minutos. Não pude chegar perto o bastante para escutar.

— Onde ela está agora?

— Na cozinha. Ela voltou. A mulher do carrão foi embora. Mickey acha que a mexicana está armando alguma gracinha com aquela faca e vai criar encrenca para a gente. Não acha que ele tem razão?

— Ele geralmente tem — respondi. — Ela é muito apegada à senhora Collinson e acha que a gente não quer o bem da moça. Por que diabo ela não vai cuidar da própria vida? Na certa deu uma espiada e percebeu que a senhora Haldorn não estava a nosso favor, e logo imaginou que ela estava do lado da senhora Collinson e tomou o seu partido. Espero que a senhora Haldorn tenha tido juízo bastante para dizer para a mexicana se comportar direito. De todo modo, não há nada que a gente possa fazer, a não ser ficar de olho nela. Não adianta mandar a mulher para o olho da rua: precisamos de uma cozinheira.

Quando MacMan saiu, Gabrielle lembrava que tínhamos recebido uma visita e me perguntou quem era, e também sobre o tiro que ouviu e o meu rosto arranhado.

— Foi Aaronia Haldorn — contei —; ela perdeu a cabeça. Ninguém se machucou. Agora já foi embora.

— Veio aqui para me matar — disse a garota, não de modo nervoso, mas como se soubesse com certeza.

— Pode ser. Ela não explicou nada. Por que ia querer matar você?

Não obtive resposta.

Foi uma noite longa e ruim. Passei a maior parte do tempo no quarto da garota, numa cadeira de balanço estofada de couro que arrastei do quarto da frente para lá. Ela teve, talvez, uma hora e meia de sono, em três prestações. Pesadelos fizeram-na despertar aos gritos nas três vezes. Cochilei quando ela me permitia. Ao longo da noite, ouvi barulhos furtivos, que iam e vinham no corredor — Mary Nunez vigiava a sua patroa, imaginei.

Quarta-feira foi um dia pior e mais comprido. Ao meio-dia, meus maxilares doíam tanto quanto os de Gabrielle, com a tensão concentrada nos dentes de trás. Agora ela estava comendo o pão que o diabo amassou. Luz era uma dor ativa e positiva para seus olhos, som para os ouvidos, odores de toda espécie para as narinas. O peso de sua camisola de seda, o contato com os lençóis por cima e por baixo dela torturavam sua pele. Todos os seus nervos repuxavam todos os seus músculos sem parar. Promessas de que ela não ia morrer não adiantavam mais: a vida não tinha graça nenhuma.

— Pare de lutar, se preferir — falei. — Não resista mais. Deixe tudo por minha conta.

Ela me levou ao pé da letra e agora eu tinha uma doida nas mãos. A certa altura, seus gritos atraíram Mary Nunez, que na porta rosnou e cuspiu na minha direção, em espanhol mexicano. Eu estava deitando Gabrielle na cama, segurando-a pelos ombros, e suava tanto quanto ela.

— Saia daqui — rosnei para a mexicana atrás de mim.

Ela enfiou a mão morena no peito do vestido e deu um passo para dentro do quarto. Mickey Linehan avançou por trás dela, puxou-a para trás, para o corredor, e fechou a porta.

Entre um ataque e outro, Gabrielle ficava deitada de costas, arquejante, se retorcendo, olhava fixo para o teto com olhos que sofriam em desespero. Às vezes os olhos se fechavam, mas os espasmos no corpo não cessavam.

Rolly veio de Quesada naquela tarde com a notícia de que Fitzstephan havia voltado a si o bastante para ser interrogado por Vernon. Fitzstephan contou ao promotor público que não tinha visto a bomba, que não vira nada que indicasse quando, onde e como ela havia entrado no quarto; mas que tinha a vaga lembrança de ter ouvido um tilintar, como o de vidro quebrado quando cai, e um baque no chão perto dele pouco depois de Fink e eu termos saído do quarto.

Eu disse ao Rolly que avisasse ao Vernon que eu ia tentar dar um pulo lá para falar com ele no dia seguinte, e que não deixasse o Fink ir embora. O auxiliar do xerife prometeu dar o recado e se foi. Mickey e eu estávamos parados na varanda. Não havia nada para dizermos um ao outro, como tinha sido durante o dia todo.

Eu estava acendendo um cigarro quando a voz da garota soou lá de dentro. Mickey virou-se enquanto dizia alguma coisa com o nome de Deus no meio.

Olhei para ele de cara fechada e perguntei, zangado:

— Então, estou certo ou errado?

Ele me fitou de volta e disse:

— Para mim, você está para lá de errado — e afastou-se.

Lancei uma praga contra ele e entrei. Mary Nunez, que ia subir pela escada da frente, voltou na direção da cozinha quando me viu, e seus olhos me fitavam de um jeito louco enquanto andava para trás. Lancei pragas contra ela e subi para onde eu havia deixado o MacMan de vigia na porta da garota. Ele nem quis olhar na minha cara, por isso cheguei à unanimidade e lancei pragas contra ele também.

Gabrielle passou o resto da tarde aos berros, implorava e gritava pedindo morfina. Naquela noite, fez uma confissão completa:

— Falei para você que eu não queria ser má — disse, amassando as roupas de cama com as mãos febris. — Era mentira. Eu sempre quis ser má, e sempre fui. Eu queria fazer com você o que fiz com os outros; mas agora não quero você: quero morfina. Eles não vão me enforcar: eu sei. E não me importa o que façam comigo, contanto que eu tenha morfina.

Riu de um jeito maldoso e prosseguiu:

— Você estava certo quando disse que eu despertava o pior que havia nos homens porque eu queria. E eu queria mesmo; e fiz isso... só falhei com o doutor Riese, e com Eric. Não sei qual era o problema com eles. Mas não consegui, nos dois casos, e quando não consegui deixei que ambos soubessem coisas demais sobre mim. Por isso eles morreram. Joseph drogou o doutor Riese e eu mesma o

235

matei, e depois fizemos a Minnie acreditar que ela o havia matado. E convenci Joseph a matar Aaronia, e ele teria feito isso, teria feito qualquer coisa que eu pedisse, se você não tivesse interferido. Fiz o Harvey matar o Eric para mim. Eu estava legalmente unida ao Eric, um homem bom que queria fazer de mim uma boa mulher.

Ela riu de novo, lambendo os lábios.

— Harvey e eu precisávamos de dinheiro e eu não podia pedir tanto assim para o Andrews, tinha medo de despertar suspeitas, então fingimos que eu tinha sido seqüestrada a fim de conseguir o dinheiro. Foi uma vergonha vocês matarem o Harvey daquele jeito: era um animal formidável. Eu estava com aquela bomba, fiquei com ela durante meses. Peguei no laboratório do papai quando ele fazia experiências para uma produtora de cinema. Não era muito grande e eu a levava sempre comigo, para o caso de alguma necessidade. Eu queria atingir você no quarto do hotel. Não havia nada entre Owen e mim, isso foi outra mentira, ele não me amava. Eu queria atingir você porque você estava... porque eu tinha medo de que você chegasse à verdade. Estava febril e, quando ouvi que dois homens saíam, deixando só um homem no quarto, tive certeza de que era você. Não me dei conta de que era Owen, só o vi tarde demais, depois que eu tinha aberto a porta um pouquinho e jogado a bomba lá dentro. Agora você já tem o que queria. Dê-me a morfina. Não há motivo para continuar escondendo de mim. Dê-me a morfina. Você venceu. Ponha por escrito tudo o que lhe contei: vou assinar. Agora você não pode fingir que vale a pena me curar, que vale a pena me salvar. Dê-me a morfina.

Agora era minha vez de rir, enquanto perguntava:

— E você não vai confessar também que seqüestrou Charlie Ross e que fez explodir o *Maine?* *

(*) O menino Charlie Ross desapareceu misteriosamente em 1874, e seu caso se tornou célebre. O afundamento do navio de guerra *USS Maine* em 1898, em Havana, causado por uma explosão, precipitou a guerra entre os Estados Unidos e a Espanha. (N. T.)

Tivemos mais um bocado de gritaria, uma hora inteira de loucura, até que ela se esgotou outra vez. A noite se arrastou. Ela teve um pouco mais de duas horas de sono, uma melhora de meia hora em relação à noite anterior. Eu cochilava na cadeira quando podia.

Um pouco antes do raiar do dia, acordei com o toque de uma mão no meu paletó. Mantendo a respiração regular, abri as pálpebras só o suficiente para espiar através das pestanas. Havia uma luz muito fraca no quarto, mas achei que Gabrielle estava na cama, embora eu não pudesse ver se dormindo ou acordada. Minha cabeça estava inclinada para trás, escorada no espaldar da cadeira. Eu não conseguia ver a mão que explorava o bolso interno do meu paletó, nem o braço que descia por trás do meu ombro; mas tinham cheiro de cozinha, portanto eu sabia que eram morenos.

A mexicana estava de pé atrás de mim. Mickey tinha me dito que ela andava com uma faca. A imaginação me disse que ela segurava a faca na outra mão. O bom senso me disse para deixá-la em paz. Fiz isso e sua mão saiu do meu bolso.

Mexi a cabeça sonolentamente e mudei a posição do pé. Quando ouvi a porta fechar de mansinho às minhas costas, endireitei o corpo e olhei em volta. Gabrielle estava dormindo. Contei as trouxinhas no meu bolso e vi que oito delas tinham sido levadas.

Logo Gabrielle abriu os olhos. Desde que a cura havia começado, era a primeira vez que ela acordava com tranqüilidade. Seu rosto estava abatido, mas não tinha olhos desvairados. Olhou para a janela e perguntou:

— O dia ainda não começou?

— Está clareando agora. — Dei-lhe um pouco de suco de laranja. — Vamos pôr um pouco de comida para dentro hoje.

— Não quero comer. Quero morfina.

— Não seja tola. Você vai comer. Não vai tomar morfina. Hoje não vai ser como ontem. Você já passou para o outro lado do morro e daqui para a frente é só uma descida, se bem que você pode dar um ou dois tropeções. É besteira pedir morfina agora. O que quer fazer? Passar por todo esse inferno em troca de nada? Você está levando a melhor: não jogue fora a sua vantagem.

— Eu... eu estou mesmo levando a melhor?

— Está, sim. Agora é só segurar o seu nervosismo, mais nada, e dar um fora na lembrança de como era ficar com a carcaça entupida de droga.

— Eu vou conseguir — disse ela. — Vou conseguir porque você diz que eu consigo.

Agüentou bem até o fim da manhã, quando perdeu a cabeça durante uma ou duas horas. Mas não foi tão ruim e consegui que ela voltasse a ficar bem de novo. Quando Mary trouxe o almoço para Gabrielle, deixei as duas juntas e desci para almoçar.

Mickey e MacMan já estavam na mesa da sala de jantar. Nenhum dos dois disse nada durante a refeição — nem um para o outro, nem para mim. Como ficaram calados, também fiquei.

Quando subi outra vez, Gabrielle, num roupão verde, estava sentada na cadeira de balanço estofada de couro que servira de cama para mim durante duas noites. Tinha escovado os cabelos e empoado o rosto. Os olhos estavam mais verdes, com as pálpebras inferiores um pouquinho levantadas, como se ela estivesse escondendo alguma intenção zombeteira. Falou num tom jocosamente solene:

— Sente-se. Quero conversar a sério com você.

Sentei.

— Por que está passando por todo esse transtorno comigo... para mim? — Agora estava mesmo séria. — Você não precisava e não deve ter sido nem um pouco agradável. Eu fui... não sei até que ponto fui má. — Ficou vermelha da testa até o peito. — Sei que fui revoltante, nojenta. Sei como devo parecer agora para você. Por que... por que fez isso?

Falei:

— Tenho o dobro da sua idade, irmãzinha; sou um velho. Já passei da idade de bancar o bobo e ficar dando explicações sobre por que fiz o que fiz, e por que não achei nem revoltante nem nojento, e por que eu faria isso outra vez, e por que vou ficar contente se por acaso houver outra oportunidade.

Ela ergueu-se de um salto, os olhos arregalados e escuros, a boca trêmula:

— Quer dizer...?

— Quero dizer que não estou admitindo coisa nenhuma — respondi. — E se você ficar desfilando por aí com esse roupão meio aberto vai acabar pegando uma bronquite. Vocês, ex-drogadas, têm de tomar bastante cuidado com resfriados.

Sentou-se de novo, pôs as mãos sobre o rosto e começou a chorar. Deixei que chorasse. Logo começou a dar uma risadinha através dos dedos e perguntou:

— Você vai sair e me deixar sozinha hoje à tarde?

— Vou, se você ficar boazinha.

Fui de carro até a sede do condado, fui ao hospital do condado e discuti com as pessoas até me deixarem entrar no quarto de Fitzstephan.

Ele era noventa por cento ataduras, só com um olho, uma orelha e um lado da boca de fora. O olho e a meia boca sorriam para mim através da gaze e uma voz a atravessava.

— Não quero mais saber dos seus quartos de hotel. — Não era uma voz clara porque tinha de sair pelo canto e ele não conseguia mexer os maxilares; mas havia nela muita vitalidade. Era a voz de um homem que queria muito continuar a viver.

Sorri para ele e disse:

— Desta vez não vai ter nada de quarto de hotel, a menos que você pense que San Quentin é um hotel. Está forte o bastante para encarar um interrogatório ou devemos esperar um ou dois dias?

— Eu agora devo estar na minha melhor forma — respondeu. — Expressões faciais não vão me trair.

— Ótimo. O primeiro ponto é o seguinte: Fink passou a bomba para você quando apertou a sua mão. Era a única maneira de ele poder fazer isso sem eu notar. Estava de costas para mim na hora. Você não sabia o que ele estava lhe entregando, mas tinha de aceitar, assim como tem de negar isso agora, ou então nos revelar que você andava metido na quadrilha do Cálice Sagrado e que Fink tinha motivos para matar você.

Fitzstephan disse:

— Você diz as coisas mais incríveis. Mas fico feliz de que ele pelo menos tivesse motivos.

— Você arquitetou o assassinato de Riese. Os outros foram seus cúmplices. Quando Joseph morreu, a culpa foi toda para ele, o suposto louco. Basta isso para deixar os outros de fora, ou devia bastar. Mas lá está você matando o Collinson e planejando Deus sabe o quê mais. Fink sabe que, se você continuar na ativa, vai acabar revelando a verdade sobre o assassinato no Templo e ele vai ser enforcado com você. Portanto, apavorado e em pânico, ele tenta dar cabo de você.

Fitztsephan disse:

— Cada vez melhor. Então eu matei o Collinson?

— Você cuidou para que ele fosse morto, contratou Whidden e depois não pagou. Então ele seqüestrou a garota, ficou com ela para conseguir receber o seu dinheiro, sabia que era ela que você queria. Foi de você que a bala dele passou mais perto quando nós o encurralamos.

Fitzstephan disse:

— Meu estoque de exclamações acabou. Quer dizer que eu estava atrás dela? Eu só queria saber qual poderia ser o motivo.

— Você deve ter sido um bocado podre com ela. A garota passou maus bocados com Andrews, e até com Eric, mas não se importou de falar sobre os dois. Entretanto, quando tentei saber detalhes dos seus galanteios, ela ficou sobressaltada e se calou. Acho que ela deu um fora tão completo em você que você se sentiu jogado no lixo. E você é o tipo de egoísta capaz de ser levado a fazer qualquer loucura por causa de uma coisa dessas.

Fitzstephan disse:

— Creio que sim. Sabe, às vezes eu tinha uma leve impressão de que você andava nutrindo em segredo alguma teoria excepcionalmente idiota.

— Bom, por que não? Você estava do lado da senhora Leggett quando ela pegou aquela arma de repente. Onde ela ia arranjar a arma? Perseguir a mulher quando ela saiu do laboratório e desceu a escada não é o tipo de coisa que um sujeito como você normalmente faria. A sua mão estava na arma dela quando a bala atingiu o pescoço da mulher. Achou que eu era cego, surdo e mudo? Havia, como você mesmo concorda, uma mente por trás de todos os problemas de Gabrielle. Você é a pessoa que tem esse tipo de mente, cuja relação com cada episódio pode ser estabelecida e que tem o motivo necessário. O motivo é que me deixou confuso: não consegui ter certeza, até aparecer uma boa oportunidade para interrogar Gabrielle com calma, depois da explosão. Outra coisa que me deixou confuso foi não ser capaz de ligar você ao bando do Templo, até que Fink e Aaronia Haldorn fizeram isso para mim.

Fitzstephan disse:

— Ah, Aaronia ajudou a me envolver? O que foi que ela inventou? — Falou com um tom de voz distraído, e seu olho cinzento, o único visível, estava quase fechado, como se, por trás dele, outros pensamentos o ocupassem.

— Aaronia fez o melhor que pôde para protegê-lo, embolando as coisas, criando confusão, voltando nossa atenção para Andrews, até tentando me dar um tiro. Falei de Collinson pouco depois que ela soube que a isca do Andrews já não prestava. Ela me dirigiu um arquejo e um soluço mal disfarçados, na esperança de que isso fosse me despistar, desviar minha atenção. Eu gosto dela: é esperta.

— Ela é tão cabeça-dura — disse Fitzstephan, com voz fraca, sem ouvir metade do que eu falei, ocupado com os próprios pensamentos. Virou a cabeça sobre o travesseiro numa posição em que o olho, estreito e pensativo, mirava o teto.

Falei:

— E assim termina a Grande Maldição dos Dain.

Então ele riu, o melhor que podia rir, com um olho e uma fração da boca, e disse:

— Imagine, meu jovem, que eu lhe diga que sou um dos Dain...

— Ahn? — perguntei.

— Minha mãe e o avô materno de Gabrielle — disse ele — eram irmãos.

— Caramba! — exclamei.

— Você terá de sair e me deixar pensar — falou. — Ainda não sei o que fazer. Entenda, no momento não admito nada. Mas é provável que eu insista na maldição, tente usá-la a fim de salvar o meu querido pescoço. Nesse caso, meu filho, você verá uma defesa formidável, um circo que vai provocar convulsões de alegria nos jornais do país. Serei um Dain, com o sangue maldito dos Dain dentro de mim, e os crimes da prima Alice e da prima Lily, e da prima em segundo grau Gabrielle, e Deus sabe quantos crimes mais dos Dain podem ser invocados em meu favor. O número de meus próprios crimes contará a meu favor, com base na teoria de que ninguém a não ser um maluco poderia cometer tantos crimes. E serão eles tantos assim? Inventarei crimes e mais crimes, desde o dia em que nasci.

"Até a literatura vai me ajudar. Por acaso a maioria dos críticos não concorda que *A egípcia pálida* era a obra de um submongolóide? E, como recordo, houve consenso de que o meu *Oito polegadas* trazia todos os sinais conhecidos de degenerescência autoral. Provas, meu filho, para salvar o querido pescoço. E vou brandir o meu corpo estropiado diante deles, um braço perdido, uma perna perdida, partes do tronco e do rosto, uma ruína a cujos crimes os Céus trouxeram certamente um castigo suficiente. E talvez, com o choque, a bomba tenha me trazido de volta a sanidade mental, ou pelo menos me livrado da loucura criminosa.

Talvez eu tenha até me tornado religioso. Vai ser um circo maravilhoso. Isso me tenta. Mas preciso pensar antes de me comprometer."

Ele arquejou através da metade da boca descoberta, esgotado pelo discurso, olhando para mim com o olho cinzento que ostentava um júbilo triunfante.

— É provável que você se saia bem — falei, quando me preparava para sair. — E vou ficar satisfeito se conseguir. Você já apanhou demais. E, legalmente, está habilitado a se safar, mais do que ninguém.

— Legalmente habilitado? — repetiu, enquanto o júbilo abandonava seu olho. Olhou para o outro lado e depois para mim de novo, inquieto. — Diga a verdade. Estou?

Fiz que sim com a cabeça.

— Ah, desgraça, isso estraga tudo — queixou-se, esforçando-se para manter a inquietude longe de seu olho, esforçando-se para manter seu jeito preguiçosamente jocoso de sempre, e se saiu muito bem nessa pobre tarefa. — Não tem graça nenhuma se eu estiver mesmo maluco.

Quando voltei para a casa na enseada, Mickey e Mac-Man estavam sentados na escadinha da entrada. MacMan disse:

— Oi.

E Mickey:

— Conseguiu novas cicatrizes de mulher enquanto esteve fora? A sua pequena parceira andou perguntando por você.

Supus, com isso, que eu tinha sido readmitido à raça branca e que Gabrielle havia passado bem durante a tarde.

Estava sentada na cama com travesseiros nas costas, a cara ainda — ou de novo — empoada, os olhos brilhando felizes.

— Eu, na verdade, não queria que você fosse embora para sempre — reclamou. — Você agiu mal comigo. Tenho uma surpresa para você e estou quase estourando de ansiedade à sua espera.

— Bem, aqui estou. O que é?

— Feche os olhos.

Fechei.

— Abra os olhos.

Abri. Estendia na minha direção as oito trouxinhas que Mary Nunez tinha surrupiado do meu bolso.

— Estou com elas desde o meio-dia — falou, orgulhosa. — Elas têm marcas de dedos e marcas de lágrimas, mas nenhuma foi aberta. E, sinceramente, não foi tão difícil não abrir.

— Eu sabia que não seria difícil para você — falei. — Por isso não as tomei de Mary.

— Você sabia? Confiava em mim tanto assim, a ponto de ir embora e me deixar com elas?

Ninguém a não ser um imbecil teria confessado que durante dois dias os papéis dobrados haviam contido açúcar refinado em vez da morfina original.

— Você é o homem mais gentil do mundo. — Pegou uma de minhas mãos e esfregou nela a sua bochecha, depois a soltou depressa, franziu o rosto até deformá-lo e disse: — Exceto por uma coisa! Ficou ali sentado hoje ao meiodia e tentou de propósito me levar a pensar que estava apaixonado por mim.

— Eu? — Perguntei, tentando manter o rosto sério.

— Seu hipócrita. Seu enganador de meninas. Seria um bom castigo se eu obrigasse você a se casar comigo ou processasse você por quebra de compromisso matrimonial. Acreditei sinceramente em você durante a tarde toda, e isso me ajudou muito. Acreditei em você, até que entrou agora há pouco, e aí eu vi... — Parou.

— Viu o quê?

— Um monstro. Um monstro bom, especialmente bom para a gente ter por perto quando está numa encrenca séria, mas mesmo assim um monstro, sem nenhuma das bobagens humanas como amor e... O que foi? Falei alguma coisa que não devia?

— Não acho que você devia dizer isso — respondi. — Não tenho certeza de que não trocaria de lugar com o Fitzstephan agora... se aquela mulher de olhos grandes e com aquela voz fizesse parte do trato.

— Ah, essa não! — disse ela.

23

O CIRCO

Owen Fitzstephan nunca mais falou comigo. Recusou-se a me ver e quando, na condição de presidiário, não pôde me impedir de procurá-lo, fechou a boca e a manteve fechada. Esse repentino ódio por mim — pois se tratava disso — havia crescido, eu supus, a partir do momento em que soube que eu o considerava louco. Ele queria que o resto do mundo, ou pelo menos aquele punhado de pessoas que representavam o mundo em seu júri, pensasse que ele tinha ficado louco — e conseguiu fazer o júri pensar assim —, mas não queria que eu concordasse com eles. Como um homem mentalmente são que, fingindo ser louco, agiu como bem quis e escapou do castigo, ele fazia chacota — se quiser chamar assim — do mundo. Mas se ele era um louco que, ignorante de sua loucura, pensava que fingia ser louco, então a chacota — se quiser chamar assim — era contra ele. E o fato de eu fazer tal chacota voltar-se contra ele era mais do que o seu egoísmo podia engolir, muito embora seja improvável que ele alguma vez tenha admitido a si mesmo que era, ou podia ser, de fato louco. Não sei o que ele pensava, mas nunca mais falou comigo depois da conversa no hospital na qual eu disse que ele estava legalmente habilitado a escapar da forca.

Seu julgamento, quando ele se recuperou o bastante para apresentar-se ao tribunal meses depois, foi de ponta a ponta o circo que ele havia prometido, e os jornais tiveram as suas convulsões de alegria. Foi julgado no tribunal do condado pelo assassinato da sra. Cotton. Duas testemunhas novas foram encontradas, elas o viram sair pelos fundos da casa dos Cotton naquela manhã, e uma terceira testemunha identificou seu carro como o que ficou estacionado a quatro quarteirões dali durante toda a noite anterior — ou durante a parte final daquela noite. Os promotores do condado e do município concordaram que esses indícios o incriminavam fortemente no caso do homicídio da sra. Cotton.

A alegação da defesa de Fitzstephan foi que ele era inocente por motivo de insanidade, ou seja lá qual for a fórmula jurídica. Uma vez que o assassinato da sra. Cotton foi o último de seus crimes, seus advogados podiam, e assim fizeram, apresentar como prova de sua insanidade tudo o que ele tinha feito nos demais crimes. Nisso, realizaram um trabalho de primeira, levaram a cabo a idéia original de Fitzstephan segundo a qual a melhor maneira de provar que ele era louco consistia em mostrar que havia cometido mais crimes do que um homem são poderia cometer. Bem, ficou bastante claro que ele pôde cometer.

Fitzstephan conhecera sua prima Alice Dain em Nova York, quando ela e Gabrielle, na época uma criança, moravam lá. Gabrielle não pôde corroborar isso: só tínhamos a palavra de Fitzstephan; mas pode ter sido assim. Contou que os dois esconderam seu relacionamento porque não queriam que o pai da menina — a quem Alice estava procurando — soubesse que ela trazia consigo qualquer vínculo com o passado perigoso. Fitzstephan contou que Alice foi sua amante em Nova York: isso podia ser verdade, mas não tinha importância.

Depois que Alice e Gabrielle partiram de Nova York e foram para San Francisco, Fitzstephan e a mulher trocaram cartas ocasionais, mas sem nenhum propósito definido. Fitzstephan conheceu então os Haldorn. O culto foi idéia dele: organizou, financiou e levou-o para San Francisco, embora mantivesse em segredo seu vínculo com o Templo, pois todo mundo que o conhecia sabia do seu ceticismo; e seu interesse por aquilo teria logo denunciado a fraude que de fato era. Para Fitzstephan, disse ele, o culto era uma combinação de brincadeira e caça-níqueis; gostava de influenciar pessoas, sobretudo de maneiras obscuras, e além do mais as pessoas não pareciam gostar de comprar seus livros.

Aaronia Haldorn era sua amante, Joseph um títere, tanto na família como no Templo.

Em San Francisco, Fitzstephan e Alice organizaram as coisas de modo que ele se tornou conhecido do marido dela e de Gabrielle por intermédio de outros amigos da família. Gabrielle era agora uma jovem mulher. Suas peculiaridades físicas, que ele interpretava de forma bem semelhante a ela, o fascinavam; e arriscou a sorte com Gabrielle. Não teve sorte nenhuma. Isso deixou-o ainda mais decidido a conquistar a garota: Fitzstephan era assim. Alice era sua aliada. Ela o conhecia e detestava Gabrielle — por isso queria que ele a dominasse. Alice tinha contado a Fitzstephan a história da família. O pai da garota não sabia, nessa altura, que Gabrielle havia sido levada a acreditar que ele era o assassino da mãe dela. Sabia que Gabrielle tinha uma profunda aversão por ele, mas desconhecia a origem daquilo. Achava que tudo o que ele havia passado na prisão, e que depois o havia marcado com uma rudeza naturalmente repulsiva, era demais para uma menina que, a despeito da relação que havia entre eles, era na verdade uma pessoa que ele conhecia havia pouco tempo.

Ele veio a saber a verdade quando, ao surpreender Fitzstephan tentando enfaticamente chamar Gabrielle à razão — como dizia Fitzstephan —, entrou numa disputa acirrada com os dois. Leggett começou a entender então que tipo de mulher era a sua esposa. Fitzstephan não foi mais convidado a ir à casa dos Leggett, mas se manteve em contato com Alice e esperou a sua hora.

A sua hora chegou quando Upton resolveu chantagear. Alice procurou Fitzstephan e lhe pediu conselhos. Ele lhe deu conselhos — de forma traiçoeira. Insistiu em que ela mesma devia cuidar de Upton e esconder de Leggett a chantagem — o seu conhecimento a respeito do passado de

Leggett. Disse que Alice devia, acima de tudo, esconder do marido o fato de que conhecia a história dele na América Central e no México — um trunfo importante para guardar e usar contra ele, agora que Leggett a odiava por causa do que ela havia dito à garota. Entregar os diamantes a Upton e forjar os indícios de um arrombamento foram idéias de Fitzstephan. A pobre Alice não tinha a menor importância para ele; Fitzstephan não ligava a mínima para o que acontecesse com ela, contanto que ele pudesse estragar a vida de Leggett e ficar com Gabrielle.

Obteve sucesso em seu primeiro objetivo: guiada por ele, Alice destruiu por completo a vida familiar de Leggett, pensando, até o fim, quando ele a perseguiu depois de lhe dar a pistola no laboratório, que Fitzstephan tinha um plano engenhoso por meio do qual seriam salvos; ou seja, ele e ela seriam salvos: o marido não contava mais para ela, assim como ela não contava mais para Fitzstephan. Ele precisou matá-la, é claro, a fim de evitar que ela o denunciasse quando descobrisse que seu plano engenhoso era uma armadilha contra ela.

Fitzstephan disse que ele mesmo matou Leggett. Quando Gabrielle saiu de casa, depois de presenciar o assassinato de Ruppert, ela deixou um bilhete dizendo que tinha ido embora para sempre. Isso rompia o acordo no que dizia respeito a Leggett. Ele disse a Alice que estava farto, que ia embora, e ofereceu-se para redigir uma declaração em que assumia a responsabilidade pelo que ela havia feito. Fitzstephan tentou persuadir Alice a matá-lo, mas ela não quis. Ele o matou. Queria ter Gabrielle e achava que Leggett vivo, mesmo na condição de foragido da Justiça, o impediria de alcançar seu objetivo.

O sucesso de Fitzstephan em livrar-se de Leggett e em escapar da suspeita de ter matado Alice animou-o. Entusiasmado, seguiu adiante com seu plano de conseguir ter a garota. Os Haldorn haviam sido apresentados aos Leggett algumas semanas antes e já tinham atraído a garota para dar umas mordidas em sua isca. Ela os havia procurado quando fugiu de casa. Dessa vez, a convenceram a ir de novo para o Templo. Os Haldorn não sabiam o que Fitzstephan pretendia, o que tinha feito com os Leggett: achavam que a garota era só mais um dos possíveis adeptos que ele encaminhava para o Templo. Mas o dr. Riese, em busca de Joseph no setor em que este ficava no Templo, no dia em que eu estava lá, abriu uma porta que deveria estar trancada e viu Fitzstephan e os Haldorn reunidos.

Aquilo era perigoso: Riese não poderia ser mantido calado e, quando a ligação de Fitzstephan com o Templo fosse divulgada, era muito provável que sua participação na desavença entre os Leggett também viesse à tona. Ele tinha dois instrumentos de manejo fácil — Joseph e Minnie. Ele havia matado Riese. Mas isso despertou Aaronia para o verdadeiro interesse de Fitzstephan em Gabrielle. Enciumada, Aaronia faria o possível para Fitzstephan desistir da garota, ou então arruinaria todos os planos dele. Fitzstephan convenceu Joseph de que nenhum deles estaria a salvo da forca enquanto Aaronia continuasse viva. Quando salvei Aaronia ao matar seu marido, salvei também Fitzstephan, pelo menos naquele momento: Aaronia e Fink precisavam ficar de bico calado a respeito da morte de Riese, se quisessem salvar-se da acusação de ser cúmplices do crime.

Nessa altura, Fitzstephan havia acertado o seu caminho. Agora encarava Gabrielle como propriedade sua, comprada ao preço das mortes que ele havia causado. Cada morte aumentava o preço dela, seu valor para Fitzstephan. Quando Eric levou Gabrielle embora e casou-se com ela, Fitzstephan não hesitou. Eric precisava ser morto.

Mais ou menos um ano antes, Fitzstephan queria achar um lugar sossegado onde pudesse terminar de escrever um romance. A sra. Fink, a minha ferreiro de aldeia, recomendou Quesada. Ela havia nascido no povoado e um filho seu, de um casamento anterior, Harvey Whidden, morava lá. Fitzstephan foi para Quesada, ficou alguns meses e conheceu bem Whidden. Agora que havia mais um assassinato a ser cometido, Fitzstephan lembrou-se de Whidden como o homem que poderia fazer isso, por um certo preço.

250

Quando Fitzstephan soube que Collinson procurava um lugar sossegado onde sua esposa pudesse repousar e se recuperar enquanto aguardavam o julgamento dos Haldorn, ele sugeriu Quesada. Bem, era um lugar sossegado, talvez o mais sossegado da Califórnia. Então Fitzstephan procurou Whidden e lhe ofereceu mil dólares em troca do assassinato de Eric. Whidden recusou, a princípio, mas não tinha um raciocínio muito ágil, e Fitzstephan sabia muito bem como ser persuasivo, portanto fizeram um trato.

Whidden falhou na primeira tentativa, na quinta-feira à noite, assustando Collinson, o que o levou a me telegrafar; depois Whidden viu o telegrama na agência telegráfica e achou que ele precisava dar cabo do serviço de uma vez, a fim de se salvar. Assim, tomou um bocado de uísque para ganhar coragem, seguiu Collinson na noite de sexta-feira e empurrou-o de cima do penhasco. Então tomou mais um bocado de uísque e veio para San Francisco, nessa altura julgando-se o sujeito mais terrível do mundo. Telefonou para o seu contratante e disse:

— Bem, eu o matei e ele está bem morto. Agora quero o meu dinheiro.

A linha do telefone de Fitzstephan passava pela mesa telefônica do condomínio: ele não sabia quem podia ter ouvido as palavras de Whidden. Resolveu não correr riscos. Fingiu que não sabia quem estava falando nem do que se tratava. Achando que Fitzstephan queria lhe passar a perna, e ciente daquilo que o romancista queria, Whidden resolveu pegar a garota e escondê-la, em troca não dos seus mil dólares originais, mas sim de dez mil dólares. Ainda lhe restava bastante astúcia de bêbado para disfarçar a caligrafia quando redigiu o bilhete para Fitzstephan, para não assiná-lo e escrevê-lo de tal modo que o escritor não pudesse contar à polícia quem o havia mandado sem precisar explicar como sabia quem havia feito aquilo.

A situação de Fitzstephan não era nada boa. Quando recebeu o bilhete de Whidden, resolveu dar uma cartada audaciosa, apostar em sua sorte, que o havia ajudado até ali. Contou-me a respeito do telefonema e me entregou a carta. Isso lhe deu o direito de ir a Quesada e de ter uma excelente razão para estar lá. Só que chegou antes da hora, uma noite antes de juntar-se a mim, e foi à casa do chefe de polícia para perguntar à sra. Cotton — cuja relação com Whidden ele conhecia — onde poderia encontrar o sujeito. Whidden estava lá, escondido do chefe de polícia. Whidden não tinha o raciocínio muito ágil e Fitzstephan sabia muito bem como ser persuasivo quando queria: Fitzstephan explicou como a imprudência de Whidden o forçara a fingir não compreender o sentido do telefonema. Fitzstephan tinha um plano pelo qual Whidden poderia agora ganhar dez mil dólares em condições seguras, ou pelo menos levou-o a acreditar nisso.

Whidden voltou a seu esconderijo. Fitzstephan continuou com a sra. Cotton. Ela, a pobre mulher, agora sabia demais e não gostou do que sabia. Sua sorte estava selada: matar as pessoas era o único modo seguro e garantido de mantê-las caladas — toda a experiência recente de Fitzstephan comprovava isso. Sua experiência com Leggett lhe dizia que, se a convencesse a deixar uma declaração por escrito na qual diversos pontos misteriosos fossem explicados de maneira satisfatória — e não demasiado verdadeira —, sua situação ficaria bem melhor. Ela desconfiou das intenções de Fitzstephan e não quis ajudá-lo. Por fim, redigiu a declaração ditada por ele, mas só quando a manhã já ia adiantada. A narração que Fitzstephan fez sobre como conseguiu, afinal, arrancar da mulher a declaração não foi nada agradável; mas conseguiu e depois a estrangulou, e mal havia terminado quando o marido voltou de sua caçada noturna.

Fitzstephan fugiu pela porta dos fundos — as testemunhas que o viram sair da casa não se apresentaram senão depois que a foto dele publicada nos jornais sacudiu sua memória — e foi unir-se a mim e a Vernon no hotel. Foi conosco ao esconderijo de Whidden, abaixo de Dull Point. Conhecia Whidden, sabia da provável reação do homem estúpido a essa segunda traição. Sabia que nem Cotton nem Feeney ficariam tristes de atirar em Whidden. Fitzstephan acreditava que podia confiar na sua sorte e no que os jogadores de aposta chamam de porcentagem da situação. Se isso não desse certo, pretendia tropeçar quando saísse do bote e atirar em Whidden por acidente com a arma que tinha na mão. (Recordava como havia descartado a sra. Leggett com perícia.) Poderia ser incriminado por isso, poderia até se tornar um suspeito, mas dificilmente seria condenado.

Mais uma vez sua sorte ajudou. Ao ver Fitzstephan conosco, Whidden ficou transtornado e tentou atirar nele, e nós matamos Whidden.

Tal foi a história que esse louco, julgando-se sadio, usou para tentar provar sua insanidade, e conseguiu. As demais acusações contra ele foram abandonadas. Foi enviado para o hospício público em Napa. Um ano depois, teve alta. Não creio que os responsáveis pelo hospício o julgassem curado: acharam que ele estava aleijado demais para tornar-se perigoso outra vez.

Aaronia Haldorn levou-o para uma ilha em Puget Sound, pelo que eu soube.

Ela depôs no julgamento de Fitzstephan, como uma das testemunhas dele, mas não foi acusada de nada. A tentativa de seu marido e de Fitzstephan de matá-la teve o resultado prático de retirá-la da lista dos culpados.

Nunca mais encontramos a sra. Fink.

Tom Fink pegou uma pena de cinco a quinze anos em San Quentin pelo que fez a Fitzstephan. Nenhum deles parecia culpar o outro agora, e um tentava dar cobertura ao outro no banco das testemunhas. O motivo confesso de Fink para jogar a bomba foi vingar-se da morte de seu enteado, mas ninguém engoliu essa. Ele tentou encobrir as atividades de Fitzstephan antes de Fitzstephan jogar a lama no ventilador.

Libertado da cadeia, Fink percebeu que estava sendo seguido e viu naquela vigilância tanto um motivo para o medo como uma forma de segurança. Ele havia de fato escapado à vigilância de Mickey naquela noite, escapuliu para conseguir material para construir a sua bomba e depois voltou, trabalhou na bomba a noite inteira. As notícias que ele me trouxe deviam comprovar sua presença em Quesada. A bomba não era grande — sua parte externa tinha sido feita com uma lata de sabão de alumínio, envolta em papel branco —, e nem ele nem Fitzstephan tiveram dificuldade em ocultá-la de mim quando ela passou de um para o outro na hora em que se apertaram as mãos. Fitzstephan pensou que era alguma coisa que Aaronia estivesse mandando para ele, algo importante o suficiente para justificar o risco de mandá-la. Ele não poderia ter se recusado a receber a bomba sem atrair minha atenção, sem revelar a ligação que havia entre ele e Fink. Escondeu a bomba até sairmos do quarto e então a abriu — para só acordar no hospital. Tom Fink pensou que estava a salvo, com base no testemunho de Mickey, que declarou que o seguiu desde o momento em que saiu da prisão, e no meu testemunho quanto ao seu comportamento no episódio da explosão da bomba.

Fitzstephan disse não acreditar que o relato de Alice Leggett sobre a morte da irmã fosse verdadeiro; achava que ela — Alice — havia cometido o assassinato e mentira a fim de magoar Gabrielle. Todos tomaram como líquido e certo que ele tinha razão — inclusive Gabrielle —, embora ele não tivesse nenhuma prova para respaldar o que, afinal de contas, não passava de uma conjetura. Fiquei tentado a perguntar ao correspondente da agência de detetives em Paris se ele podia revirar alguma coisa daquele caso antigo, mas resolvi não fazer isso. Não era da conta de ninguém, exceto de Gabrielle, e ela parecia feliz com o que já havia sido revelado.

Agora ela estava nas mãos dos Collinson. Eles vieram para Quesada a fim de buscá-la, assim que os jornais publicaram a primeira edição extra, acusando Fitzstephan do assassinato de Eric. Os Collinson não precisaram ser grosseiros a respeito do assunto — admitir que tinham suspeitado dela antes: quando Andrews abriu mão de suas funções como testamenteiro e outro administrador — Walter Fielding — foi indicado, os Collinson simplesmente pareceram tomá-la sob sua guarda, como era do seu direito, na condição de seus parentes mais próximos, a partir do momento em que Andrews a abandonou.

Dois meses nas montanhas remataram a sua cura e ela voltou para a cidade com um aspecto completamente distinto. A diferença não estava só na aparência.

— Não consigo mesmo acreditar que tudo aquilo tenha de fato acontecido comigo — disse-me, certa vez, com o sol a pino, quando ela, Laurence Collinson e eu almoçávamos, entre as sessões da manhã e da tarde no tribunal. — Você acha que me tornei insensível porque aconteceram coisas demais comigo?

— Não. Lembre que você andava drogada a maior parte do tempo. Isso a poupou da pior parte. Foi sorte sua ter ficado assim. Agora trate de se manter longe da morfina, e tudo isso não vai passar de uma espécie de sonho nebuloso. Toda vez que quiser tornar nítido outra vez esse sonho, tome uma dose.

— Não, não vou tomar, nunca mais — disse ela. — Nem que fosse para lhe dar... a satisfação de me maltratar para eu me curar de novo. Ele se divertiu tremendamente — contou para Laurence Collinson. — Ficava me xingando, me ridicularizava, me ameaçava com as coisas mais horríveis, e depois, no fim, acho que tentou me seduzir. E se sou rude algumas vezes, Laurence, você terá de pôr a culpa nele: ele certamente não serve para dar lições de requinte.

Ela parecia ter voltado ao normal até demais.

Laurence Collinson riu conosco, mas seu riso não era tão descontraído. Fiquei com a impressão de que ele achava mesmo que eu não servia para dar lições de requinte.

SÉRIE POLICIAL

Réquiem caribenho
  Brigitte Aubert

Bellini e a esfinge
Bellini e o demônio
Bellini e os espíritos
  Tony Bellotto

Os pecados dos pais
O ladrão que estudava
  Espinosa
Punhalada no escuro
O ladrão que pintava como
  Mondrian
Uma longa fila de homens
  mortos
Bilhete para o cemitério
O ladrão que achava que era
  Bogart
Quando nosso boteco fecha as
  portas
O ladrão no armário
  Lawrence Block

O destino bate à sua porta
Indenização em dobro
  James M. Cain

Post-mortem
Corpo de delito
Restos mortais
Desumano e degradante
Lavoura de corpos
Cemitério de indigentes
Causa mortis
Contágio criminoso
Foco inicial
Alerta negro
A última delegacia
Mosca-varejeira
  Patricia Cornwell

Edições perigosas
Impressões e provas
A promessa do livreiro
  John Dunning

Máscaras
Passado perfeito
  Leonardo Padura Fuentes

Tão pura, tão boa
Correntezas
  Frances Fyfield

O silêncio da chuva
Achados e perdidos
Vento sudoeste
Uma janela em Copacabana
Perseguido
Berenice procura
Espinosa sem saída
  Luiz Alfredo Garcia-Roza

Neutralidade suspeita
A noite do professor
Transferência mortal
Um lugar entre os vivos
O manipulador
  Jean-Pierre Gattégno

Continental Op
Maldição em família
  Dashiell Hammett

O talentoso Ripley
Ripley subterrâneo
O jogo de Ripley
Ripley debaixo d'água
O garoto que seguiu Ripley
  Patricia Highsmith

Sala dos homicídios
Morte no seminário
Uma certa justiça
Pecado original
A torre negra
Morte de um perito

O enigma de Sally
O farol
Mente assassina
P. D. James

Música fúnebre
Morag Joss

Sexta-feira o rabino acordou tarde
Sábado o rabino passou fome
Domingo o rabino ficou em casa
Segunda-feira o rabino viajou
O dia em que o rabino foi embora
Harry Kemelman

Um drink antes da guerra
Apelo às trevas
Sagrado
Gone, baby, gone
Sobre meninos e lobos
Paciente 67
Dança da chuva
Coronado
Dennis Lehane

Morte em terra estrangeira
Morte no Teatro La Fenice
Vestido para morrer
Donna Leon

A tragédia Blackwell
Ross Macdonald

É sempre noite
Léo Malet

Assassinos sem rosto
Os cães de Riga
A leoa branca
O homem que sorria
Henning Mankell

Os mares do Sul
O labirinto grego
O quinteto de Buenos Aires
O homem da minha vida

A Rosa de Alexandria
Milênio
Manuel Vázquez Montalbán

O diabo vestia azul
Walter Mosley

Informações sobre a vítima
Vida pregressa
Joaquim Nogueira

Revolução difícil
Preto no branco
George Pelecanos

Morte nos búzios
Reginaldo Prandi

Questão de sangue
Ian Rankin

A morte também freqüenta o Paraíso
Colóquio mortal
Lev Raphael

O clube filosófico dominical
Alexander McCall Smith

Serpente
A confraria do medo
A caixa vermelha
Cozinheiros demais
Milionários demais
Mulheres demais
Ser canalha
Aranhas de ouro
Clientes demais
Rex Stout

Fuja logo e demore para voltar
O homem do avesso
O homem dos círculos azuis
Fred Vargas

A noiva estava de preto
Casei-me com um morto
A dama fantasma
Cornell Woolrich

ESTA OBRA FOI COMPOSTA PELO GRUPO DE CRIAÇÃO EM GARAMOND E
IMPRESSA PELA GEOGRÁFICA EM OFSETE SOBRE PAPEL PAPERFECT DA
SUZANO PAPEL E CELULOSE PARA A EDITORA SCHWARCZ
EM AGOSTO DE 2007